GROUMDEIFL

Fabian Borkner kam in Rosenheim zur Welt und verbrachte seine Kindheit in München, besuchte die erste Klasse jedoch bereits in Schwarzenfeld in der Oberpfalz. 2014 erhielt der Unterhaltungskünstler und freie Redakteur den BLM-Hörfunkpreis für die beste Comedy und Unterhaltung.
www.fabianborkner.de

FABIAN BORKNER

GROUMDEIFL

Oberpfalz Krimi

emons:

Bibliografische Information der Deutschen Nationalbibliothek
Die Deutsche Nationalbibliothek verzeichnet diese Publikation in der Deutschen Nationalbibliografie; detaillierte bibliografische Daten sind im Internet über http://dnb.d-nb.de abrufbar.

Umschlagmotiv: mauritius images/Westend61/Martin Siepmann
Umschlaggestaltung: Nina Schäfer, nach einem Konzept von Leonardo Magrelli und Nina Schäfer
Umsetzung: Tobias Doetsch
Gestaltung Innenteil: César Satz & Grafik GmbH, Köln
Druck und Bindung: Prime Rate Kft., Budapest
Printed in Hungary 2023
ISBN 978-3-7408-0996-6
Oberpfalz Krimi
Originalausgabe

Dieser Roman wurde vermittelt durch die Verlagsagentur Lianne Kolf, München.

Dieses Buch widme ich meiner Heimatstadt Schwandorf, in der ich mich wegen der unzähligen sowohl humorigen als auch tiefsinnigen Begegnungen und Gespräche mit den Menschen seit meiner Schulzeit zu Hause und äußerst wohlfühle.

1

Der Schreck saß so tief, dass sie sich mit einer Hand an der Laterne abstützen musste. Mit langen, gleichmäßigen Atemzügen versuchte Agathe Viersen, ihren Puls wieder auf Normaltempo runterzubringen.

Einige Passanten hatten die Situation beobachtet. Manche davon feixten, manche hatten kurz innegehalten, um zu sehen, ob Agathe bei ihren Pirouetten Hilfe benötigte.

Sie streckte ihren Rücken durch und richtete den Blick auf die Stelle der Straße, wo sie sich eben beinahe den Hals gebrochen hatte. Seit Agathe in der Oberpfalz wohnte, also seit knapp vier Jahren, hatte es in Schwandorf noch nie im November geschneit. Und auch in den darauffolgenden Monaten war Schwandorf normalerweise keine schneeverwöhnte – oder, aus Autofahrersicht, schneebelästigte – Stadt. Daher hatte Agathe sich auch nur für ihre üblichen »Ich muss noch mal schnell in die Stadt«-Sneakers entschieden, um ihre Einkäufe zu erledigen, als sie vorhin die Wohnung verlassen hatte.

Gut, im Nachhinein und jetzt, da ihr Herz wieder langsamer schlug, fiel ihr ein, dass sie tags zuvor in den Nachrichten gehört haben könnte, dass in der Oberpfalz die Möglichkeit auf Schnee bestünde. Aber sie hatte doch nur schnell in vier Geschäfte gehen wollen, und die waren alle nicht mehr als vierhundert Meter von ihrer Wohnung in der Klosterstraße entfernt. In den Laden in der Breiten Straße für ein paar Mandarinen und Orangen, zum Bäcker gegenüber für einen Gewürzlaib, in den Drogeriemarkt, wo sie Geschirrspülertabs und eine Großpackung Toilettenpapier gekauft hatte, und schließlich ins Sportgeschäft in der Friedrich-Ebert-Straße, wo sie nach Laufschuhen hatte schauen wollen. Schließlich hatten Agathe und ihr Kollege Gerhard Leitner sich vor Kurzem dazu entschlossen, sich etwas mehr zu bewegen. Nun war Agathe generell von schlanker Natur. Nicht zaundürr, aber sportlich. Die weiblichen Rundungen hatte der liebe Gott an den richtigen Stellen platziert – mit leichter Priorität auf dem Brustbereich –, und damit das so blieb, hatte Agathe die Idee geäußert, sich in den kalten Monaten, die mit dem November endgültig Einzug ins Land gehalten hatten, körperlich zu betätigen.

Auch bei Leitner konnte niemand davon sprechen, dass er beleibt oder gar dick sei. Er hatte sich ebenfalls immer bewegt und damit eine Grundfitness erhalten, die kleine Sünden des Alltags wieder ausglich. Allerdings gab es im Leben von Agathe und Leitner normalerweise gerade im Herbst und Winter eben sehr viele von diesen Sünden. Sei es in Form von Adventsplätzchen von Leitners Verwandtschaft, sei es durch die eine oder andere Schlachtschüssel, deren Vorzüge Agathe als gebürtiges Nordlicht durch Leitner erst kennen und schätzen gelernt hatte, oder manch dampfende Tasse Schlehenpunsch auf dem Schwandorfer Weihnachtsmarkt, der in wenigen Tagen beginnen würde.

Agathe hatte sich im Sportladen für eine feuerrote Version des letzten Laufschuhmodells von Runfalcon entschieden, einer bekannten Firma aus Herzogenaurach. Damit, dem Obst, dem Brot und den anderen Einkäufen war sie schließlich so beladen gewesen, dass die drei Finger dicke Schneeschicht auf der Friedrich-Ebert-Straße ihr zum Verhängnis wurde. Ein passierender Wagen hielt sich weder an die vorgeschriebenen zwanzig Kilometer pro Stunde, noch schien ihn ein ausreichender Abstand zu ihr zu interessieren, als Agathe die Straße überqueren wollte. Ihr blieb nichts anderes übrig, als sich mit einer beherzten Drehung in Sicherheit zu bringen. Instinktiv folgte Agathes Körper den auf ihn einwirkenden Fliehkräften, die auch durch ihre Einkäufe verursacht wurden, nutzte sie aber zu seinem Vorteil. Eine Fähigkeit, die Agathe in den Selbstverteidigungskursen während ihrer Ausbildung zur Polizeibeamtin in Hamburg erlernt hatte. Sie landete auf den Händen, dem linken Fuß und dem rechten Knie. Was zwar äußerst schmerzhaft war, aber keine größere Verletzung verursachte, wie es vielleicht eine Verdrehung der Hüfte oder eine unkontrollierte Landung auf dem Steißbein getan hätte.

»Vollidiot!«, schrie Agathe dem Wagen hinterher und rieb sich dabei die Kniescheibe. Dann inspizierte sie ihre Einkäufe. Gottlob war nichts Zerbrechliches darunter. Wahrscheinlich hatten nur die Orangen und Mandarinen ein paar Druckstellen abgekriegt.

Ein älterer Herr trat auf Agathe zu. »Jetzt wird's glatt, gell?«

Sie fixierte den Mann und war einen kurzen Moment lang versucht, ihn die Glätte des Straßenbelags durch einen gekonnten Judogriff am eigenen Leib spüren zu lassen. Doch der Impuls verflüchtigte sich so schnell, wie er aufgeflammt war, schließlich hatte der Mann die Bemerkung weder hämisch noch spöttisch gemeint. Agathe lebte nun schon lange genug in der Oberpfalz, um zu wissen, dass dies wohl seine Art war zu sagen: »Gott sei Dank ist Ihnen nichts passiert.«

Sie wischte sich die Nässe von der Kleidung und schüttelte den Schnee von ihren Einkaufstüten. »Allerdings. Ich hätte andere Schuhe mit mehr Profil anziehen sollen.«

Damit ließ sie den Mann stehen und lief über die Bahnhofstraße in Richtung der Wohnung, die sie und Leitner sich teilten. Sie lag im Eckhaus an der Bahnhof- und der Klosterstraße, vom Küchenfenster aus hatten Agathe und Leitner einen Blick direkt auf den Platz vor der Sparkasse.

Agathe sperrte die Wohnungstür auf, trat mit ihrer linken Fußspitze auf die Ferse des rechten Schuhs, um aus ihm herauszuschlüpfen, wiederholte den Vorgang mit dem anderen Fuß und stellte die nassen Sneakers in das Schuhregal neben der Haustür. Dabei sah sie, dass die Winterstiefel ihres Arbeitskollegen und Mitbewohners Leitner nicht an ihrem Platz waren. Anscheinend war er noch unterwegs. Auf Socken ging sie den langen Korridor entlang zur Garderobe, um ihre Jacke aufzuhängen, und wollte ihre Einkäufe anschließend in Richtung Küche tragen, als ihr linker Fuß in eine Wasserlache patschte.

»Oh Kerl!«, rief Agathe wütend und sah sich ihren linken

hellgrünen Socken an, dessen Sohle nun dunkelgrün war. Sie suchte nach der Ursache der Pfütze, hatte jedoch schon eine Ahnung. Leitners Winterstiefel standen rechts von ihr neben der Wohnzimmertür. Der festgetretene Schnee in den tiefen Rillen des Sohlenprofils hatte sich in der beheizten Wohnung in seine ursprünglich flüssige Form zurückverwandelt und einen Mini-See im Flur gebildet.

Agathe atmete ein paarmal tief durch, bevor sie die Tür zum Wohnzimmer aufstieß.

Leitner saß mit dem Rücken zu ihr auf der Couch und tippte mit flinken Fingern auf der Tastatur seines Laptops. Er drehte seinen Kopf nicht mal zu ihr, als er sagte: »Grüß dich, Agathe. Schau mal her, das musst du dir ansehen.«

Etwas flog an Leitners rechtem Ohr vorbei und landete mit lautem Schmatzen auf dem Bildschirm des Rechners. Leitner fuhr sichtbar zusammen. Über dem Display hing ein nasser Socken, aus dem in zwei kleinen Rinnsalen Schmelzwasser in Richtung Tastatur lief.

»Sag einmal!«, entfuhr es ihm, und er wandte sich erbost zu Agathe um.

»Du hast dafür gesorgt, dass das Oberpfälzer Seenland um einen See in unserem Flur größer geworden ist«, entgegnete sie, hob seine beiden Stiefel auf und warf sie in hohem Bogen durch den Korridor zur Haustür.

»Also, jetzt aber!«, rief Leitner.

»Den Flur muss nachher jemand schrubben, und ich weiß, dass nicht ich das sein werde.«

Damit ging sie in ihr Zimmer, um sich umzuziehen. Bei dem Wetter waren Wohlfühlklamotten und trockene Socken angesagt. Hoffentlich würde Leitner sich erinnern, dass sie ihn nicht nur ein Mal gebeten hatte, die Schuhe nicht einfach irgendwo in der Wohnung auszuziehen und hinzustellen. Zumindest im Winter.

Nach wenigen Sekunden war Agathe wieder bei Leitner und sah, dass er ihren durchnässten Socken in einen leer gegessenen Suppenteller auf dem Couchtisch gelegt hatte.

»Gab's heute Soupe de la Socke?«, fragte sie.

»Kannst den Teller gerne mit in die Küche nehmen«, erwiderte Leitner gereizt. »Ich habe den nämlich nicht benutzt.«

»Is ja gut, Kerl.« Agathe nahm den Teller samt Strumpf vom Tisch. Ersterer war in der Tat ein Überbleibsel ihrer letzten Mahlzeit, das sie schlicht vergessen hatte wegzuräumen. Im »Großen Spiel des Haushalts« zwischen Agathe und Leitner stand es also wieder einmal unentschieden.

Dieses Spiel war zum festen täglichen Bestandteil der beiden Versicherungsdetektive geworden, nachdem sie vor mehreren Jahren beschlossen hatten, gemeinsam eine Wohnung in Schwandorf zu nehmen. Agathe, die bei der weltweit tätigen Jacortia-Versicherung als Versicherungsdetektivin arbeitete, hatte zu jener Zeit den Ermittlungsauftrag bezüglich einer verschwundenen CNC-Maschine übernommen, weshalb sich ihr Arbeitsort von ihrem eigentlichen Stützpunkt München in die Oberpfalz verlagert hatte. War für sie als Lübeckerin bereits die bayerische Landeshauptstadt ein kleiner Kulturschock gewesen, so war es die Oberpfalz mit ihren Bräuchen und oft ruppigen Bewohnern erst recht. Als sie damals auf der Wirkendorfer Kirwa per Zufall auf eine halb verweste Leiche in einem Güllefass gestoßen war, fand sie sich unversehens mitten in einer Mordermittlung wieder. Dabei erhielt sie Hilfe von Gerhard Leitner, der zu jener Zeit noch hauptberuflich als Musikant mit seiner Blaskapelle unterwegs war und sich als Oberpfälzer in der Gegend bestens auskannte.

Da Agathe zusammen mit Leitner den Fall erfolgreich lösen konnte, ergab sich daraus ein Jobangebot für diesen bei der Jacortia. Und weil die beiden ungleichen Kollegen seither von der Versicherungsgesellschaft mit Ermittlungen in der Oberpfalz betraut wurden, war Schwandorf die perfekte Basis. Niemand – und am allerwenigsten Agathe und Leitner selbst – vermochte zu sagen, was genau sie waren, ob Paar, Freunde mit Extras oder doch nur in erster Linie Kollegen, die sich eine Wohnung teilten und zwischen denen es manchmal gehörig knisterte. Ihre Beziehung hatte sich schon manches

Mal geändert, sodass es nie langweilig wurde. Momentan waren sie Freunde und Kollegen.

Agathe packte ihr nasses Wurfgeschoss, beförderte es in den Wäschekorb im Badezimmer und räumte in der Küche den Teller samt Löffel und die übrigen noch rumstehenden Tassen und Trinkgläser in den Geschirrspüler. Dann nahm sie eine der gerade gekauften Orangen und einen Teller, bewaffnete sich mit einem scharfen Obstmesser und ging wieder zu Leitner ins Wohnzimmer.

»Was sollte ich mir eigentlich anschauen?«

»Das Konzert von den Buggles in Originalbesetzung.«

»Ach, die Buggles!« Agathe kniff die Augen zusammen. Die Band sagte ihr überhaupt nichts.

Leitner drehte den Laptop so, dass Agathe auch sehen konnte, und startete das YouTube-Video. Nach einigen Sekunden erkannte sie den Song tatsächlich. Den Frauenchor mit seinem markanten »Aua-Aua« hatte sie schon mal gehört, ihrem Gefühl nach auf einer Party für Menschen jenseits der vierzig. Sie blickte auf den Bildschirm, dann auf ihren Mitbewohner, der total gebannt schien.

»Toller Oldie«, sagte Agathe vorsichtig.

»Oldie? Das ist ein Klassiker«, raunte Leitner, ohne sich zu ihr umzuwenden. »Das war der erste Song, der auf MTV lief!«

Agathe erinnerte sich daran, dass die Gründung des ausschließlich Musik ausstrahlenden Fernsehsenders damals außergewöhnlich gewesen war. Sie schnitt mit dem Messer in die Orangenschale, und sofort breitete sich Zitrusgeruch im Wohnzimmer aus. Während der Song weiterlief, schälte sie die Apfelsine und teilte sie in ihre Segmente. »Auch ein Stück?«, fragte sie Leitner.

Er hielt seine offene Hand hin, ohne Agathe eines Blickes zu würdigen.

Sie gab ihm eins und steckte sich dann selber eins in den Mund.

»Lecker, schon total süß!«, mampfte Leitner vor sich hin und streckte seine Hand nochmals in Agathes Richtung.

Die gab ihm ein weiteres Stück, während in ihren Augen ein kleines schwarzes Feuer aufflackerte. Sie sah sich auf der Couch und auf dem Wohnzimmertisch um, fand, wonach sie suchte, und wartete, bis Leitner ihr abermals seine Hand hinhielt.

Als der sie wieder schloss, zuckte er vor Schreck zusammen und nahm seinen Blick endlich vom Bildschirm. »Spinnst du jetzt?«, fragte er verärgert.

»Ich wollte nur mal sehen, ob dich noch irgendwas von deinen Buggles weglocken kann.« Sie lächelte ihn an und klappte den Verschluss der Honigflasche wieder zu, die noch vom Frühstück auf dem Wohnzimmertisch gestanden hatte.

Leitner betrachtete kopfschüttelnd die zähe goldene Flüssigkeit, die zwischen seinen Fingern hindurchrann, dann stand er auf und verschwand im Bad. Als er wieder zurückkam, liefen gerade die letzten Sekunden des Songs.

»Sogar die Frauen, die den Chorus singen, sind dieselben wie bei der Originalaufnahme von 1979«, sagte er, und Agathe musste seufzend feststellen, dass ihr Ablenkungsmanöver offensichtlich nur kurz funktioniert hatte.

»Ich bin beeindruckt«, sagte sie beiläufig.

Nachdem der Schlussakkord verklungen war, klappte er den Computer zu. »›Video Killed the Radio Star‹. Cis-Dur, klingt einfach spitze«, hauchte er andächtig.

Agathe schob sich noch ein Stück Orange in den Mund. Sie wusste, dass Leitner Töne und Akkorde wegen seines absoluten Gehörs ohne technische Hilfsmittel bestimmen konnte. Dann sagte sie: »Mich hat gerade auch fast jemand gekillt. Vor dem Sportgeschäft.«

»Wie denn das?«

Agathe erzählte ihm, wie der Autofahrer sie beinahe gerammt hätte.

»Sapperlot«, entfuhr es Leitner, als sie geendet hatte. »Unverantwortlich, bei dem Wetter so schnell zu fahren, wo der neue Straßenbelag doch auch sofort rutschig wird, wenn's draufschneit.«

»Apropos Straße, ich habe heute in fast allen Geschäften, in denen ich war, das Gleiche gehört. Nämlich, dass die diese … Wie heißt die noch gleich?«

»Wer denn?«

»Na, diese Hauptstraße.«

»Friedrich-Ebert-Straße.«

»Genau, dass sie die morgen aufreißen wollen.«

Leitners Kopf wirbelte zu Agathe. »Bitte was?«

»Ja, im Ernst. Im Gemüseladen habe ich das eine Kundin sagen hören, und später im Sportgeschäft hat eine Kassiererin zusammen mit einem Kunden geschimpft, dass der ganze Ärger von wegen Sperrung und Baustelle und so weiter schon wieder losgeht.«

Leitner suchte auf der Couch nach seinem Handy und fand es unter einem großen Kissen. Während er den Bildschirm entsperrte, murmelte er: »Aber die ist doch gerade erst saniert worden. Gerade mal zwei Wochen ist das her, dass die mit den Bauarbeiten fertig geworden sind.«

»Genau das hat die Verkäuferin im Sportladen auch gesagt.«

»Das ist auch so«, sagte Leitner, tippte aufs Display und hielt sich das Telefon ans Ohr. »Das ist ja nicht irgendeine Nebengasse, sondern quasi die Hauptschlagader der Schwandorfer Innenstadt«, fuhr er fort. »Du hast doch mit eigenen Augen gesehen, wie erst die Straße und dann der Wendelinplatz aufgerissen wurden.«

»Natürlich hab ich das. Deswegen dachte ich ja auch zuerst, das wäre Blödsinn, dass sie jetzt wieder anfangen wollen. Aber nachdem es zwei verschiedene Menschen unabhängig voneinander behauptet haben –«

»Das muss trotzdem nichts bedeuten«, winkte Leitner mit seiner freien Hand ab. »Das braucht bloß die eine von der anderen mitbekommen zu haben, und dann geht der Tratsch schon los.« Er machte eine zuschnappende Geste mit der Hand, die ein loses Mundwerk andeuten sollte. »Bei uns hat's früher immer geheißen: Wenn einer am Marktplatz mit dem

Radl umfällt, ist er an der Kirche schon tot ... Ah, hallo? Fritz? Grüß dich, der Gerhard hier.«

Agathe ahnte, dass Fritz Detter am anderen Ende der Leitung sein musste, seines Zeichens Chefredakteur des »Wirkendorfer Anzeigers« und Schulfreund Leitners.

»Sag einmal, stimmt das wirklich mit der Friedrich-Ebert-Straße, Fritz? Reißen s' die jetzt wieder auf?« Leitner lauschte angestrengt. »Verstehe«, sagte er dann. »Ein Rohrbruch. Und wie konnte das passieren, wo doch sämtliche Leitungen für Gas, Wasser und Scheiße erst vor sechs Wochen neu verlegt wurden?« Einige Sekunden später nickte er und sagte schließlich noch: »Schon morgen früh? Schöner Mist.« Nachdem er sich verabschiedet hatte, begegnete er Agathes erwartungsvollem Blick.

»Und?«

»Du hast richtig gehört beim Einkaufen. Morgen früh um sieben rollt ein Bagger an und reißt die schöne neue Friedrich-Ebert-Straße wieder auf«, sagte Leitner betreten. »Ich prophezeie einen riesigen Ärger, gerade jetzt in der Vorweihnachtszeit.«

»Wegen der Geschäfte?«

»Auch. Aber auch die Anwohner werden sich aufregen. Sie haben absolut keine Lust mehr auf Bauarbeiten, nachdem sie die schon die letzten zwei Jahre ertragen mussten.«

Agathe pflichtete ihm bei, und Leitner verließ das Wohnzimmer und kehrte einen Augenblick später mit einer Flasche Bier zurück. Als er sie mit dem typischen appetitanregenden »Flopp« öffnete, nahm Agathe sie ihm aus der Hand.

»Danke, willst du keins?«

Leitner lächelte kurz, bevor er sich ein weiteres Bier aus dem Kühlschrank holte. Nach den ersten Schlucken sagte er: »Dann werde ich heute mal etwas früher schlafen gehen.«

»Warum?«

»Weil ich morgen dabei sein will, wenn die Straße wieder aufgerissen wird.«

»Bist du denn sicher, dass du als heimatverbundener Oberpfälzer diesen schmerzhaften Anblick verkraften wirst? Wie hast du die Friedrich-Ebert-Straße gerade doch gleich genannt? Die Hauptschlagader Schwandorfs?«

»Ja.«

»Dann ist das so etwas wie eine Operation am offenen Herzen.«

»Schöner Vergleich. Auf jeden Fall bin ich morgen um sieben oben. Komme, was da wolle.«

Agathe nuckelte an ihrem Bier und beschloss für sich, am nächsten Morgen ebenfalls dem unrühmlichen Spektakel beizuwohnen.

2

Der Schneefall hatte längst aufgehört, als Agathe und Leitner ihre Wohnung verließen und auf die Klosterstraße traten. Die Stadt lag wie mit Zuckerguss bedeckt vor ihnen. Allerdings hatte der Räumdienst seine Arbeit schon gewissenhaft verrichtet, ebenso wie die meisten der Hausbesitzer und Ladeninhaber. Noch vor dem Aufstehen hatte Agathe das markante Kratzen von Schneeschaufeln auf Fußwegen vernommen.

Die Versicherungsdetektive holten sich in der Bäckerei an der Ecke jeweils eine frische Butterbreze und gingen dann die Schwaigerstraße in Richtung Friedrich-Ebert-Straße hinauf.

Dort angekommen hatte Agathe erst einen der Bögen ihrer Breze sowie den besonders knusprigen Knoten im Innenteil gegessen, während Leitner sich soeben das letzte Stück des Laugengebäcks einverleibte. Sie blickten sich um und erspähten an der nächsten Kreuzung in Richtung Marktplatz ein Absperrband, an dem sich schon etwa knapp dreißig Schaulustige eingefunden hatten. Da noch kein Bagger vor Ort war, unterhielten sie sich erregt. Agathe und Leitner gingen näher.

»Wie konnte das bloß passieren? Haben die denn alle miteinander keine Ahnung mehr?«, echauffierte sich ein Rentner.

Sein Gegenüber nickte nur stumm und ließ seinen Freund weiterschimpfen.

»Wenn wir früher so was verbockt hätten! Mit der Schaufel wär der Kapo auf uns los! Mit Ziegelsteinen hätt uns der derschmissen!«

Agathe und Leitner schnappten allerlei weitere Unmutsäußerungen auf, dann erblickte Leitner einen jungen Mann mit Schreibblock und einem Fotoapparat um den Hals.

»Morgen! Ich nehme an, Sie sind für den ›Wirkendorfer Anzeiger‹ hier?«, fragte er ihn.

»Stimmt, ja«, gab der Mann schüchtern zurück.

»Dem Herrn Detter ist es wahrscheinlich zu kalt, so früh

am Morgen«, scherzte Leitner und beobachtete belustigt, wie der Reporter zwar grinste, sich aber einem ihm Fremden gegenüber nicht zu einer abfälligen Bemerkung über seinen Chef hinreißen ließ. »Sagen Sie dem Fritz bitte schöne Grüße vom Gerhard.«

Der Journalist notierte sich den Namen. »Und wie weiter?«

»Leitner. Der kennt seinen alten Schulfreund schon noch. Wir haben eh gestern telefoniert.«

»Mache ich gerne«, sagte der Reporter und blickte dann wieder in Richtung Wendelinplatz, von wo aus sich der Bagger nähern müsste.

Leitner betrachtete den Straßenbelag genauer. Die Pflastersteine waren erst vor Kurzem passgenau eingesetzt worden und gaben der viel befahrenen Straße seither ihr neues Erscheinungsbild. »Da brauchen sie nicht mal eine Säge«, murmelte er.

»Bitte was?«, fragte Agathe.

»Wenn das Asphalt wäre, müssten sie erst mit einer Säge vorschneiden, bevor das Loch ausgehoben werden kann«, erklärte er ihr.

»Aha«, sagte sie ohne wirkliches Interesse.

»Aber mit den Pflastersteinen werden sie wohl erst ein paar davon mit dem Stemmeisen raushebeln und dann weitere mit der Hand rausklauben. Die kann man ja später noch mal verwenden.«

»Wenn du das sagst, Gerhard. Ich kenne mich in dem Metier nicht wirklich aus.«

»Ich auch nicht, aber so würd's am meisten Sinn machen. Zuerst ein Stemmeisen, dann ein kleiner Bagger.«

Agathe blickte ihren Kollegen an und stellte nicht zum ersten Mal in ihrem Leben verwundert fest, wie Männeraugen zu leuchten begannen, wenn von Maschinen die Rede war oder davon, Bauwerke wie in diesem Fall die Straße zu zerstören. Sie sah zu den Schaulustigen. Immerhin lebte sie auch schon vier Jahre in Schwandorf; vielleicht kannte sie ja jemanden von ihnen. Die Männer waren klar in der Mehrheit. An Frauen zählte Agathe nur eine Dame Mitte sechzig, die offenbar mit ihrem Gatten dem Schauspiel beiwohnen wollte, und sich selbst. Die andere lauschte hingebungsvoll den Ausführungen ihres Mannes, der mit einem anderen Passanten über Baustellen fachsimpelte. Dann wandte Agathe ihren Kopf und entdeckte noch eine Gruppe von vier Frauen, die, jede mit skeptischem Gesichtsausdruck, das Geschehen beobachteten. Eine davon deutete auf die Straße, dann auf die angrenzenden Häuser und sagte leise etwas zu ihrer Nachbarin, die ihre Zustimmung mit einem kaum merklichen Nicken bekundete. Die anderen beiden grinsten. Agathe hatte keine Ahnung, wie sie deren Reaktion deuten sollte, aber irgendwie wirkten die vier auf sie wie das Tribunal bei Gericht im alten Rom, auch wenn damals freilich keine Frauen zugelassen waren.

Ansonsten konnte Agathe keine weitere Frau sehen … bis ihr Blick auf eine weitere Geschlechtsgenossin fiel, die vor dem Südtiroler Feinkostladen stand.

»Och nee!«, konnte sich Agathe nicht verkneifen.

»Was denn?« Leitner wandte sich zu ihr um.

Agathe fixierte immer noch die Frau vor dem Spezereiengeschäft Bocconcino. »Sieht so aus, als wären die von der Baufirma nicht die Einzigen, die gleich irgendwo einen Hebel ansetzen.«

»Hä?«, entfuhr es Leitner verständnislos, dann folgte er ihrem Blick. »Du meine Güte …«, stieß nun auch er aus, als er Chris Wendell entdeckte.

Chris Wendell war die direkte Vorgesetzte von Agathe und Leitner bei der Jacortia-Versicherung, die sie mit Ermittlungsaufträgen versorgte. Traditionell war das Verhältnis zwischen ihr und den beiden Detektiven unterkühlt bis frostig. Agathe und Leitner stritten sich bei jedem neuen Auftrag darum, wer ins Oberpfälzer Hauptbüro nach Regensburg fahren musste, fuhren dann aber meist doch gemeinsam, weil sie den anderen nicht hängen lassen wollten beziehungsweise nicht selbst in die Situation geraten wollten, diesem emotionalen Eisklotz in Form ihrer Chefin allein gegenüberzusitzen.

»Was will die denn hier in Schwandorf?«, fragte Leitner genervt.

»Ich kann mir schon denken, was die hier treibt. Gibt ja eigentlich nur eine logische Erklärung.«

»Und zwar welche?«

Agathe löste ihren Blick von Wendell und drehte sich zu Leitner. »Überlege doch mal, du Genie. Was macht die Regionaldirektorin einer Versicherung morgens früh um sieben an einer frisch sanierten Straße, die im Begriff ist, wieder aufgerissen zu werden?«

Leitner dachte kurz nach. »Ach so«, sagte er dann. »Du glaubst, dass die Langzeitbaustelle …«

»… bei der Jacortia versichert war. Genau.«

»Natürlich! Das ergibt Sinn.«

Agathe quittierte Leitners Geistesblitz mit einer entsprechenden »Siehste?«-Geste.

»Wenn bei so einem Riesenprojekt nach so kurzer Zeit ein Schaden auftritt, muss freilich die Chefin ran.«

»Ich bin ganz deiner Meinung. Oh nein, jetzt hat sie uns gesehen!«

Leitner warf einen kurzen Blick zu Chris Wendell, die sich tatsächlich näherte, dann flüsterte er Agathe zu: »Wenigstens darf diesmal sie sich mit der Stadt und der Baufirma rumschlagen. Wenn hier wirklich ein kaputtes Rohr verbaut wurde, ist das kein Grund für uns zu ermitteln.«

Agathe kicherte vergnügt. »Und somit können wir eigentlich gechillt Hallo sagen, oder?«

Damit sahen beide ihrer Chefin relativ entspannt entgegen.

Chris Wendell begrüßte sie mit einem knappen »Guten Morgen!«, welches sie erwiderten.

»Ein ganz ungewohnter Anblick, Sie nicht hinter Ihrem Schreibtisch zu sehen«, eröffnete Leitner das Gespräch etwas ungelenk.

»Sie dürfen mir glauben, dass ich es dort momentan angenehmer fände«, gab Wendell knapp zurück. »Diese … Ortsbesuche liegen mir nicht besonders.«

Verstohlen betrachtete Agathe ihre Chefin und musste sich zusammenreißen, um nicht über das ganze Gesicht zu grinsen. Wahrscheinlich trug die Wendell den pelzbesetzten Mantel üblicherweise, wenn sie im winterlichen Regensburg auf dem Weg ins Stadttheater war. Außerdem hatte sie es nicht übers Herz gebracht, dazu wenigstens dem Wetter entsprechende Schuhe anzuziehen. Stattdessen glänzten im schwachen Licht der Schaufensterlampen und der Straßenlaternen ihre schwarzen Pumps, und ihr ohnehin stets blasses Gesicht leuchtete fast weiß unter ihrem kleinen Hut hervor.

»Nun ja, Sie werden es schon überstehen«, erwiderte Agathe um Fassung bemüht. »Der Fall ist bestimmt nicht kompliziert.«

Leitner legte Unschuld in seine Stimme: »Waren Sie überhaupt schon einmal in Schwandorf?«

»Nein. Fahr immer nur dran vorbei, wenn ich von Thüringen aus nach Regensburg oder umgekehrt unterwegs bin.«

Das wunderte weder Agathe noch Leitner. Es passte zu Wendell, dass sie sich für die Region, für die sie zuständig war, nicht sonderlich interessierte. Ihr genügte es, die nüchternen Fakten und Zahlen an ihrem Schreibtisch zu jonglieren. Aber so war nun einmal die Arbeitsaufteilung. Wendell kümmerte sich um den Papierkram, und wenn es bei Fällen Unklarheiten gab, rief sie die Versicherungsdetektive, die ermittelten und Licht ins Dunkel brachten.

»Wenn S' einen Tag früher angerufen hätten, hätten wir uns auf einen Kaffee zusammensetzen können«, sagte Leitner nun auch noch.

Agathes Gesichtszüge drohten zu entgleisen. Mit offen stehendem Mund starrte sie ihren Kollegen ungläubig an.

Dies blieb freilich auch der Chefin nicht verborgen. »Das ist schon in Ordnung, Herr Leitner«, erwiderte sie. »Wir müssen nicht so tun, als würden wir uns blendend verstehen.«

»Mei, ich hab ja bloß gemeint ...«, sagte Leitner unbedarft, während Agathes Erleichterung sich in hörbarem Aufatmen bemerkbar machte.

»Entschuldigen Sie, aber da ist auch schon der Sachgebietsleiter Tiefbau von der Stadtverwaltung«, sagte Wendell und nickte in Richtung eines großen Mannes, der auf sie zukam. Als beide sich in ein höfliches Gespräch vertieften, drehte Agathe sich zu Leitner.

»Sag mal, leidest du unter Hirnfraß?«

»Wieso fragst du?«

»Na, weil du unsere Spaßkanone von Chefin indirekt zum Kaffeekränzchen eingeladen hast. Was sollte das denn werden? Ein heiterer Plausch, bei dem wir Erinnerungen an unsere Kindheit oder unsere schönsten Reisen austauschen?«

»Jetzt beruhige dich mal wieder.« Leitner schaute sie genervt an. »Sie ist ja nicht drauf eingegangen.«

»Aber das konntest du vorher nicht wissen. Wenn ich auch nur zehn Minuten mit der privat zusammensitzen müsste, ich glaube, ich würde über kurz oder lang das wieder anwenden, was ich in meiner Nahkampfausbildung gelernt habe.«

»Ist ja schon gut, hab verstanden«, wiegelte Leitner ab. »Freu dich lieber, dass sie in diesem Fall in der Schusslinie steht. So können wir total entspannt mit etwas Abstand zuschauen, was passiert.«

Agathe beruhigte sich tatsächlich ein wenig. »Eigentlich hast du recht. Das einzig Ärgerliche für uns ist, dass es in der Stadt schon wieder eine Baustelle gibt.«

»Eben. Aber auch die wird bald wieder Vergangenheit sein, und in der Zwischenzeit können wir zugucken, wie die Wendell sich mit dem Stadtbaumenschen rumschlägt.«

»Soll mir recht sein. Solange ich nicht mit dieser Nudel Kaffee trinken muss …«

»Schau!«, rief Leitner und deutete auf einen Tieflader, der gerade den Bagger anlieferte. »Komm, lass uns ein bisschen näher rangehen!«

Agathe und Leitner gesellten sich zu den anderen Schaulustigen, die sich mittlerweile auf beiden Seiten der Straße versammelt hatten.

Vom Wendelinplatz her bog ein VW-Bus in die Friedrich-Ebert-Straße, fuhr am Tieflader vorbei und parkte. Vier Bauarbeiter stiegen aus, wovon drei zum abgesperrten Bereich der Straße gingen und einer zu dem Bagger auf der Ladefläche. Er stieg in das Führerhaus des Kubota-Fünftonners, ließ ihn mit metallischem Rasseln rückwärts auf die Straße hinunter- und dann die letzten Meter bis zur Baustellenabsperrung rollen. Ein Bauarbeiter hob eines der Metallgitter aus seinem Sockel und klappte es wie eine Tür auf, sodass der Bagger passieren konnte. Dann schloss der Mann das Gitter wieder und besprach sich mit seinen Kollegen.

Wie Leitner es vorausgesagt hatte, rammten nach einem kurzen Gespräch mit dem Stadtmitarbeiter zwei Männer ihre Hebeleisen, wegen der gespreizten Enden auch Geißfuß genannt, ins Pflaster. Nach kurzem Ruckeln lösten sich die ersten Steine, und unter lebhafter Anteilnahme der ungebetenen Zuschauer und ihren ebenso wenig willkommenen Kommentaren fuhren die Bauarbeiter fort, ein etwa zwanzig Quadratmeter großes Stück Fläche freizulegen.

Nach etwa einer halben Stunde ließen die Stemmer ihre Werkzeuge liegen, machten eine Zigarettenpause und dem Bagger Platz. Der Führer der Maschine verstand offensichtlich sein Handwerk, denn er brauchte nur wenige Minuten, um mit der Baggerschaufel das gefrorene Erdreich zu lockern und auszuheben. Bald türmte sich auf der Straße ein großer Erdhaufen, und man konnte bis tief in die Eingeweide der Friedrich-Ebert-Straße zu den erst kürzlich verlegten Rohren blicken. Die Kollegen des Baggerfahrers stiegen vorsichtig in die Grube hinab, schienen etwas zu kontrollieren und schüttelten dann die Köpfe. Offensichtlich hatten sie das fehlerhafte Teilstück des Rohrs noch nicht gefunden. Also setzte der Bagger etwas zurück, und die Arbeiter entfernten weiter einen Stein des Pflasterbelags nach dem anderen.

»Ich glaube, ich habe genug gesehen. Langsam wird es mir doch ein bisschen zu frostig hier«, sagte Agathe zu Leitner, der nickte, ohne sie anzusehen.

»Ich komme mit nach Hause. Das hier wird sich wahrscheinlich noch ein bisschen … He, was ist denn da los?«

Agathe schaute wieder zur Baustelle. Der Bagger hatte seine Grabungen fortgesetzt, doch nun hatte sich die Schaufel offenbar irgendwo festgehakt. Der Baggerfahrer versuchte in rhythmischen Zügen, mit der Schaufel das Erdreich zu lockern, jedoch ohne Erfolg.

»Bestimmt kommt er nicht durch, weil die Erde gefroren ist«, sagte Agathe.

»Aber vorher hat's doch auch wunderbar funktioniert.« Leitner war skeptisch.

Wieder fuhr die Baggerschaufel ins Erdreich, und wieder steckte sie nach kurzer Zeit fest. Auch die Umstehenden raunten jetzt, als würde etwas Ungewöhnliches vor sich gehen. Aber was?

Leitner machte einige Schritte zur Seite, um einen besseren Blick auf die Stelle werfen zu können, an der die Schaufel festsaß.

Abermals holte der Baggerführer mit der Schaufel aus und ließ das schwere Blatt in die Erde sausen. Das Motorengeräusch wurde lauter, als er die Muskeln des Baggers spielen ließ. Schließlich machte der Bagger einen kleinen Ruck.

»Jetzt tut sich was«, sagte Leitner.

Schnell fuhr die Schaufel in den mühsam erkämpften Keil in der Erde und hob erneut mit aller Kraft an.

Als das Murmeln der Schaulustigen verebbte, warf Agathe einen Blick in deren Richtung. Alle starrten wie gebannt nach vorn.

»Was ist denn los?«, fragte sie Leitner, der ebenfalls die Stelle fixierte, an der die Baggerschaufel zugange war.

Er kniff die Augen zu Schlitzen zusammen. »Das gibt's doch nicht«, flüsterte er. »Was zum Teufel …?«

Als Agathe wieder in dieselbe Richtung sah, kroch ihr eisige Kälte den Rücken hoch. Zwei lange Hörner ragten aus der Erde. Sie waren gebogen wie die einer Gazelle. Die Schaufel hatte sich seitlich unter sie gegraben und wurde nun vom

Baggerarm nach oben gezogen. Agathe erkannte einen Kopf. Einen riesigen Kopf mit Hörnern. Je höher die Baggerschaufel fuhr, desto mehr wurde von dem dazugehörigen Körper sichtbar. Ein riesiger steifer Torso wurde aus seinem Grab gehoben, bis er fast senkrecht vor den ihn fassungslos anstarrenden Zaungästen hing.

Voller Abscheu verzog Agathe den Mund, konnte den Blick aber nicht von dem Ungeheuer lösen, welches eben aus der Friedrich-Ebert-Straße auferstanden war. Die Gestalt musste fast zwei Meter groß sein und hatte langes, zottiges Fell. Ihr Gesicht war die grausige Fratze eines Dämons, der sadistisch lächelte. Als sein gehörnter Kopf sich langsam zur Seite drehte, schrie Agathe auf. Das teuflische Gesicht sah sie direkt an.

»Oh Gott!«, rief sie entsetzt.

»Nicht Gott«, erwiderte Leitner, der schwer atmete. »Das ist der Teufel …«

Plötzlich löste sich der leblose Körper, den die Baggerschaufel mit einer Zinke am Kopf erwischt und hochgehoben hatte, und fiel auf seine Füße. Vor Schreck zuckten die Zuschauer zusammen und schrien laut auf. Nach nur einer Sekunde, in der es aufrecht stand, kippte das Monster steif wie ein Brett rücklings wieder nach hinten, schlug mit dem Kopf auf und drehte sich dann einmal um die eigene Achse, wobei seine Füße durch die Luft wirbelten. Seine Hörner und pelz- und klauenbewehrten Tatzen trafen mit dumpfem Ton auf den verdichteten Boden, dazu rasselte und schepperte es ohrenbetäubend.

Keiner der Schaulustigen war auch nur zu einem Wort fähig. Alle starrten sie verängstigt auf die grauenerregende Teufelsfigur, die nun regungslos vor ihnen in der ausgehobenen Grube lag.

3

Die Temperatur im Café Schuierer war angenehm. Agathe zögerte zunächst, ihre Winterjacke auszuziehen, doch der aromatische Geruch von frischem, heißem Kaffee, der ihr beim Betreten des Cafés sofort in die Nase stieg, überzeugte sie, es doch zu tun. Zusammen mit Leitner nahm sie an einem dunkelbraunen Holztisch Platz.

»Jetzt sitzen wir doch hier und müssen mit ihr Kaffee trinken«, sagte Leitner trocken, während er von der Karte aufsah.

Agathe warf ihrem Kollegen einen Blick zu, der ihn erwiderte, und wortlos drehten beide ihre Köpfe in Richtung Glastür. Davor stand Chris Wendell und telefonierte.

»Das spielt jetzt keine Rolle mehr, nu is das ja geschäftlich«, meinte Agathe, wobei ihr norddeutscher Dialekt aufblitzte, und beobachtete ihre Chefin noch eine Weile, während Leitner sich in das Getränkeangebot vertiefte.

»Das hätte ich jetzt nicht von ihr gedacht.«

»Was denn?«, fragte Leitner, schaute wieder hoch.

Agathe deutete zu Wendell. »Dass diese Schreckschraube auch nur irgendeine Schwäche haben könnte.«

Zu seiner Überraschung sah Leitner, dass Chris Wendell an einer dünnen, langen Zigarette zog. »Das ist tatsächlich verwunderlich. Sonst frisst sie doch immer irgendwelche Gurken-Dinkel-Sandwiches. Ich hatte angenommen, dass die bloß Gesundheitstee trinkt und viermal die Woche Sport macht. Ist ja kein Gramm Fett an dem zierlichen Püppchen.«

»Und das siehst du durch ihren Wintermantel hindurch, oder wie?«, fragte Agathe spitz.

Leitner bedachte sie mit einem süffisanten Blick. »Wir waren ja auch schon mal im Sommer bei ihr im Büro. Da hatte sie weniger an.«

In dem Moment kam Chris Wendell ins Café und auf ihren

Tisch zu und nahm, ohne ihren Pelzmantel abzulegen, zwischen Agathe und Leitner Platz.

»Ein gefundenes Fressen für die Presse«, sagte sie in für Leitner fies klingendem Gis-Dur. »Ich habe gerade diesen jungen Reporter da draußen gehört, wie er mit seiner Redaktion telefonierte und Schlagzeilen für den Artikel auf der Titelseite vorschlug. ›Der Teufel aus dem Grab‹, das war noch eine der harmloseren.«

»Dass sich die Medien darauf stürzen, wird kaum zu vermeiden sein«, meinte Agathe und erinnerte sich an ihre Zeit als Polizeibeamtin in Hamburg. »Meiner Erfahrung nach werden im Fernsehen schneller Bilder davon auftauchen, als die die Leiche wegschaffen können.«

»Meinst du denn, die kriegen so schnell ein Kamerateam her?«, fragte Leitner unbedarft.

Wendell warf ihrem Untergebenen einen mitleidigen Blick zu. »Herr Leitner, Kamerateams, wie Sie sie nennen, brauchen die Medien dafür längst nicht mehr. Es gibt genügend freiberufliche Reporter, die, teils mit Handykameras, teils mit 4K-Equipment, genau bei solchen Gelegenheiten überraschend schnell auftauchen und ihre Videos dann gewinnbringend an alle Medien schicken, von der BILD über RTL bis hin zu OTV.«

»Die sogenannten und hochgeschätzten Blaulichtreporter«, ergänzte Agathe.

»Exakt.« Wendell nickte. »Die uns natürlich die Arbeit auch nicht gerade leichter machen.«

»Ist denn die Kripo schon da?«

»Noch nicht. Deshalb eilt es auch einigermaßen. He, einen Espresso bitte!«, herrschte Wendell die Bedienung an, als die an ihrem Tisch vorüberlief, ohne ihr Beachtung zu schenken.

Leitner und Agathe hatten zwei Cappuccino bestellt, welche kurz darauf zusammen mit Wendells Espresso gebracht wurden.

Leitner ließ einen Löffel Zucker in seine Tasse rieseln, unter dem der Milchschaum in sich zusammensank.

»Ich vermute mal, dass die Baustelle bei unserer Gesellschaft versichert war?«, fragte Agathe und nippte vorsichtig an der weiß-braunen Crema.

»Sonst wäre ich ja wohl kaum um diese Uhrzeit hier, nicht wahr?« Wendell warf ihr einen Blick zu, der suggerierte, dass sie allein schon die Frage als Zumutung empfand.

»Schon klar«, sagte Agathe. »Das Versicherungsvolumen dürfte nicht gerade klein sein. Ich beneide Sie wirklich nicht um Ihre Arbeit, wenn ich ehrlich bin.«

Wendell trank ihren Espresso zur Hälfte aus. Dann entgegnete sie: »Ich Sie auch nicht um Ihre.« Als die Gesichter von Agathe und Leitner einfroren, schien es, als genösse Chris Wendell den Effekt ihrer Pointe einen Augenblick länger als unbedingt nötig.

Agathe fand als Erste ihre Sprache wieder. »Was wollen Sie damit sagen? Unsere Arbeit?«

»Das liegt doch wohl auf der Hand, oder? Irgendjemand hat da vorne einen kostümierten Mann vergraben, und zwei Wochen später haben wir einen Schadensfall genau neben dem Fundort. Praktisch, nicht?«

»Wieso praktisch?« Leitner blickte von einer Frau zur anderen.

Agathe nahm ihren Kaffeelöffel und rollte ihn zwischen Daumen und Zeigefinger hin und her. »Das ist für unsere Versicherung aus dem Grunde praktisch, weil dadurch die Möglichkeit besteht, dass der Lieferant das Rohr nicht schadhaft zur Verfügung gestellt hat und dass es nicht die Baufirma war, die es falsch verlegt oder beim Einbau beschädigt hat. Korrekt?«

Wendell nickte knapp. »Sie haben es erfasst, Frau Viersen. Unsere Versicherung – wie jede andere übrigens auch – lebt schließlich davon, dass wir *nicht* für Schadensfälle aufkommen müssen. Und um das zu gewährleisten, sind jetzt Sie am Zuge.« Sie trank den letzten Schluck ihres Espressos und winkte der Kellnerin.

Leitner lehnte sich matt in seinem Stuhl zurück. »Ach so … Hätte der Lieferant oder die Baufirma Schuld, müssten wir der Stadt Schwandorf die Schadenssumme ausbezahlen. Aber wenn der, der diesen Teufel eingebuddelt hat, den Schaden verursacht hat …«

»… dann nicht. Gratuliere, Herr Leitner.« Wendell sah ihn scheel an, dann sagte sie zur Bedienung: »Ich zahle alles zusammen und hätte dann gern einen Bewirtungsbeleg.«

Die Servicekraft stutzte kurz. »Oh … da muss ich erst … Da weiß ich jetzt nicht genau …«

Wendell seufzte. »Schon gut. Hier.« Damit gab sie ihr einen Betrag, der ein angemessenes Trinkgeld enthielt, und stand schwungvoll auf. »Wie es aussieht, hat sich dieser Verkleidete weder freiwillig noch selbst eingegraben«, sagte sie zu ihren Mitarbeitern. »Wenn also unsere Versicherungsgesellschaft in eine Geschichte verwickelt ist, bei der der Teufel aus seinem Grab steigt, dann will ich schneller als die Polizei wissen, was da vorgefallen ist.«

»Heißt konkret?«, fragte Agathe.

»Finden Sie heraus, wie der Schaden entstanden ist und wer dafür verantwortlich ist. Begeben Sie sich mal wieder auf Mörderjagd.« Wendell musterte sie länger. »Scheint langsam zur Gewohnheit bei Ihnen zu werden, vielleicht sollten Sie es mal bei der Polizei versuchen.«

»Da war ich schon«, sage Agathe abwesend, dann verabschiedeten sie und Leitner sich von ihrer Chefin, die das Café wieder verließ.

»Wie gehen wir denn jetzt vor?«, fragte Leitner, und eine Weile sagte keiner von beiden ein Wort.

Er brach als Erster von ihnen die Stille. »Lass uns zunächst noch mal zur Baustelle gehen. Wir müssen erst einmal wissen, wessen Leiche da in der Friedrich-Ebert-Straße vergraben war. Die Kripo sollte mittlerweile vor Ort sein, vielleicht haben die Beamten ja schon eine Ahnung.«

»Klingt vernünftig«, antwortete Agathe. Dann meinte sie nachdenklich: »Wie verrückt muss man sein, einen Toten in so ein Ungetüm zu verwandeln, bevor man ihn begräbt? Was soll dieses … dieses Tier eigentlich darstellen?«

»Das ist ein Krampus. Erst vor ein paar Jahren gab es einen Kinofilm über einen, eine Horrorkomödie.«

»Stimmt. Jetzt, wo du es sagst, kann ich mich wieder dran erinnern. Habe ich aber nie gesehen.«

»Ich auch nicht. Auf jeden Fall«, fuhr Leitner fort, »steckt hinter einem Krampus normalerweise ein Mensch wie du und ich, der sich in Felle hüllt und eine gehörnte Maske aufsetzt.« Er stand auf und zog sich seine Winterjacke an.

»Und trotzdem bleibt die Frage: Warum sollte jemand einen Toten so verkleiden, bevor er ihn in einer Straße vergräbt?« Agathes Blick huschte zur Eingangstür des Cafés, die sich öffnete.

»Vielleicht irgendein Ritual?«, mutmaßte Leitner, während er sich seinen Schal um den Hals wickelte und die Enden unter den Jackenkragen stopfte. »Aber um deine Frage mit Sicherheit beantworten zu können, will ich noch mal vor zur Fundstelle. Ist ja jetzt auch offiziell unser Auftrag.«

In dem Moment marschierte das Frauenquartett, das vorhin ebenfalls noch an der Baustellenabsperrung gestanden hatte, in Reih und Glied ins Café ein und ließ sich an einem Tisch unweit von Agathe und Leitner nieder.

»Kommst du?«, forderte er seine Kollegin auf.

Doch Agathe hatte schon das für sie so typische dunkle Blitzen in ihren Augen. »Geh schon mal vor«, sagte sie. »Ich komme in ein paar Minuten nach.«

Leitner sah zu dem Tisch mit den Damen, dann zu Agathe. Da er nicht genau zu wissen schien, was die vier Frauen mit ihrem Wunsch, im Café zu bleiben, zu tun hatten, murmelte er nur: »Okay … dann schau ich eben schon mal allein, ob ich was rausfinden kann, was uns weiterhilft«, und verließ zögernd das Café Schuierer.

Agathe kratzte mit ihrem Löffel auch noch das letzte bisschen Schaum ihres Cappuccinos vom Tassenrand, während sie aus dem Augenwinkel das Frauenquartett beobachtete. Offenbar – das hatte sie schon vorhin bemerkt – stand eine von ihnen im Mittelpunkt. Agathe schätzte sie auf etwas über siebzig Jahre. Sie machte ihren strengen Mund, den Agathe bisher noch nicht lächeln gesehen hatte, beim Sprechen nicht weit auf. Ihr volles Haar, das mehr grau als schwarz war, war in einer schwungvollen Welle frisiert. Eine elegante Frisur, die nicht so recht zu ihrem Gesicht mit den fast aus den Höhlen quellenden Augen und den vielen Warzen passen wollte. Und auch der Rest ihres Körpers glich mit seinen deutlichen Rundungen eher dem einer Kröte.

»Man möchte nicht glauben, was den Menschen alles einfällt«, sagte die Frau gerade zu ihren Begleiterinnen. »Einen Toten im Straßenbett zu vergraben …« Mit der Erhabenheit – oder war es eher Überheblichkeit? – einer Dame von Welt, die eigentlich schon alles gesehen hat, schüttelte sie den Kopf und begann, die Speisekarte zu studieren.

»Wirklich schrecklich«, pflichtete ihr eine andere Frau bei. »Die Zeitungen sind ja voll von Schauergeschichten aus aller Welt, aber dass so etwas hier passiert? Bei uns in Schwandorf? Das ist schon ein sehr starkes Stück!«

Auf Agathe wirkte es so, als bestünde die Hauptaufgabe der hageren Frau darin, der anderen wortreich recht zu geben.

»Ein Kännchen Kaffee!«, orderte die Hagere mit fester Stimme.

Agathe wusste nicht, woher ihr Gefühl kam, aber sie bezweifelte, dass diese Frau ohne die drei anderen am Tisch ihre Bestellung ebenso laut durch das Café gerufen hätte. Sie trug ihr glattes graues Haar burschikos kurz, eine durch und durch praktische Frisur ohne jeden Pfiff. Ihre langweilige Bluse hing an ihrem hageren Körper wie ein Sack. Sosehr Agathe sich auch bemühte, sie wohlwollend zu betrachten, sie konnte an dieser Frau nichts Attraktives finden.

Die Krötenfrau schien sich von ihrer Tischgenossin bestätigt zu fühlen und fuhr mit Verve fort: »Zu meiner Zeit wäre so etwas hier nie passiert. Aber heute? Man muss sich doch nur mal umschauen, was jetzt alles bei uns wohnt, dann ist einem so einiges klar. Man erkennt ja seine eigene Stadt nicht wieder.«

»Da hast du recht! Überall diese … Leute«, sagte die hagere Frau.

»Aber an grausamen Geschichten hat's bei uns in der Gegend doch auch früher nicht gemangelt«, mischte sich jetzt die dritte Dame ins Gespräch ein. »Ich könnte euch Sachen erzählen, da würdet ihr blass werden.«

Die Krötenfrau zog abschätzig die Mundwinkel nach unten und schüttelte den Kopf. »Vielleicht draußen auf den Dörfern, da kennst du dich ja besser aus als ich. Aber hier in Schwandorf gab es kaum Skandale.«

»Hm«, machte die dritte Frau gedehnt und verfiel dann wieder in Schweigen.

Für Agathe war ganz offensichtlich, dass die Kröte sich ihre Erinnerung vom schönen Leben im früheren Schwandorf nicht von der harten Realität der Lebenserfahrung ihrer Tischnachbarin kaputtmachen lassen wollte.

»Das kommt doch auch auf die Kreise an«, beeilte sich jetzt die Hagere zu sagen. »Ich meine, die Menschen sind halt nun mal verschieden, und in gewissen Gesellschaftsschichten passieren vielleicht mehr solcher Skandale als in anderen.«

»Du wirst es ja wissen, Martha«, sagte die dritte Frau. Es war nicht zu überhören, dass sie eine Diskussion mit dem Schoßhündchen der Krötenfrau vermeiden wollte.

Und als hätte sie einen Sieg errungen, sagte die Frau, von der Agathe nun erfahren hatte, dass sie Martha hieß: »Das weiß ich auch, Helga! *Du* brauchst uns gar nichts zu erzählen, *wir* kennen uns schließlich aus.« Um Anerkennung heischend sah sie zu der Kröte.

Agathe stieß diese unübersehbare Anbiederung ab. Die Hagere war wie ein Hund, der darauf wartet, von seinem Herrchen zur Belohnung ein Leckerli hingeworfen zu bekommen.

»Schon recht«, tat Helga das Gesagte ab und sah zur Bedienung, die eben an den Tisch trat. »Wie immer.«

»Einen Prosecco, gut gekühlt«, murmelte die Kellnerin und sah dann auf. »Und bei den anderen Damen?«

»Ein Kännchen Kaffee«, sagte die Hagere.

»Habe ich schon notiert«, nickte die Bedienung und schenkte der Frau keine weitere Beachtung.

Die Kröte bestellte einen Hagebuttentee, die vierte Frau eine Marmeladensemmel und ein Glas frisch gepressten Orangensaft.

Während die Dritte im Bunde, Helga, ihr Handy aus der Handtasche zog, konnte Agathe sie eingehender studieren. Mit geschätzt Mitte fünfzig war sie zweifelsohne die Jüngste des Quartetts. Ihre mittellangen Haare waren rotbraun gefärbt und aufwendig geföhnt. Der schwarze, mit Blumenmotiven bestickte Wollpullover fiel gefällig über ihren schlanken Oberkörper. Dazu trug sie eine dezente Silberkette, und auch die Ringe an ihren Fingern wirkten weder billig noch geschmacklos. Dennoch konnte sich Agathe des Eindrucks nicht erwehren, dass Helgas Äußeres nicht zu ihrem inneren Wesen passte.

Die vierte Frau machte auf Agathe den angenehmsten Eindruck. Sie trug ihre kurzen blonden Haare nach hinten gekämmt und lächelte freundlich, während sie den anderen zuhörte.

»Für deinen Schwiegersohn wird es mit dem Fund bestimmt ziemlich unangenehm, nicht wahr, Regina?«, sagte die Anführerin der Gruppe jetzt zu ihr.

Regina atmete kurz durch und hob dann hilflos die Hände. »Das bleibt abzuwarten«, erwiderte sie schließlich mit warmer, sympathischer Stimme.

Agathe hätte der Konversation am Nachbartisch zu gern noch länger zugehört. Aber als eine Textnachricht von Leitner auf ihrem Handy einging – »Wo bleibst du?« –, verließ auch sie das Café Schuierer, um sich ihrem neuen Auftrag zu widmen.

4

Die Stadt lag noch immer im Halbdunkel des vorwinterlichen Morgens, als Agathe erneut zur Baustelle ging, die seit einer knappen Stunde auch der Fundort einer Leiche im Teufelskostüm war. Die Anzahl der Schaulustigen hatte sich in der kurzen Zeit fast verdoppelt. Bestimmt hatte sich die Nachricht von dem Toten in den sozialen Netzwerken sehr rasch verbreitet.

Als sie sich der Straßenecke näherte, wurde ihr Gesicht immer wieder in blaues Licht getaucht, dessen Quellen auf den Dächern der zwei Streifenwagen der Polizei sowie eines dunklen Audis angebracht waren. Die Kripo war also schon da.

Da in diesem Moment auch noch ein Sanitätswagen des Bayerischen Roten Kreuzes auf den Wendelinplatz fuhr, wendete und schließlich rückwärts in Richtung der aufgerissenen Straße stieß, gesellten sich zu den blau flackernden Lichtern noch die gelben von dessen Warnblinkanlage. Eilig schien es der Fahrer des Sankas nicht zu haben. Aber dass der Teufel, dessen Grabesruhe man unsanft gestört hatte, außer zum Ausstellen des Totenscheins keinen Arzt mehr brauchte, leuchtete Agathe ein.

Sie fand Leitner im Gespräch mit dem Mann, der laut Wendell der Sachgebietsleiter für Tiefbau bei der Stadt Schwandorf war. Der Stadtmitarbeiter hatte einen dicken Schal um seinen Hals gewickelt und trug einen grauen Lodenmantel. Agathe schätzte ihn auf um die fünfzig. Sie grüßte kurz mit einem Nicken und ließ die Männer ihre Unterhaltung fortführen.

»Das ist für uns der Super-GAU«, sagte er gerade mit in den Manteltaschen vergrabenen Händen. »Ich hoffe nur, die Polizei arbeitet schnell.«

»Ich verstehe«, erwiderte Leitner. »Sie wollen natürlich möglichst rasch das kaputte Rohr austauschen, damit die Straße bald wieder befahrbar ist.«

»Freilich. Die Geschäftsleute in der Innenstadt haben in den letzten zwei Jahren schon genügend Einschränkungen hinnehmen müssen, und dann geht in zehn Tagen vorn am Marktplatz auch noch der Weihnachtsmarkt los.« Er seufzte.

Agathe wandte den Blick zur Baustelle, die jetzt von zwei Baustrahlern ausgeleuchtet wurde. Drei Mitarbeiter der Spurensicherung in Ganzkörperanzügen untersuchten die Fundstelle der Leiche. Diese lag noch immer in der ausgehobenen Senke, die Arme und Beine unnatürlich verdreht. An der östlichen Seite der Baustelle warteten die Angestellten des ortsansässigen Bestattungsunternehmens schon auf das Okay der Polizei, um den Leichnam aus dem Erdloch zu heben und abzutransportieren.

»Das wird schwierig«, meinte Leitner leise, der anscheinend dasselbe wie Agathe beobachtet hatte.

»Bitte?«, fragte der Stadtbeamte nach.

»Dass man in einer Straße, die wieder aufgerissen worden ist, brauchbare Hinweise auf den Täter findet. Fingerabdrücke, Fußspuren und so weiter.«

»Das klingt wirklich unwahrscheinlich.«

»Was ein Vor- oder Nachteil für Sie sein kann.«

»Inwiefern?«

»Na ja, wenn die Kripo es so wie wir beide sieht, dürfte sie die Baustelle wohl schnell wieder freigeben.« Leitner grinste.

»Oder?«

»Oder genau dieser Umstand weckt den Ehrgeiz der Beamten, dennoch eine Spur zu finden. Dann dürfte der Spaß etwas länger dauern.«

»Malen Sie den Teufel nicht an die Wand«, sagte der Sachgebietsleiter.

»Brauchen wir gar nicht, der liegt ja schon da«, entgegnete Leitner trocken, worauf der Stadtangestellte ihn betreten ansah. »Um wen handelt es sich eigentlich?«

»Das habe ich die Polizei auch schon gefragt, aber die wollten vorerst nichts am Fundort verändern. Ergo auch nicht an der Leiche mit ihrer Maske.«

Agathe hatte den beiden mit einem Ohr zugehört und stahl sich nun davon, um die Arbeiten der Polizei genauer unter die Lupe zu nehmen. Mit einer solchen untersuchten die Spurensicherer in diesem Moment die gerade Furche, die das gewaltsame Entfernen der Leiche in der Erde hinterlassen hatte.

»So stark hat sich die Vorgehensweise seit Sherlock Holmes auch nicht verändert«, murmelte Agathe vor sich hin, während sie den Leichnam musterte, der bäuchlings in der Grube lag. Die verdrehten Beine zeigten in ihre Richtung, am grauschwarzen Fellgewand klebten große Brocken gefrorener Erde. Die Fellbüschel bewegten sich sanft im Wind. Die Maske konnte Agathe nicht erkennen, nur die langen, korkenzieherähnlichen Hörner, die zu ihr gehörten. Selbst im hellen Scheinwerferlicht und völlig reglos sah die Kreatur furchterregend aus.

Bei näherer Betrachtung wurde Agathe auch klar, warum es vorhin, als der Krampus der Länge nach wieder in die Grube zurückgefallen war, so dermaßen laut gescheppert hatte. An dem breiten Lederriemen, den die Gestalt um den Bauch trug, waren drei große Kuhglocken sowie eine lange Metallkette befestigt.

»Gehen Sie bitte weiter, Sie behindern die Arbeit der Polizei!«, riss ein uniformierter Beamter Agathe aus ihren Betrachtungen.

Sie blickte auf und ärgerte sich, dass sie bis jetzt nur gegafft und keine Informationen gesichert hatte. Sie beschloss zu pokern. »Ich bin mit Kriminalhauptkommissar Deckert verabredet.«

Der Beamte starrte sie misstrauisch an. »Aber der ist doch gerade erst hier eingetroffen.«

»Ich weiß«, log Agathe und war erleichtert, dass die Ermittlungen tatsächlich von Deckert geleitet wurden, mit dem sie und Leitner schon bei mehreren Fällen zu tun gehabt hatten – zuletzt erst, als eine Frau in der riesigen Holzkugel am Steinberger See ermordet worden war. »Er hat mich vom Auto aus angerufen. Wo finde ich ihn?«

»Der telefoniert noch mit der Staatsanwaltschaft. Warten Sie hier, ich hole ihn, wenn er fertig ist.« Der Polizist ging in Richtung des schwarzen Audis, der unweit der Baustelle innerhalb der Absperrung parkte.

Agathe konnte nur hoffen, dass Deckert ihr nicht in den Rücken fallen würde, wenn er herausfand, dass sie dem jungen Wachtmeister eine Lüge aufgetischt hatte. Wenn auch eine eiskalt zubereitete, und schön serviert hatte sie sie ihm auch.

Nach zwei Minuten, die Agathe wesentlich länger vorkamen, stieg der Kriminalhauptkommissar aus seinem Dienstwagen. Der Beamte in Uniform redete kurz mit ihm und zeigte dabei mehrmals in ihre Richtung.

Als Deckert zu ihr blickte, setzte sie so lange ihre geschäftliche Miene auf, wie der Streifenpolizist ebenfalls zu ihr hinsah. Als er sich wegdrehte, hob sie flehentlich die Arme.

Zu ihrer großen Erleichterung kam der Hauptkommissar sofort auf sie zu.

»Da haben wir ja mal einen wirklich außergewöhnlichen Fall, Frau Viersen.«

»Guten Morgen, Herr Kommissar. So etwas«, Agathe deutete mit einem Nicken Richtung Teufel, »sieht man wirklich nicht alle Tage. Aber unter normalen Umständen haben wir uns auch noch nie getroffen, oder?«

»Das stimmt allerdings.« Deckert musste unwillkürlich auflachen. »Die Baustelle ist also bei der Jacortia versichert, denn sonst hätten wir heute nicht das Vergnügen.«

»Vollkommen richtig. Der gesamte Umbau der Friedrich-Ebert-Straße war bei uns versichert. Alles sah ganz danach aus, als müsste unsere Gesellschaft für den durch den Rohrbruch entstandenen Schaden aufkommen. Bis der schneidige Luzifer da ans Licht kam.«

Deckert sah auf den Leichnam hinab. »Verstehe. Und jetzt müssen Sie herausfinden, ob der Rohrbruch dabei entstanden ist, als man diesen Menschen da unten vergraben hat. Dann müsste Ihre Versicherung nicht zahlen.«

»Wieder richtig. Wir müssen also schnellstens wissen, wer

der Tote ist und, noch viel wichtiger, unter welchen Umständen er in sein Straßengrab gebettet wurde.«

Der Kommissar fuhr sich mehrmals mit seinen Händen übers Gesicht. »Das ist doch jedes Mal das Gleiche mit Ihnen«, stöhnte er. »Und ich muss Sie wie jedes Mal ganz offiziell darauf hinweisen, dass jedwede Behinderung unserer Ermittlungen durch Ihre eigenen Recherchen harte juristische Konsequenzen nach sich ziehen wird.«

In Agathe regte sich Vorfreude, denn sie wusste, dass Deckert ihr diesen völlig überflüssigen Vortrag nicht halten würde, hätte er nicht vor, ihr im Anschluss daran noch einige Einzelheiten zu verraten. »Das ist mir bekannt, Herr Kommissar, und ich verspreche Ihnen, dass wir uns natürlich nicht in Ihre Ermittlungen einmischen werden. Und sollten wir auf etwas für Sie Relevantes stoßen, geben wir Ihnen sofort Bescheid. Das wissen Sie doch, nicht wahr?«

Deckert knirschte leise mit den Zähnen, nickte dann aber. Agathe hatte ihr Blatt richtig gespielt. Mancher Fall in der Vergangenheit hatte nur durch das Zutun der beiden Versicherungsdetektive aufgeklärt werden können. Offiziell hatte man den Erfolg immer der Kriminalpolizei zugeschrieben, die somit das Gesicht gewahrt hatte. Für Agathe Viersen und Gerhard Leitner ging es schließlich jeweils nur darum, festzustellen, ob und aus welchem Grund ihre Versicherungsgesellschaft zur Auszahlung der in den Policen festgehaltenen Summen verpflichtet war.

»Gut und schön«, sagte Deckert schließlich. »Aber solange die Spurensicherung noch hier zugange ist, kann ich Ihnen noch überhaupt nichts sagen.«

Agathe blickte ihn erwartungsvoll an.

»Sie können mich jedoch gerne im Laufe des Tages anrufen, vielleicht wissen wir dann schon mehr.«

»Danke«, sagte Agathe. »Dürfen mein Kollege Leitner und ich denn noch ein bisschen hierbleiben und zusehen?«

»Aber nur, wenn Sie sich unauffällig verhalten. Ich kann für Sie vor den anderen Schaulustigen keine Extrawurst braten.«

»Ist gebongt!«, sagte Agathe und machte sich wieder auf den Weg zu Leitner.

Sie erzählte ihm, was sie mit Deckert vereinbart hatte, und so postierten sich beide ein wenig abseits auf Höhe des Fast-Food-Restaurants an der Absperrung, unterhielten sich und verfolgten lediglich aus den Augenwinkeln das Geschehen an der Baustelle weiter.

Nach einigen Minuten machten sich die Mitarbeiter des Bestattungsinstituts daran, die Leiche in einen Zinksarg zu legen.

Agathe und Leitner gingen näher heran und beobachteten, wie die aufgesetzten Hörner des Toten mehrmals gegen die metallenen Sargwände stießen, bevor die Männer die Leiche schließlich neben den Sarg legten und mit den Beamten der Spurensicherung eine Diskussion begannen.

»Jetzt wird es spannend«, sagte Leitner leise.

»Das kann ich nicht freigeben, dass Sie dem die Maske abnehmen«, protestierte ein Spurensicherer. »Sie dürfen an der Leiche nichts verändern.«

»Dann sagen Sie mir doch bitte, wie wir den Toten transportieren sollen!«, regte sich daraufhin einer der Bestatter auf. »Sie sehen doch selber, dass der mit seiner Maske mit den Hörnern dran da nicht reinpasst!«

»Das muss der Kommissar entscheiden. Moment … Herr Hauptkommissar? Hallo, Herr Deckert!«, rief der Spurensicherer seinen Vorgesetzten zu sich. Und sagte, nachdem der zu ihnen gekommen war: »An der Leiche darf nichts verändert werden, sonst steigt uns doch die Gerichtsmedizin aufs Dach.«

»Jetzt beruhigen Sie sich mal wieder«, intervenierte Deckert. »Die werden uns schon nicht den Kopf abreißen.«

»Bitte, bitte!«, gab der Spurensicherer gekränkt zurück. »Wenn Sie das auf Ihre Kappe nehmen …«

»Jetzt überlegen S' halt. Der Knabe passt nun einmal nicht in die Zinkwanne. Und weil die Kollegen vom Bestatter ihn ja wohl nicht zu Fuß auf den Schultern zu ihrem Institut in die Wöhrvorstadt tragen können, liegt es doch nahe, ihm die Maske mit den Hörnern abzunehmen«, sagte Deckert.

Daraufhin entfernte sich der Spurensicherer beleidigt, und die Totengräber schickten sich an, der Leiche die Maske abzunehmen. Sie mussten mehrmals gegen den Hals schlagen, um sie zu lockern, so festgefroren war sie. Dann drehten die Männer den Maskenkopf herum, was aussah, als würden sie dem schon Toten noch das Genick brechen wollen. Als die Maske sich schließlich löste, kamen unter ihr das totenblasse Gesicht und die zerzausten Haare eines Mannes zum Vorschein. Einige Handyblitze flammten kurz auf, und auch eine Kamera richtete sich auf die Leiche. Sofort erinnerten die Streifenpolizisten die Schaulustigen höflich, aber energisch daran, dass es illegal war, Bilder der Leiche zu veröffentlichen, auch wenn dies seit einigen Jahren immer häufiger passierte.

Agathe und Leitner beobachteten das Geschehen mit betretenem Schweigen.

Agathe fielen die Tattoos des Toten auf, die seinen Hals und fast sein gesamtes Gesicht bedeckten. Beide Augenbrauen waren gepierct. Irgendwie wirkte der Mann auf sie immer noch lebendig. »Kennst du ihn?«, fragte Agathe Leitner.

Diese Frage erschien ihr durchaus berechtigt. Im Zuge ihrer Ermittlungen war es schon häufiger vorgekommen, dass Leitner sagte: »Natürlich kenn ich den Sowieso, das ist doch der Schwager von der Freundin von dem Freund …«, und so weiter und so fort.

Doch diesmal schüttelte er nur stumm den Kopf, während Hauptkommissar Deckert die Bestatter anwies, die Leiche in den bereitstehenden Sarg zu legen. Diesmal war der Versuch erfolgreich. Sie wollten den Zinkdeckel gerade schließen, da rief plötzlich jemand: »Halt, warten Sie noch kurz!«

Alle, die Polizeibeamten sowie Agathe und Leitner eingeschlossen, drehten sich in die Richtung, aus der die Stimme gekommen war.

»Den wiederum kenne ich«, flüsterte Leitner, als sich ein Endzwanziger im schwarzen Arbeitsoverall näherte.

»Und? Wer ist das?«, fragte Agathe.

»Arno Bögl, Chef von der Baufirma, die für die Baustelle zuständig ist. Die Arbeiten in den letzten Jahren haben sie auch gemacht.«

Bögl machte sich kurz mit dem Kommissar bekannt, dann trat er an die frisch ausgehobene Grube. »So eine Schweinerei. Unsere schöne Friedrich-Ebert-Straße«, sagte er zunächst und besah sich dabei wehmütig das Loch.

Von Leitner wusste Agathe, dass die Kosten für die Sanierung der Straße nicht nur im Rahmen geblieben waren, sondern man die Arbeiten auch einige Tage früher als geplant abgeschlossen hatte – für die Baufirma und die Stadt natürlich ein Aushängeschild, was Zuverlässigkeit und Effizienz betraf, das nun zu bröckeln begann.

Jetzt kletterte Bögl in die Grube zu der Leiche in dem Zinksarg hinab.

Agathe konnte nicht umhin, seine durchtrainierte Figur zu bewundern. Bögl bewegte sich behände wie eine Gämse. Auch sein Gesicht mit den kurz geschorenen schwarzen Haaren gefiel ihr.

Bögl warf einen Blick in den Sarg und verzog das Gesicht wie unter Schmerzen. »Ach du Scheiße!«, entfuhr es ihm unkontrolliert.

Deckert witterte sofort seine Chance. »Sie kennen den Mann?«

Bögl sah ihn verständnislos an. »Freilich. Das ist der Harry.«

Agathe und Leitner hingen wie Deckert an Bögls Lippen.

»Harry wer?«, insistierte der Hauptkommissar.

»Harry Spiegler. Wohnt gar nicht weit weg von hier. Da hinten, in der Löllstraße.« Er deutete in Richtung Wendelinplatz, wo links vor der Adenauerbrücke besagte Straße vor der ehemaligen Bierwirtschaft Grafenbeck einmündete.

Agathe bemerkte, dass nach Nennung von Spieglers Namen auch die noch anwesenden Bauarbeiter ihre Köpfe in Richtung des Leichnams drehten.

»Und Sie sind sich wirklich sicher, dass es sich hier um diesen Harry Spiegler handelt?«, fragte Deckert weiter.

»Freilich. Die Tätowierungen sind einzigartig.«

»Woher kennen Sie ihn?«

»Wir haben ab und an zusammengearbeitet. Auf verschiedenen Baustellen.«

»Ach, *das* ist also der Spiegler Harry«, hörte Agathe Leitner neben sich flüstern. Sie wollte auf diese Äußerung erst später eingehen, denn nun musste sie weiter die Unterhaltung zwischen dem Kommissar und Arno Bögl belauschen.

Kurz streifte der Blick des Kriminalbeamten den ihren. Er schien sagen zu wollen, dass diese Situation höchst regelwidrig war. Agathe als Ex-Polizistin wusste natürlich, dass Deckert in Schwierigkeiten kommen würde, sollte dieses »Mithören« einer Zeugenvernehmung durch Zivilpersonen, wie sie selbst eine war, den falschen Leuten zu Ohren kommen. Allerdings sollte auch dem Kommissar bekannt sein, dass Agathe nicht einfach mal so durch eine leichtfertige Indiskretion ihren guten Draht zur Kripo Amberg kappen würde. Also wandte Deckert sich wieder Bögl zu.

»Dann war Herr Spiegler in Ihrer Firma beschäftigt?«, fragte er.

Bögl fischte sich eine Marlboro aus seiner Zigarettenschachtel und zündete sie an. »Nein, aber beim Baldi.«

»Interessant, beim Müller Baldi«, murmelte Leitner sofort.

»Und wer ist der jetzt?«, wollte Deckert wissen.

»Ein Fuhrunternehmer«, erklärte Bögl. »Balduin Müller, hat sich auf Baustellen spezialisiert.«

»Was transportiert er?«

»Erde. Steine. Kies. Alles, was bei einem Aushub so anfällt.«

»Verstehe«, sagte Deckert, »dann haben Sie vermutlich viel mit ihm zu tun.«

»Logisch«, antwortete Bögl. »Alle Pfiff lang arbeitet man in unserer Branche zusammen.«

»Und daher kannten Sie auch den Harry Spiegler.«

Bögl nickte und ging vor dem Sarg in die Hocke. »Das verstehe ich einfach nicht. Warum hat jemand den Harry in diesem Monsterkostüm hier eingegraben?«

Deckert rieb sich die Stirn. »Die Frage können wir Ihnen heute leider noch nicht beantworten, Herr Bögl. Aber wir arbeiten daran. Hinterlassen Sie bitte bei meinen Kollegen Ihre Kontaktdaten, damit wir mit Ihnen in Verbindung treten können, wenn es notwendig werden sollte.«

»Geht klar«, sagte Bögl und kletterte kopfschüttelnd wieder aus der Grube.

Agathe und Leitner entfernten sich einige Meter vom Ort des Geschehens, wobei Agathe dem Hauptkommissar zum Abschied noch schnell freundlich zuzwinkerte. Dann hörten sie, wie der Sargdeckel mit einem dumpfen Geräusch verschlossen wurde, und beobachteten, wie die Bestatter die Zinkwanne aus dem Loch wuchteten, ins Heck des Mercedes schoben und den seltsam gewandeten Harry Spiegler zu ihrem Institut fuhren, um ihn dort für die Untersuchung in der Erlanger Gerichtsmedizin vorzubereiten.

5

Am nächsten Vormittag stand Leitner am Küchenfenster der gemeinsamen Wohnung und sah hinaus. Während er wartete, dass am anderen Ende der Leitung sein alter Schulfreund und früherer Musikerkollege Fritz Detter ranging, beobachtete er, wie sich die erneute Sperrung der Bahnhofstraße und die Einschränkung, am Ende der parallel dazu verlaufenden Schwaigerstraße nur noch rechts und nicht mehr links in Richtung Marktplatz abbiegen zu können, auf den Straßenverkehr auswirkten. Manche Autofahrer hatten offensichtlich noch nichts von den Änderungen mitbekommen, da aus der Blechlawine unter ihm so manches Hupen zu hören war. Dann wurde abgenommen, aber zu Leitners Überraschung nicht vom Chefredakteur des »Wirkendorfer Anzeigers«, sondern von dessen Sekretärin.

»Grüß Gott, Frau Schröder«, begrüßte er sie. »Der Gerhard Leitner hier. Ist der Herr Detter nicht da?«

»Mei, Herr Leitner, heute geht's bei uns zu wie in einem Taubenschlag. Der Chefredakteur sitzt gerade in einer spontan einberufenen Konferenz.«

»Kein Wunder. Einen toten Teufel, der aus einem Straßengrab gehoben wird, hat man nicht alle Tage.«

»Genau so ist es. Kann er Sie vielleicht zurückrufen? Ach, halt, gerade kommt er rein.«

Durch die vermutlich von Frau Schröders Hand abgedeckte Sprechmuschel hörte Leitner, wie die Sekretärin mit Detter sprach. Dann vernahm er ein kurzes Rauschen, und eine Sekunde später sagte Frau Schröder: »Herr Leitner? Ich stelle Sie durch.«

»Danke vielmals!«, erwiderte er, dann lauschte er Mozarts »Kleiner Nachtmusik«.

In dem Moment betrat Agathe die Küche und legte ihr Handy auf den Tisch. »Hast du ihn erwischt?«, fragte sie.

Leitner bedeutete ihr, leise zu sein. »Fritz, servus!«, sagte er dann. »So ein Toter in der Hauptstraße hält einen ganz schön auf Trab, was?«

»Hör mir bloß auf«, erwiderte der Chefredakteur. »In der heutigen Zeit musst du bei so was schnell sein. Mindestens genauso schnell wie die anderen Medien.«

»Dass dein Job auch mal was mit Arbeit zu tun haben könnte, kommt für dich jetzt wahrscheinlich überraschend«, feixte Leitner.

»Na ja, ich muss mich wohl dran gewöhnen. Übrigens habe ich gehört, dass auch du inzwischen durchaus mal vor elf Uhr aufstehst«, konterte Detter die kleine Nickligkeit seines Freundes. »Nicht bös sein, Gerhard«, sagte er dann, »aber ich habe jetzt nicht viel Zeit für dich. Was hättest du denn gebraucht?«

»Ich wollte mal horchen, was du schon über die Leiche weißt, den Harry Spiegler.«

»Noch gar nichts. Im Archiv haben wir nichts über ihn gefunden, aber wir recherchieren natürlich.«

»Dann sind wir damit schon zu dritt. Die Kripo, deine Zeitung und wir.«

»Wir? Du meinst Agathe und dich?«

»Jop.«

Detter zögerte eine Sekunde, dann fiel bei ihm der Groschen. »Ach so, jetzt kapiere ich es auch. Die Sanierungsarbeiten der Friedrich-Ebert-Straße, die erst vor ein paar Wochen abgeschlossen wurden, sind bei der Jacortia versichert?«

»Volltreffer.«

»Na, wunderbar, dann müssen wir wohl aufpassen, dass wir uns nicht alle gegenseitig auf die Füße treten.«

»Das werden wir schon hinkriegen«, meinte Leitner zuversichtlich. »Darf ich dich später noch mal zu dem Toten anrufen?«

»Kannst es probieren, aber wir sind wirklich im Stress.«

»Schon gut, Fritz. Was anderes noch, die komische Verkleidung von dem Spiegler …«

»… ist typisch für die Teufelsgruppen, die es bei uns seit einigen Jahren gibt.«

»Teufelsgruppen? Bei uns? Ich habe gedacht, diese Vereine findet man nur in den Alpen?«

»Ja, Frau Schröder, ich bin gleich fertig. Der Herr Stein kann schon mal reinkommen«, hörte Leitner seinen Freund. Dann sagte Detter wieder zu ihm: »Ich muss jetzt, Gerhard. Aber diese Gestalten und die entsprechenden Gruppen gibt es auch bei uns in der Oberpfalz, zum Beispiel in Trausnitz oder in Neunburg. Wir hatten schon einige Berichte darüber im Blatt.«

»Dann werde ich die mal bei Gelegenheit googeln.«

»Gute Idee, Gerhard. Und wenn du dir endlich mal ein Abo für das E-Paper unserer Zeitung kaufen würdest, könntest du die sogar ganz legal lesen!«

»Und dir das Geld in den Rachen werfen?« Leitner grinste. »Da gebe ich lieber einer hübschen Volontärin von euch demnächst mal einen Kaffee aus. Darin ist das Geld besser investiert, bei den Hungerlöhnen, die ihr zahlt.«

Er blickte auf und sah, dass Agathe ihn vorwurfsvoll anstarrte.

»Im Augenblick haben wir bloß männliche Volos«, entgegnete Detter. »Aber ich warne sie gerne vor, dass du sie bei einem Kaffee besser kennenlernen möchtest. Ciao!«

Leitner legte sein Telefon beiseite und grinste immer noch vor sich hin.

Agathe betrachtete ihn jetzt scheinbar amüsiert. »War das immer schon eure Taktik?«

»Was meinst du?«

»Na, eine junge Volontärin bei einer Tasse Kaffee …«

»Ach, komm schon, Agathe«, wiegelte Leitner ab.

»Und was folgte nach dem Kaffee? Vielleicht ein kleiner Kniff in ihren süßen Po?«

Leitner sah ihr geradewegs in die Augen. Er wusste, es war egal, was er jetzt sagte – es würde ihm immer zum Nachteil ausgelegt werden. »Ja, das war die normale Vorgehensweise«, entschied er sich für eine gehörige Portion Sarkasmus. »Und falls du neidisch bist, könnte ich dir mit meinem Vitamin B vielleicht ein Volontariat beim ›Anzeiger‹ vermitteln. Dein Hintern fällt gerade noch so in die Kategorie ›kneifbar‹.«

Agathe ging langsam auf Leitner zu. Ihre ganze Körperhaltung schien zu sagen: »Nimm dich in Acht, Junge!«, dennoch stahl sich ein Grinsen auf ihre Lippen. Ein paar Sekunden knisterte es zwischen ihnen, dann sagte Agathe: »Was ist denn nun rausgekommen bei dem Telefonat?«

»Nichts wirklich Brauchbares. Sie recherchieren noch.«

»Tja«, seufzte Agathe, setzte sich auf einen der Küchenstühle und legte lässig einen Fuß auf den Tisch. »Die Kripo wird wohl auch noch ein Weilchen brauchen, und dann wird die Priorität bestimmt nicht sein, uns Versicherungsdetektive von irgendwelchen Neuigkeiten in Kenntnis zu setzen.«

»Das glaube ich auch«, murmelte Leitner und klappte sein Notebook auf, das auf dem Küchentisch stand.

»Was guckst du nach?«

»Gleich«, sagte er und starrte konzentriert auf den Bildschirm. »Schau hier! Das sind sie. Da zum Beispiel, die ›Groumdeifl‹!«

»Hallo? Bitte in Hochdeutsch! Also, was für Teile?«, fragte Agathe genervt.

»Groumdeifl. Grubenteufel. Oder die hier, die sind aus Schwarzenfeld.« Er drehte den Computer zu Agathe.

Sie nahm den Fuß vom Tisch, beugte sich vor und betrachtete fünf Fotografien von unwirklichen hässlichen Figuren in schwarzen, braunen und weißen Fellen, die ebenso wie der Leichnam von Spiegler aufwendig gearbeitete Fratzenmasken trugen. Unter den Dämonen befanden sich auch Frauen, die totenbleich geschminkt waren – manche ohne Maske, aber mit Hörnern. Auf den Bildern tanzten die Monster vor meterhohen Feuersäulen, schwangen gefährlich aussehende Fackeln und Stäbe oder standen geduckt da, als wollten sie einen Angriff parieren.

»Abartig«, flüsterte Agathe nach einer Weile. »Was machen die denn da?«

»Genau das sollten wir herausfinden, wenn wir diese Teufelsszene besser verstehen wollen. Auf der Website dieser Gruppe hier, ›Miesberg Pass‹, steht ein Kontakt, da rufe ich jetzt einfach mal an.«

Den Worten folgten Taten. Während der Wählton erklang, kam Leitner der Gedanke, dass wohl auch die Polizei und die Presse so schlau sein würden, mit Vereinen wie diesem Kontakt aufzunehmen. Vielleicht hatte der Ansprechpartner keine Lust mehr, mit einem weiteren Fremden zu reden, der ihm Löcher in den Bauch fragen wollte. Als nach längerem Warten niemand abnahm, legte er auf. »Geht keiner ran, aber hier steht eine Adresse in Schwarzenfeld. Was meinst du, sollen wir hinfahren?«

»Hm.« Agathe reagierte zögerlich. »Ich glaube, das macht wenig Sinn. Wenn nicht abgenommen wird, wird wohl niemand da sein.«

»Vielleicht. Aber lass mich kurz mal etwas überprüfen …« Leitner gab etwas auf der Computertastatur ein, wartete kurz. »Wer sagt's denn!«, rief er schließlich freudig. »Hat es doch zu Recht bei mir geklingelt.«

»Wobei denn?«

»Beim Namen von dem Vorsitzenden vom Miesberg Pass. Er heißt Baumgärtner, und in Kögl gibt es eine Gärtnerei mit dem gleichen Namen. Die Telefonnummer auf der Homepage dieser Teufel und die der Gärtnerei stimmen überein.«

»Kögl?«

»Ist ein Ortsteil von Schwarzenfeld. Ich könnte mir eher vorstellen, dass der nicht ans Telefon gegangen ist, weil er im vorweihnachtlichen Verkaufsstress ist.«

»Gut kombiniert«, meinte Agathe voller Anerkennung.

»Na ja, jedenfalls ist es einen Versuch wert, dort vorbeizufahren, oder?«, fragte Leitner und steckte sich sein Telefon und sein Portemonnaie in die Hosentaschen.

»Auf jeden Fall.« Auch Agathe stand auf. »Du hast doch gestern erwähnt, dass du diesen Chef von der Baufirma da kennst. Wie heißt er doch gleich?«

»Arno Bögl von Schwandorf Hoch Tief.«

»Nun, wenn wir schon unterwegs sind, sollten wir ihm auch einen Besuch abstatten«, schlug Agathe vor. »Immerhin ist eins seiner Rohre der Grund gewesen, weshalb man die Friedrich-Ebert-Straße wieder aufgebuddelt hat.«

Leitner fixierte Agathe und dachte kurz nach. »Das wäre natürlich die einfachste Lösung, wenn er dran schuld wäre, und sie würde unserer Versicherung enorm entgegenkommen.«

»Eben. Wenn die von der Baufirma das verbockt haben, ist die Jacortia fein raus.«

»Na, der Bögl wird sich freuen, wenn wir ihn fragen, ob er oder seine Männer zu blöde waren, ein Wasserrohr richtig zu verlegen«, gab Leitner zu bedenken.

»Nur nicht so schüchtern«, ermunterte ihn Agathe. »Wir müssen einfach nur mit viel Fingerspitzengefühl vorgehen.«

Leitner lachte auf. »Fingerspitzengefühl? Das gehört im Oberpfälzer Baugewerbe nicht gerade zu den gängigsten Disziplinen.«

»Lass mich mal machen. Wir müssten unterwegs nur herausfinden, ob Bögl im Augenblick gerade auf einer seiner Baustellen nach dem Rechten sieht oder in seinem warmen Büro sitzt.« Als Agathe bemerkte, dass Leitner den Boden inspizierte, fragte sie leicht genervt: »Sag mal, hörst du mir überhaupt zu? Suchst du was?«

Er sah auf. »Meine Schuhe. Ich dachte, ich hätte die vorhin hier in der Küche ausgezogen.«

Agathe packte ihn am Kragen und drehte seinen Kopf in Richtung der offen stehenden Küchentür, hinter der der Korridor begann. »Da vorne steht ein Schuhkästchen mit mehreren Paar Schuhen. Darunter sind bestimmt auch deine!«

Leitner riss sich von ihrer Hand los und sah ihr nach, als sie im Flur ihre Winterjacke und den Schal von den Kleiderhaken nahm. Schließlich schlich er ihr hinterdrein und brummte: »Da kann sie ja kein Mensch finden.«

6

In Agathes weißem BMW X5 fuhren die Versicherungsdetektive zunächst in Richtung des Stadtteils Krondorf und bogen außerhalb der Stadt an der Grünwaldkreuzung rechts nach Schwarzenfeld ab. Auf der Fahrt über die A 93 kündigte Agathe ihren Besuch bei Schwandorf Hoch Tief an und erfuhr dabei, dass sie Bögl zumindest in der nächsten Stunde in seinem Büro antreffen würden. Nicht ganz zehn Minuten nach diesem Telefonat erreichten sie die Gärtnerei. Auf dem zugehörigen Parkplatz standen sechs Autos.

»Wie ich es dir vorhergesagt habe. Da wollen heute Vormittag so einige Leute ihre Weihnachtsdekoration kaufen«, sagte Leitner beim Aussteigen.

»Ich bitte dich!«, erwiderte Agathe. »Sechs Autos würde ich jetzt nicht gerade als Käuferansturm bezeichnen.«

»Und was, wenn es nur zwei Verkäuferinnen gibt und die Kunden Wünsche haben, deren Erfüllung etwas länger dauert? Dann müssen die anderen leicht mal eben eine halbe Stunde warten. Bestimmt ist deshalb vorhin niemand ans Telefon gegangen.«

Agathe sah ihn aufreizend lächelnd an. »Am besten, wir gehen einfach mal rein und überprüfen deine Theorie.«

Im Verkaufsraum standen zwei Kundinnen mittleren Alters an der Ladentheke, die je von einer Gärtnereimitarbeiterin betreut wurden. Beide waren dabei, verschiedene Gestecke und Topfpflanzen in Papier einzuwickeln. Dahinter warteten zwei weitere Frauen mit Gestecken in den Händen darauf, bedient zu werden. An langen Tischreihen, die in dem großen Glashaus aufgestellt waren, schlenderten zwei Paare entlang, anscheinend auf der Suche nach floralem Adventsschmuck.

»Grüß Gott!«, rief eine der Verkäuferinnen Leitner und Agathe zu, ohne dabei von ihrer Arbeit aufzusehen.

»Grüß Sie Gott!«, erwiderte Leitner, dann blieb er mit Agathe einen Moment lang etwas abseits stehen und wartete. Tatsächlich zog sich das Geschehen an der Kasse in die Länge.

Irgendwann drängelte sich Leitner an den Wartenden, die das mit unzufriedenem Räuspern quittierten, vorbei zum Kassentresen und fragte höflich: »Der Chef selber ist wohl nicht zufällig da?«

Jetzt würdigte die eine Verkäuferin Leitner doch eines Blickes. »Der ist noch in Nürnberg auf dem Markt. – Ach, Sie sind's!«, entfuhr es ihr, als sie ihn erkannte. »Sie haben doch früher immer auf der Kirwa im Stadtpark gespielt, gell? Und ganz früher beim Bisam.«

»Das beim Bisam war noch mein Vater«, erwiderte Leitner lächelnd. Es freute ihn, dass er auch noch nach seinem Berufswechsel als Musikant wiedererkannt wurde und es noch Leute gab, die früher das ehemalige Traditionswirtshaus Bisam zwischen den Armen der Naab im Schwarzenfelder Stadtpark besucht hatten. Er selbst war dafür nämlich zu jung. »Wann kommt er denn wieder, der Herr Baumgärtner?«

»Mei, das ist völlig unterschiedlich. Zurzeit ist Hochbetrieb bei uns, der Chef hat einen Termin nach dem anderen, da kann man nie so genau sagen, wie lange das immer dauert.«

»Könnten Sie sich bitte hinten anstellen?«, mischte sich jetzt die Kundin direkt hinter ihm ein. »Wir haben nämlich auch nicht alle Zeit der Welt!«

»Entschuldigen Sie bitte«, sagte Leitner. Schon im Umdrehen fiel sein Blick noch auf einen kleinen Stapel Flugblätter auf der Ladentheke. Sie zeigten die gleichen tanzenden Teufel, die er zuvor im Internet auf der Homepage gesehen hatte. Schnell steckte er sich eins davon in die Tasche, bevor er sich von der Verkäuferin verabschiedete und den zwei wartenden Kundinnen zuwinkerte. Nur eine reagierte mit einem kleinen Lächeln.

»Was hast du gerade mitgenommen?«, fragte Agathe, als sie wieder auf dem Parkplatz standen.

Leitner holte den Flyer hervor und zeigte ihn ihr. Auf ihm

wurden die Veranstaltungen angekündigt, auf welchen die Gruppe Miesberg Pass in den nächsten Wochen auftreten würde. »Weihnachtsmarkt auf Schloss Guteneck, Weihnachtsmarkt in Wackersdorf«, las Agathe. »Und hier, Schwarzenfeld. Wenn ich das richtig lese, dann ist das das Hauptquartier von den Miesbergteufeln.«

»Was naheliegt, weil der Miesberg gleich hier ist«, erläuterte Leitner.

Beide blickten von dem Infoblatt auf, als ein großer Mercedes-Transporter auf den Parkplatz fuhr. Auf den Seitenwänden prangte das Logo des Gärtnereibetriebs.

»Heißt Baumgärtner und hat 'ne Gärtnerei, das passt ja wie die Faust aufs Auge«, sagte Agathe.

»Richtig. Wenn wir Glück haben, ist das der Chef persönlich.«

Tatsächlich stieg ein Mann Anfang vierzig aus dem Transporter und wollte schon eiligen Schrittes in den Verkaufsräumen verschwinden, als Leitner ihm hinterherrief: »Herr Baumgärtner?«

»Ja?«

»Grüß Gott. Wir hätten da ein paar kurze Fragen an Sie.«

Der Gärtnereibesitzer blieb verdutzt stehen. »Was denn für Fragen? Mir pressiert's ein bisserl.«

»Es geht um –«, begann Leitner, wurde aber von Agathe forsch unterbrochen.

»Es geht um Ihre Teufelsgruppe. Wir sind beide ganz fasziniert davon.«

»Von unserer Miesberg Pass?«

»Genau, deshalb wüssten wir gerne ein bisschen mehr darüber.« Agathe lächelte Baumgärtner an.

»Auf dem Flyer, den Sie anscheinend schon mitgenommen haben, stehen alle unsere Termine drauf. Ich würde mich freuen, wenn Sie es zu einem der Weihnachtsmärkte schaffen, dann können Sie uns live erleben.«

»Das werden wir auf jeden Fall«, erwiderte Agathe.

Leitner schwieg. Er fand es zwar nicht schön, wenn ihm

Agathe vor anderen Menschen so über den Mund fuhr, aber mittlerweile wusste er auch, dass sie meist einen guten Grund dafür hatte.

»Aber es ist so«, ließ Agathe nicht locker, »wir sind nicht nur Interessierte, sondern schon eher Fans.«

»Ach, wirklich?« Baumgärtner wirkte leicht überfordert. »Nun, Mitglieder können wir immer brauchen. Auch Fördermitglieder.«

»Sehen Sie, das dachte ich mir. Meinen Sie, unter den Voraussetzungen wäre es für uns vielleicht möglich, Ihre Teufel einmal zu besuchen?«

In dem Moment meldete sich Baumgärtners Mobiltelefon. Er kramte es aus der Seitentasche seiner Arbeitshose und ging ran. »Einen Augenblick bitte, Günther!«, sagte er, dann wandte er sich wieder Agathe und Leitner zu. »Ich muss jetzt wirklich weiter, aber Sie haben Glück. Heute Abend findet auf dem Miesberg sowieso eine Probe statt. Ab sieben im Kellerraum vom Restaurant. Schauen Sie doch einfach vorbei.« Damit ließ er die beiden stehen und ging telefonierend in sein Geschäft.

»Was war denn das gerade für eine Aktion?«, begann Leitner, als sie wieder im Auto saßen. »Wir interessieren uns schon seit Langem für die Teufel?«

Agathe drückte den Startknopf des BMW. »Sei mir bitte nicht böse, Gerhard«, sagte sie. »Aber ich war mir sicher, dass du Baumgärtner aus dem Stand nach Harry Spiegler fragen wolltest. Habe ich recht, oder habe ich recht?«

Leitner druckste ein wenig herum. »Na ja … aber deswegen sind wir doch hier.«

»Schon. Aber an der ganzen Art von Baumgärtner, als wir auf die Teufel zu sprechen kamen, hat man doch schon gesehen, dass er noch nichts von dem Leichenfund mitbekommen hat.«

Leitner sah Agathe hilflos an. »Ich weiß leider immer noch nicht, worauf du hinauswillst.«

»Ganz einfach. Du hast doch vorhin selbst gesagt, dass es nicht lange dauern wird, bis entweder die Polizei oder die Presse bei Baumgärtner auf der Matte steht, um mehr über diese Teufel herauszufinden. Im Allgemeinen reagieren die Menschen geschockt, wenn sie von einem Mord in ihrem Umkreis erfahren. Die Erfahrung hat gezeigt, dass sie dem Überbringer der schlechten Nachrichten oft eher abgeneigt gegenüberstehen.«

»Jetzt kapiere ich, was du meinst.« Leitner nickte vor sich hin. »Du wolltest, dass jemand anders Baumgärtner die Nachricht von Spieglers Tod überbringt.«

»Ganz genau. Weil dann derjenige seine Ablehnung zu spüren bekommt. Wir hingegen werden uns heute Abend ganz unverfänglich mit den Miesbergteufeln über den tragischen Tod unterhalten können. Ich gehe davon aus, dass sämtliche Vereinsmitglieder bis dahin über den Vorfall informiert sind.«

Leitner kicherte kurz. Er war immer wieder von Agathes Raffiniertheit beeindruckt. Tatsächlich hörte sich diese Taktik vielversprechender an, als wenn er mit der Tür ins Haus gefallen wäre. »Dann horchen wir uns also heute Abend bei denen um. Und was kommt jetzt?«

»Wir gehen vor wie besprochen. Jetzt ist der Bögl von der Baufirma dran. Was kannst du mir zu ihm erzählen?«

»Eigentlich ist es nicht seine Baufirma«, erwiderte Leitner. »Er ist bloß seit einigen Jahren Geschäftsführer oder Bauleiter. Seine korrekte Bezeichnung kenne ich nicht.«

»Und wem gehört die Firma dann?«

»Den Felgentreus, einer alteingesessenen Unternehmerfamilie in Schwandorf. Der Senior heißt Albert Felgentreu, der hat sie von seinem Vater übernommen und der wiederum von seinem Vater.«

»Aha. Felgentreu …«, sagte Agathe langsam, als wollte sie die neue Information in ihrem Gehirn abspeichern, und ließ den BMW vom Gärtnereiparkplatz rollen.

»Seine Frau hast du gestern kurz gesehen. Die Regina.«

»Wo denn?«, fragte Agathe.

»Im Café Schuierer. Sie war eine von den vier Kaffeetanten am Tisch neben uns.«

»Ach ja? Interessant.«

Kurz darauf verließen sie auf Höhe Schwandorf-Mitte die Autobahn und standen bald an der Ampelanlage, die den Verkehr zu den umliegenden Discountern, Super- und Baumärkten regelte. Bevor sie rechts abbogen und parallel zur A 93 zur Firma Schwandorf Hoch Tief fuhren, hakte Agathe nach: »Kennst du die Familie Felgentreu gut?«

Leitner schüttelte den Kopf. »Nicht wirklich, aber vor Jahren habe ich mal bei der Betriebsweihnachtsfeier mit der Kirwamusik gespielt. Und dann noch am sechzigsten Geburtstag für Albert Felgentreu himself. Er hat ihn damals noch auf Burg Wernberg gefeiert, kurz bevor dort der Gastronomiebetrieb eingestellt wurde.«

»Verstehe. Und Arno Bögl war beide Male mit dabei?«

»So ist es«, bestätigte Leitner. »Leider weiß ich nichts über seinen Hintergrund.«

Agathe parkte. »Das macht nichts«, sagte sie knapp, als sie ausstieg. »Deshalb sind wir ja hier.«

Im Eingangsbereich stießen sie hinter einem Tresen auf eine mollige junge Frau, die Empfangssekretärin.

»Grüß Gott, wie kann ich Ihnen weiterhelfen?«, fragte sie freundlich, aber bestimmt.

»Guten Tag«, übernahm Agathe wieder das Gespräch. »Wir hatten vorhin miteinander telefoniert. Agathe Viersen von der Jacortia-Versicherung. Das ist mein Kollege Gerhard Leitner. Wir möchten gerne Herrn Bögl sprechen.«

»Ah ja. Einen kleinen Moment.« Die Sekretärin meldete den Besuch und führte die beiden Detektive wenig später zum Büro von Arno Bögl.

Als sie eintraten, blätterte dieser durch einen Berg von raschelnden DIN-A4-Bögen. Agathe musste einen Hustenreiz unterdrücken, im ganzen Raum hing dichter Zigarettenrauch. Bögl hielt wohl nicht viel von regelmäßigem Lüften.

»Kommen Sie herein«, sagte er ein wenig gestresst, aber

freundlich, als er aufsah. Agathe gab er die Hand, zu Leitner sagte er: »Ach, grüß dich! Wir haben uns ja gestern schon an der Friedrich-Ebert-Straße gesehen. Jetzt hilf mir kurz mit deinem Vornamen.«

»Gerhard. Leitner.«

»Richtig, genau! Damals bei unserer Weihnachtsfeier hast du mit deiner Kapelle für tolle Stimmung gesorgt. Das ist uns allen hier noch im Gedächtnis.«

Während Agathe und Leitner sich setzten, musste dieser daran denken, wie er auf besagter Weihnachtsfeier um halb drei Uhr morgens noch mal zu seinem Tenorhorn gegriffen und solo »Hey Jude« gespielt hatte. Die noch anwesenden Gäste hatten sofort mit eingestimmt, manche – vermutlich auch dank der konsumierten alkoholischen Getränke – sogar mit Tränen der Rührung in den Augen. Außerdem erinnerte er sich dunkel daran, sich mit Bögl geduzt zu haben, was bei ihrem jetzigen Fall nur von Vorteil sein konnte.

»Ja, Arno, das war wirklich ein schöner Abend«, sagte er nun mit kurzem Lächeln, wollte die Situation jedoch nicht allzu familiär werden lassen. »Heute ist der Grund, aus dem ich hier bin, leider kein so vergnüglicher.«

Bögl nickte. »Ich habe schon gehört, dass ihr für die Jacortia arbeitet.«

»Genau. Deshalb müssen wir dir jetzt natürlich einige Fragen stellen.«

»Schon klar.« Bögl streckte die Beine unter dem Schreibtisch aus und lehnte sich in seinen Chefsessel zurück.

»Gestern Morgen haben Sie gegenüber Kommissar Deckert gesagt, dass Sie den Toten kannten«, begann Agathe. »Können Sie uns zunächst etwas über Ihre Beziehung erzählen?«

Bögl überlegte und fuhr sich dabei durch seine kurzen Haare. »Was genau wollen Sie denn wissen?«

»Na, zuerst einmal, woher Sie Harry Spiegler kannten.«

»Das sollten Sie doch schon gehört haben, wenn Sie auch den Rest meiner Unterhaltung mit dem Kommissar kennen. Der Harry ist für ein Fuhrunternehmen Lastwagen gefahren, wir sind uns laufend auf den verschiedenen Baustellen begegnet.«

»Welches Unternehmen war das noch mal?«, fragte Agathe.

»SchwanTrans. Das ist dem Müller Baldi sein Betrieb.« Bögl wandte sich an Leitner. »Kennst du auch, oder, Gerhard?«

Leitner nickte stumm.

»Verstehen Sie sich gut mit diesem Herrn Müller?«, hakte Agathe nach.

»Freilich. In der Branche müssen wir fast tagtäglich zusammenarbeiten, und das geht bloß, wenn man zusammenhält und gut miteinander auskommt.«

»Und was war der Harry Spiegler für ein Typ Mensch?«

»Ja, nun … Was war er für ein Mensch?« Bögl zündete sich eine Marlboro an. »Keine Ahnung, privat habe ich mit ihm keinen Kontakt gehabt.«

Agathe dachte kurz nach. »Was es mit diesem Kostüm auf sich hat, in dem der Tote steckte, das wissen Sie aber?«

»Ja, das war, glaube ich, dem Harry sein Hobby. Er hat mal davon erzählt. Mir wäre das ja zu blöd, in dieser Montur da auf Weihnachtsmärkten ums Feuer zu tanzen. Aber dem Harry muss es gefallen haben. Ich glaube, der hatte eine Vorliebe für diesen ganzen Mystik-Kram. Deshalb auch die Motive seiner Tattoos. Ich weiß gar nicht, wie man die Szene, in der er war, genau bezeichnet. Gothic oder Emo oder Alternative?« Er nahm einen tiefen Lungenzug. »Aber er war ein top Fahrer! Zuverlässig wie sonst kaum einer. Und er hatte einen Blick für die Baustelle als Ganzes. Nie ist der einfach irgendwo reingefahren oder hat Ladung halt dorthin gekippt, wo gerade Platz war. Ich wollte ihn sogar mal abwerben.«

Agathe und Leitner tauschten kurz einen Blick.

»Ich dachte, Sie und der Herr Müller würden sich so gut verstehen?«, meinte Agathe dann. »Und da machen Sie Headhunting auf einen seiner Angestellten?«

»Mei«, sagte Bögl lapidar und ließ Rauch durch seine Nasenlöcher entfleuchen. »Eine gewisse Konkurrenz ist doch ganz normal. Ist ja nicht so, dass die guten Leute auf den Bäumen wachsen und wir sie bloß herunterschütteln müssten. Jeder braucht fähige Mitarbeiter und muss schauen, wo er bleibt.«

»Aber der Wechsel ist offenbar nicht zustande gekommen?«, mischte sich jetzt Leitner ein.

»Ich habe dem Harry ein Angebot gemacht, dann aber von ihm in dieser Sache nichts mehr gehört. Weil ich nicht nachstochern wollte, habe ich die Angelegenheit irgendwann als erledigt betrachtet.« Arno Bögl sah auf die Wanduhr, die über der Bürotür hing.

Agathe folgte seinem Blick. Ihrer blieb an einem Kalender neben der Tür hängen, der barbusige Mädchen in Arbeitermontur zeigte – beziehungsweise fast ohne. Das Novembergirl hielt mit ölverschmiertem Gesicht und freiem Oberkörper einen überdimensionalen Schraubenschlüssel in beiden Händen. Sichtlich irritiert drehte sie den Kopf wieder zu Bögl. »Mal eine andere wichtige Sache: Wie sind Sie eigentlich auf den Wasserrohrbruch aufmerksam geworden?«

»Die Anwohner haben einen Wasserdruckabfall in ihren Leitungen bemerkt und sich an das Wasserwerk gewandt. Offenbar ist nur noch ein dünner Strahl aus den Hähnen rausgebieselt.«

»Und das Wasserwerk?«

»Hat dann die einzelnen Schieber geprüft, die ungefähr alle zwanzig Meter in der Straße verlegt sind. Einen nach dem anderen haben sie zugedreht und so rausgefunden, zwischen welchen zwei Abschnitten das kaputte Rohr sein muss.« Bögl drückte seine Zigarette in einem randvollen Aschenbecher aus und sah Agathe abwartend an.

»Sie beschreiben das so, als wären Rohrbrüche an der Tagesordnung.«

Bögl zuckte die Schultern. »Nicht direkt an der Tagesordnung. Aber selten auch nicht.«

»Und wodurch entsteht so ein Rohrschaden?«, fragte Leitner.

Bögl grinste nun breit. »Das würde euch von der Versicherung natürlich passen, wenn wir den Schaden selbst verursacht hätten, was?«

»Ich habe nur gefragt, wodurch so ein Schaden entstehen kann«, betonte Leitner.

»Also gut, zum Beispiel könnte die Temperatur ein Grund sein. Die heutigen Rohre sind alle aus Kunststoff. Das Material wird stocksteif, wenn es kalt wird. Steif und spröde.«

»Es kann also Risse bekommen oder brechen?«, fragte Agathe nach.

Bögl nickte. »In diesem Fall würde das Verschulden dann entweder beim Rohrhersteller oder beim lieben Petrus liegen, der fürs Wetter verantwortlich ist.«

Agathe hob die Hand. »Wir stehen noch ganz am Anfang unserer Ermittlungen, Herr Bögl. Aber wir müssen jede Möglichkeit in Betracht ziehen.«

»Dann macht das mal.« Er erhob sich. »Und ich fahr jetzt auf unsere Baustelle nach Haselbach. Die müssen wir noch vor Dezember winterfest machen.« Er nahm seinen schwarzen Parka vom Garderobenständer.

Als auch die Detektive sich erhoben hatten, wollte Agathe im Rausgehen noch wissen: »Wie glauben Sie denn, dass das Rohr gebrochen ist, Herr Bögl?«

»Was weiß denn ich? Es kann an dem Grund liegen, den ich Ihnen gerade genannt habe. Aber vielleicht ist auch der, der den armen Harry dort vergraben hat, mit seiner Schaufel an das Rohr hingeschrammt. Das herauszufinden, ist Ihre Aufgabe.«

»Arno, deine Brotzeit«, sagte die Sekretärin, als sie schon im Eingangsbereich standen, und hielt eine große Papiertüte hoch. »Die Waltraud hat gesagt, heute gab's keine Vollkornsemmeln mehr.«

»Danke«, erwiderte Bögl, »aber dann muss ich mir unterwegs was kaufen.«

Draußen auf dem Firmengelände verabschiedete er sich schließlich von Agathe und Leitner und stieg in seinen Wagen.

»Freundlich ist er ja schon, der Arno. Aber die Butter vom Brot lässt der sich nicht nehmen, oder?«, wandte sich Leitner an Agathe, die wie er selbst dem erdbespritzten Kombi hinterhersah.

»Ich glaube, viel Butter wird der sowieso nicht essen bei der Figur«, konterte sie. »Hast ja gehört – nur Vollkorn! Aber rauchen tut er wie ein Schlot.«

»Auf welche Kleinigkeiten du achtest.« Leitner schüttelte den Kopf und gab sich übertrieben schockiert.

»Ach, achtest du etwa nicht auf solche … Kleinigkeiten? Hast du den Kalender mit den Öl-Miezen vielleicht übersehen?«

»Nein, natürlich nicht. Aber ich halte nicht besonders viel davon. Solche Bilder sind doch nur wie ein tolles Mittagessen, von dem dir jemand erzählt. Satt wird man davon nicht.«

Agathe lachte, und beide stiegen wieder in den BMW.

»Aber dieses Gerede von der Brotzeit hat mich jetzt schon ein bisschen hungrig gemacht«, sagte sie. »Wollen wir in der Stadt eine Kleinigkeit futtern?«

»Können wir gerne machen. Ich muss eh noch ein bisschen Bares abheben, dann verbinden wir das einfach.«

7

Im Gebäude der Sparkasse Schwandorf – nur einen Katzensprung von Agathes und Leitners Wohnung entfernt – zog Leitner seine EC-Karte heraus, nahm einhundert Euro aus dem Schlitz des Geldautomaten und gesellte sich zu Agathe, die ihnen bereits im angrenzenden Café Coffeino einen Tisch gesucht hatte.

»Klingt alles fein«, sagte sie ratlos mit Blick in die Karte, als Leitner sich zu ihr setzte. Da im vorderen Bereich des Cafés alle Tische entweder besetzt oder reserviert waren, saßen sie unweit des abgedeckten Konzertflügels, der zur Einrichtung gehörte. In der Hauptfiliale der Sparkasse fanden häufig Soireen, Kunstausstellungen, Preisverleihungen und Ähnliches statt, deshalb lohnte es sich wohl, das Instrument stehen zu lassen.

»Ist auch alles fein«, sagte Leitner, der nicht in die Karte sehen musste. »Ich nehme einen großen Cappuccino und dazu einen Toast mit Tomate und Mozzarella«, beantwortete er kurz darauf die Frage des Kellners nach seinen Wünschen.

»Für mich auch, allerdings mit Salami und Käse«, sagte Agathe, als der schlanke schwarzhaarige Ober sich zu ihr drehte.

»Kommt sofort!« Damit sauste er zum nächsten Tisch, um dort die Bestellungen aufzunehmen.

»Flinkes Bürschchen«, meinte Agathe anerkennend.

»Ja, die sind fit hier.« Rasch überflog Leitner die Gäste an den übrigen besetzten Tischen. Es waren einige Gesichter darunter, die ihm aus seiner Musikerzeit bekannt waren. Als er eine bestimmte Person erspähte, lehnte er sich zu Agathe vor. »Gerade kommt die Felgentreu rein«, sagte er leise. »Dreh dich nicht gleich um. Tu lieber so, als würde ich dir einen schlamperten Witz erzählen.«

Agathe verharrte in der Position, tat so, als würde sie über die fiktive Pointe nachdenken, und begann schließlich, verhalten zu lachen und Leitner dabei leicht auf den Oberarm zu schlagen.

Während ihres Lachanfalls sah sie sich im Café um und erkannte Regina Felgentreu als die eleganteste und zurückhaltendste der vier Kaffeedamen vom gestrigen Morgen wieder. »Hat die denn den ganzen Tag nichts anderes zu tun, als in Cafés herumzusitzen?«, fragte sie Leitner, als sie sich ihm wieder zuwandte.

»Warum nicht? Die Baubranche boomt seit Jahren, das Geschäft ihres Mannes brummt bestimmt. Geldsorgen dürfte die nicht kennen. Und wenn ich sie mir so anschaue, dann kommt sie mir auch nicht so vor, als wäre sie fest in den Alltagsbetrieb des Unternehmens eingebunden.«

Agathe nickte zustimmend. Regina Felgentreu sah wirklich nicht so aus, als hätte sie schon einmal in ihrem Leben eine Schaufel in der Hand gehabt oder als würde sie sich auf dem Fahrersitz eines Radladers wohlfühlen. Wahrscheinlich beschäftigte die Firma für das Backoffice neben der Sekretärin noch weitere Mitarbeiter, und für den täglichen reibungslosen Ablauf sorgte ja Arno Bögl. Da damit alle Arbeiten abgedeckt waren, war anzunehmen, dass Regina Felgentreu viel Zeit haben musste. »Könnte was dran sein an dem, was du sagst. Bestimmt langweilt sie sich zu Hause«, überlegte Agathe laut.

»Das denke ich auch. Was also liegt näher, als sich ein paar Tratschtanten zu schnappen und mit denen in den Kaffee- und Kuchenhäusern der Stadt abzuhängen.«

»Aber heute ist sie alleine hier«, murmelte Agathe.

»Noch. Warte mal ab«, meinte Leitner. »Ich kenne keine Frau in diesem Alter, der es Spaß macht, alleine ins Café zu gehen. Bestimmt kommt gleich ihre Begleitung reingeschneit.«

In dem Moment brachte der Kellner ihnen die bestellten Toasts und Cappuccinos.

»Sag mal, da vorne der Tisch, ist der immer noch für diesen Herrenstammtisch reserviert?«, fragte Leitner ihn beiläufig.

Der Kellner sah in die entsprechende Richtung zu den Stellwänden, die kleine Sitznischen bildeten. »Ja, aber die kommen immer erst gegen elf.«

Leitner nickte. »Da geht jeden Tag ein schöner Frühschoppen zusammen«, sagte er zu Agathe. »Das hat was.«

Die lächelte zustimmend, schien aber nicht im Geringsten zu wissen, worauf Leitner abzielte.

»Die kommen jeden Tag und trinken ihre Biere, nicht wahr?«, erkundigte sich der wiederum beim Kellner.

»Na ja, nur zwei von denen trinken Weißbier, die anderen Kaffee. Montags und freitags geht's anschließend noch vorn beim Mehrl weiter. Da trifft sich der Sechzger-Stammtisch.«

»Das Wirtshaus Mehrl kenne ich ja mittlerweile, aber was ist denn ein Sechziger-Stammtisch?«, fragte Agathe und wurde vom Kellner als auch von Leitner mit einem strafenden Blick bedacht.

»Fußball. 1860 München. Die Löwen«, erklärte ihr Leitner schließlich knapp, dann wischte er das Thema mit der Hand beiseite und wandte sich nochmals an den Ober. »Und die Frau Felgentreu da vorn, die ist doch auch Teil eines festen Stammtischs bei euch, oder?«

»Die ist mit ihren Damen immer am Montagvormittag da. Eigentlich seltsam, dass sie heute vorbeischaut, wo doch Mittwoch ist.«

»Tja, öfter mal was Neues«, sagte Leitner lapidar, dann vernahm er überraschend Agathes Stimme.

»Und wo sind die morgen und am Freitag?«

»Am Donnerstag hocken die im Süßen Eck und am Freitag beim Brunner am Marktplatz.«

»Immer vormittags?«

»Meistens am späten Vormittag, das kann dann bis zum Nachmittag gehen.« Der Kellner setzte ein verschwörerisches Lächeln auf, dann entfernte er sich, weil der Kollege aus der Küche ihm ein unmissverständliches Zeichen gegeben hatte.

»Warum interessiert dich so genau, wann und wo diese Kaffeetanten rumsitzen?«, wollte Leitner wissen.

Agathe sah ihn schräg von der Seite an, und er erkannte das dunkle Flackern in ihren Augen. Ein klares Zeichen dafür, dass ihr Gehirn auf Hochtouren arbeitete.

»Hast du schon einmal einen Frauenstammtisch erlebt, bei dem es ruhig und leise zugeht?«

»Nein, beileibe nicht. Meistens herrscht dort ziemliches Geschnatter.«

»Eben! Die tratschen und quatschen. Und genau das ist für uns interessant.«

»Interessant?«

»Natürlich. Wo gequatscht wird, gibt es Informationen. Und die brauchen wir für unseren Fall ziemlich dringend, oder nicht?«

Leitner blickte erst Agathe unsicher an, dann zum Tisch von Regina Felgentreu hinüber. Dort fand sich gerade – wie vorausgesehen – eine weitere Dame ein, die aber weder zum gestrigen morgendlichen Stammtisch gehört hatte noch Leitner anderweitig bekannt war. Schon entspann sich deutlich hörbar eine Unterhaltung darüber, dass es eine Unverschämtheit sei, wie teuer das Rindfleisch geworden war. Dann wechselten die beiden Frauen ohne Vorwarnung das Thema, regten sich über die Politikergehälter und im Anschluss daran über das fragwürdige Verhalten einer Nachbarin von Regina Felgentreu auf.

»Du meinst, das sind die Informationen, die wir brauchen?«, fragte Leitner mit gespieltem Entsetzen.

Agathe lächelte nur. »Die haben doch gerade erst angefangen. Das ist nur das Vorgeplänkel.«

Leitner lauschte erneut dem Gespräch, dann schüttelte er den Kopf. »Wenn das wirklich unsere einzige Chance ist, um an Infos über unseren Fall zu kommen, musst du alleine ermitteln. Auf Dauer packe ich das nicht.«

»Das hatte ich mir schon gedacht.« Sie zwinkerte ihm zu. »Aber keine Angst, ich werde mich persönlich in die Höhle des Löwen begeben. Oder besser der Löwinnen. Die sind ja bei dieser Tierart bekanntlich für die Jagd zuständig.«

Leitner schnaufte erleichtert durch und biss genussvoll in seinen knusprigen Toast.

Auch Agathe ließ sich ihr Sandwich schmecken. Während sie stumm kaute, sah sie konzentriert auf einen unbestimmten Punkt. Wahrscheinlich verfolgte sie immer noch die Unterhaltung der beiden Damen.

Leitner wollte sie nicht stören und hing seinen eigenen Gedanken nach. Nein, Ermittlungen im Damenkränzchen anzustellen, das war nun wirklich nichts für ihn. Das sollte mal schön Agathe übernehmen. Würden es noch mehr Frauen werden, würde deren Unterhaltung in Form einer Dauerbeschallung nur seinen sensiblen Musikerohren Schmerzen verursachen. Es war ihm nicht ersichtlich, wie es möglich sein sollte, dass alle gleichzeitig am Tisch redeten und hinterher trotzdem jede wusste, was die andere gesagt hatte. Noch dazu, weil derlei Gespräche meist in gehöriger Lautstärke geführt wurden. Aufgrund seiner musikalischen Ausbildung wusste er freilich, dass Stimmen des weiblichen Geschlechts von Natur aus höher waren als die ihrer männlichen Pendants. Aus diesem Grund klangen die Frequenzen für Männer gerne mal hysterisch oder schrill, obwohl die Sprecherin ganz normal redete. Bereits beim ersten Mal, als Leitner im Café Schuierer das Quartett zu Gesicht und damit auch zu Gehör bekommen hatte, hatte ihre Unterhaltung für ihn wie ein Dominantseptnonakkord auf einem leicht zu tiefen E geklungen. Bei der Erinnerung daran verzog er kurz die Lippen.

Sollte Agathe sich also dem lauten Teil der Ermittlungen widmen, er, Leitner, würde eher in Ruhe Nachforschungen anstellen. Wie am kommenden Abend in Schwarzenfeld bei den Bergteufeln.

8

Der Schwarzenfelder Miesberg mit seinem Passionistenkloster zur Heiligsten Dreifaltigkeit und der dazugehörigen Klosterkirche war eins der Wahrzeichen der mittleren Oberpfalz. Jetzt, Ende November, wo es früh dunkel wurde, war der beleuchtete Kirchturm besonders gut von Weitem sichtbar. Nachdem Agathe und Leitner die steile Straße zum Restaurant Miesberg – den Einheimischen immer noch eher unter seinem früheren Namen »Jugendheim« geläufig – hinaufgefahren waren und sich bei der Bedienung erkundigt hatten, wo sich die Teufelsgruppe traf, stiegen sie im Gebäude eine Treppe ins Untergeschoss hinunter. Sie klopften an eine Tür, hörten dahinter jedoch keinen Ton. Schließlich drückte Agathe die Klinke, und sie betraten einen dunklen Raum.

Plötzlich erklang eine tiefe Kirchenglocke so laut, dass Agathe gehörig zusammenfuhr und sich an Leitner klammerte. Schon dröhnten bassige Trommeln durch den Raum. Weil Leitner fast alle Arten von Musikinstrumenten kannte, hörte er heraus, dass es sich nicht um handelsübliche Trommeln handeln konnte. Dazu mischte sich der quietschende Ton von Streichinstrumenten, bei dem Leitner an mittelalterliche Drehleiern denken musste.

»Wow, die Musikanlage funktioniert jedenfalls«, sagte er zu Agathe, als in einiger Entfernung feuerrote Lichter wie Fackeln aufleuchteten.

Ein Inferno brach über Agathe und Leitner herein. Wie auf Kommando erstrahlte der Raum in grünem und blauem Licht, das aufblitzte und flackerte. Vom Boden her hob sich weißer Nebel, um die schon schauderhafte Atmosphäre noch zu verstärken.

Agathe hatte das Gefühl, ihre Trommelfelle müssten reißen, als lautes Rasseln und Scheppern zu hören war. Dann sah sie von links durch den Nebel das fahle Gesicht einer Frau auf sich zuschweben, und ihr Herz drohte stehen zu bleiben. Das Gesicht war zu sehr in die Länge gezogen, als dass es das eines Menschen hätte sein können. Agathes Blick schoss nach rechts, von wo aus drei wüste Gestalten mit Hörnern in ihre Richtung rannten. Der Lärm von Kuhglocken war unbeschreiblich. Sie drückte sich noch immer an Leitner, der sie fest in die Arme nahm und schließlich mit sich durch die Tür hinauszog.

In dem Kellerkorridor, der nur von der Notbeleuchtung erhellt wurde, atmeten sie ein paar Sekunden tief durch und sammelten sich wieder. Dann stellten sie sich – nun doch neugierig – vor die offen stehende Tür und verfolgten, was in dem Raum geschah.

Zehn Gestalten tanzten zu mittelalterlicher Musik, die bleiche Frau in deren Mitte wie in Trance.

Agathe sah sich um. Der Feuerschein rührte nicht von brennenden Fackeln her, sondern von elektrischen Lichtern, die an Stöcken angebracht waren. Als die Musik etwas ruhiger wurde, war das charakteristische Zischen einer Nebelmaschine zu vernehmen.

Das Spektakel dauerte noch etwa zehn Minuten, dann verstummte die Musik, und jemand knipste die Neonröhren an der Decke an. Geblendet schlossen Agathe und Leitner einen kurzen Moment lang ihre Augen.

»Ach, Sie sind's!«, sagte eine Stimme, und beide Detektive blinzelten in deren Richtung.

Als ihnen aus der Nebelwand ein gehörntes Monster mit Fratze entgegenkam, wich Agathe abermals ein Stück nach hinten. Aus deren reißzahnbewehrtem Mund hing eine lange Zunge. Der voluminöse Torso war in dunkles Fell gehüllt, das von einem Lederriemen zusammengehalten wurde. Die Gestalt erinnerte Agathe an mongolische Reiter, die sie mal in einer TV-Reportage gesehen hatte.

»Moment«, sagte das Monster, zog sich den Riemen mit den bei jeder Bewegung scheppernden Kuhglocken von der

Hüfte und nahm endlich auch die Maske ab. Unter ihr kam das Gesicht von Baumgärtner zum Vorschein. »Wie schön, dass Sie es sich einrichten konnten. Wir proben für unsere Auftritte.«

»Haben wir mitbekommen«, sagte Leitner und musste daran denken, dass er sich heute Vormittag noch auf eine ruhige Ermittlung am Abend eingestellt hatte.

»Wir würden dann auch weitermachen«, fuhr Baumgärtner fort. »Bald treten wir auf den Weihnachtsmärkten auf. Sie können gern noch ein bisschen zuschauen oder sich in der Zwischenzeit oben ins Restaurant setzen. Im Anschluss an die Proben trinken wir immer noch etwas gemeinsam, wir würden dann einfach dazukommen.«

»Hört sich gut an«, sagte Agathe.

Baumgärtner lächelte den beiden zu, bevor er sich wieder an seine Teufelskollegen wandte. »Das war das Intro. Jetzt machen wir den Teil bis zu der Stelle, an der der Nikolaus mit den Engeln auftritt.«

»Ich denke, wir gehen auf ein kühles Blondes nach oben«, flüsterte Agathe Leitner zu. »Oder willst du bleiben?«

Er schüttelte den Kopf. »Ein Bierchen klingt gut.«

Sie wollten sich schon zum Gehen wenden, als Baumgärtner rief: »Sagt mal, ist der Nikolaus eigentlich schon da?«

»Nein«, kam die Antwort der Gruppe.

»Dann ziehen wir die Szene mit der Hexe vor. Beate, bist du so weit?«

»Freilich«, antwortete die gehörnte Frauengestalt, die ihre bleiche Maske nicht abgenommen hatte.

Leitner blieb stehen und betrachtete die Figur, die – wie er eben gehört hatte – von einer Darstellerin namens Beate verkörpert wurde. Gerade streckte sie die Arme zur Seite und wiegte ihren Oberkörper hin und her, als wollte sie sich für ihren großen Auftritt erneut in Trance versetzen.

»Was ist nun? Kommst du?«, fragte Agathe ungeduldig. »Oder soll ich dir deinen Besen bringen, damit du 'ne Runde Quidditch mit ihr spielen kannst, Harry Potter?«

»Nein, nein, lass uns gehen«, sagte Leitner und folgte Agathe nach oben in den Gastraum.

Agathe hatte soeben ihre neu eingegangenen WhatsApp-Nachrichten gelesen und ihr Handy wieder in der Manteltasche verstaut, als die bestellten Biere an den Tisch gebracht wurden.

»Nichts für ungut«, meinte sie nach dem ersten Schluck, »aber … was zur Hölle treiben diese Menschen da unten?«

Leitner zuckte die Schultern. »Mei, so hat jeder halt ein Hobby.«

»Hobby schön und gut, aber die Gestalten sind doch wirklich grauenhaft.«

»Ich würde mich freiwillig auch nicht so verkleiden«, meinte Leitner. »Aber leben und leben lassen.«

In diesem Moment bebte der Boden des Lokals, weil im Keller die Musik offenbar wieder lauter gestellt geworden war.

»Was ist denn das für ein Radau?«, beschwerte sich sogleich ein älterer Mann am Nachbartisch. »Früher hätte es so etwas hier nicht gegeben!«

Die Kellnerin beschwichtigte den Herrn wortreich, sie werde gleich persönlich dafür sorgen, dass wieder Ruhe einkehre.

Als der Mann dennoch weiter vor sich hin schimpfte, nutzte Leitner die Chance, um mit ihm ins Gespräch zu kommen. »Ziemlich laut, diese Bergteufel.«

Der Alte warf Leitner einen kurzen Blick zu und redete sich dann weiter in Rage: »Laut? Ein einziger Krach ist das! Mit Musik hat das nichts mehr zu tun! Und haben Sie gesehen, wie die rumlaufen? Wie der Teufel persönlich!«

»Ja, wirklich schrecklich«, goss Leitner noch etwas Öl ins Feuer.

»Bergteufel! So was Deppertes! Und das genau neben unserem Kloster! Dass der Pfarrer gegen die nichts unternimmt …«

»Ich glaube, das ist mehr so ein Brauch.«

»Aber keiner aus der Oberpfalz! Letztes Jahr war ich mit meinem Enkel auf dem Weihnachtsmarkt, als diese Monster auf die Besucher losgegangen sind. Der Basti hat geschrien wie am Spieß, so hat er sich gefürchtet! Die erschrecken doch bloß die Leute, das ist alles, was die können. Brauchtum … dass ich nicht lache!«

Leitner ließ den Mann, der noch immer vor sich hin schimpfte, wieder in Ruhe und wandte sich an Agathe. »Ganz stimmt das so nicht«, sagte er so leise, dass der Gast am Nachbartisch ihn nicht verstehen konnte. »Als ich ein Bub war, kam der Krampus mit dem Nikolaus zu uns nach Hause.«

»Dem Nikolaus?« Agathe runzelte die Stirn. »Du meinst den Weihnachtsmann?«

»Oh nein!«, sagte Leitner schnell. »Den Weihnachtsmann hat's bei uns nie gegeben. An Weihnachten selber kam das Christkind. Ist ja immerhin die Geburt Christi, die jedes Jahr gefeiert wird, auch wenn viele mit der Kirche nichts mehr am Hut haben. Aber der Nikolaus ist ein Heiliger. An seinem Namenstag beziehungsweise am Abend vom 5. Dezember kam er früher immer zu den Kindern nach Hause.«

»Aha«, gab Agathe sich interessiert. »Und dann?«

»Dann hat er aus seinem goldenen Buch vorgelesen, was wir im vergangenen Jahr gut gemacht und was wir angestellt hatten. Ich habe mich immer gewundert, woher der das wusste, aber natürlich hatten unsere Eltern das dem Darsteller vom Nikolaus vorher verraten.«

Ungläubig starrte ihn Agathe an. »So ein Theater habt ihr veranstaltet? Jedes Jahr?«

»Sicher.«

»Und diese … Kreaturen da unten im Keller waren auch immer mit dabei?«

»Nein, nur einer. Der Krampus, der damals, wenn mich meine Erinnerung nicht täuscht, nicht im Geringsten so schlimm ausgesehen hat wie unsere Herrschaften da unten. Das war halt ein zweiter Schauspieler, der sich in dreckige

Lumpen gehüllt und sein Gesicht mit Ruß geschwärzt hatte. Er hatte einen Sack und eine Rute dabei, mit der er einem drohte, sollte man in Zukunft nicht auf die Eltern hören.«

»Moderne Pädagogik, hm?«

Leitner lächelte. »Ganz zu schweigen von dem Sack, in den er einen stecken wollte, wenn man ungehorsam gewesen war. Mein Gott, das war halt damals eine andere Zeit. Für die Braven hat er aus dem Sack Geschenke geholt.«

»Und du?« Agathe grinste. »Hast du als Kind mehr Rutenhiebe oder mehr Geschenke bekommen?«

Leitner setzte eine beleidigte Miene auf. »Natürlich wesentlich mehr Geschenke, deine Frage enttäuscht mich.«

Nach etwa einer halben Stunde, in der das Gespräch zwischen Leitner und Agathe dahinplätscherte, kam die Teufelsgruppe die Treppe herauf. Michael Baumgärtner und eine junge Frau setzten sich zu ihnen an den Tisch, die anderen gingen, teils grüßend, an ihnen vorbei und verließen das Lokal.

»Ich hoffe, das ist jetzt nicht unsere Schuld«, sagte Agathe höflich.

»Was meinen Sie?«, fragte Baumgärtner.

»Nun, Sie sagten doch, dass Sie sich nach den Proben gerne noch auf ein Gläschen zusammensetzen. Aber heute geht die Mehrheit Ihrer Gruppe heim.«

»Ach so! Nein, das hat natürlich nichts mit Ihnen zu tun.« Baumgärtner versuchte, ein entspanntes Gesicht zu machen. »Wir haben heute nur eine schreckliche Nachricht bekommen, deshalb sind die meisten nicht in der Stimmung für ein Feierabendbier.«

»Was denn für eine Nachricht?«, gab Agathe die Unwissende. »Verzeihen Sie, dass ich so neugierig bin.«

Baumgärtner sah kurz zu der anderen Frau, die bis jetzt kein Wort gesagt hatte, dann zu Agathe und Leitner. »Nun, ein Mitglied unserer Gruppe ist ermordet worden. Man hat ihn gestern früh gefunden.«

»Das ist ja unglaublich!«, warf Leitner ein.

»Wo denn?«, fragte Leitner.

»Sie haben es bestimmt schon gelesen oder im Radio gehört.« Baumgärtner seufzte. »Es ist die Leiche, die in der Friedrich-Ebert-Straße in Schwandorf zufällig bei Bauarbeiten ausgegraben wurde.«

»Das ist ja furchtbar!«, sagte Agathe. »Hieß es nicht, die Leiche sei angezogen gewesen wie ein … ein Krall…? Nein, ein Kragen…?«

Agathe sah zu Leitner, der die Komödie gerne mitspielte. »Krampus. Gewandet wie ein Krampus, so hat's im Radio geheißen.«

Baumgärtner nickte. »Es gibt viele Namen für uns: Teufel, Krampus, Percht, Kramperl. Obwohl sich jede Figur von den anderen unterscheidet, wenn man es genau nimmt. Jedenfalls war das in der Baustelle einer von uns.«

»Der Spiegler Harry«, ließ sich nun zum ersten Mal die junge Frau vernehmen.

Diese drei Worte klangen in Leitners Ohren in überraschend klarem, aber dennoch weichem a-Moll. Er betrachtete die Frau genauer. Von der Figur her konnte sie die Darstellerin der Hexe sein. Wobei sie kleiner war, als er erwartet hatte. Wahrscheinlich hatte er den Effekt der Maske und der aufgesetzten Hörner unterschätzt. Sie mochte Anfang zwanzig sein, hatte eine schlanke Figur und, im Gegensatz zu ihrer Maske, einen natürlichen dunklen Teint. Ihre langen schwarzen Haare trug sie offen, einige Strähnen klebten ihr im Gesicht und an der Stirn. Bestimmt schwitzte man unter diesen Masken schnell, erst recht, wenn man noch tanzen musste. Leitner sah ihr in die großen mandelbraunen Augen, suchte Blickkontakt zu ihr.

»Harry Spiegler, den Namen habe ich noch nie gehört«, sagte er mit warmem Timbre in der Stimme. »Er war wohl ziemlich beliebt, der Reaktion nach zu urteilen?«

Die junge Frau sah zu Baumgärtner, der sich an Agathe und Leitner wandte: »Nun … der Harry war schon lange bei der Miesberg Pass dabei.«

»Verzeihung«, unterbrach Agathe. »Heißt es nicht ›bei *dem* Miesberg Pass‹?«

»Nein.« Baumgärtner lächelte. »Eine Pass ist eine Horde aus Krampussen oder, wie wir, aus Teufeln.«

»Oh. Wieder was gelernt«, meinte Agathe. »Dann war der Spiegler also beliebt bei eurer Pass?«

»So würden das wohl die wenigsten von uns ausdrücken.«

»Nicht?«, fragte Agathe leutselig.

Seufzend drehte Baumgärtner sich um und rief in Richtung Tresen, als wollte er sich um eine Antwort drücken: »Bringst mir bitte ein Bier?«

»Mir auch«, sagte die junge Schwarzhaarige leise.

»Und der Beate auch eins!«, ergänzte Baumgärtner.

»Wenn sie schon dabei ist …«, sagte Leitner, während er sein fast leeres Glas in der Hand schwenkte.

»Was darf's denn jetzt bei euch sein?«, fragte die Bedienung, die nun doch an ihren Tisch gekommen war.

»Also, im Ganzen dann«, Baumgärtner sah Agathe an, die bestätigend nickte, »vier Bier.«

»Kommt sofort!«

Als die junge Frau wieder hinter dem Tresen stand, bohrte Agathe nach. »Wieso war Harry Spiegler denn nicht beliebt?«

»Wie erkläre ich Ihnen das jetzt am besten?«, sinnierte Baumgärtner. »Nun, wenn wir als Teufel der Miesberg Pass öffentlich auftreten, folgt unsere Darbietung einem festgelegten Ablauf. Deshalb auch die Proben. Den Einzug gestalten wir meist besonders gruselig, damit die Zuschauer in Stimmung kommen.«

»Das ist der Teil, in den wir reingeplatzt sind?«, stellte Agathe fest.

»Richtig. Aber schon in der nächsten Szene hat der Nikolaus als guter Mann seinen Auftritt, damit die Kinder sich nicht allzu sehr ängstigen.«

»So weit nachvollziehbar«, murmelte Leitner.

»Der Harry war dagegen«, platzte es aus Baumgärtner heraus.

»Wogegen?«, wollte Agathe wissen.

»Gegen dieses Konzept unseres Auftritts. Er war da … sagen wir mal Purist. In Österreich hatte er einmal gesehen, wie die Perchten teils nicht zimperlich auf die Menschen losgegangen sind. Wir wollten das nicht, das wäre zu viel Gewalt gewesen, aber das hat er nicht eingesehen. Er war da einfach anders.«

»Gerade den Kindern wollte er einen Riesenschrecken einjagen«, sagte Beate. »Aber das ist nicht unser Vereinsziel, verstehen Sie?«

Sowohl Agathe als auch Leitner nickten.

»Muss eher ein unangenehmer Mensch gewesen sein, dieser Spiegler«, baute Leitner Baumgärtner eine Brücke.

»Irgendwie schon.« Er nickte. »Ein sonderbarer Kauz. Eigentlich Lkw-Fahrer, aber man hat immer das Gefühl gehabt, dass er noch andere Dinge im Hintergrund laufen hatte.«

»Drogen und so weiter«, warf Beate ein.

»Das wissen wir doch gar nicht«, sagte Baumgärtner rasch.

»Doch, ich schon«, erwiderte sie ruhig.

»Nun, man soll ja von den Toten nicht schlecht reden, aber es war wirklich nicht sehr angenehm, mit dem Harry zusammenzuarbeiten.«

Die Bedienung brachte ihr Bier, und Baumgärtner nahm einen tiefen Schluck.

»Er war also kein Teamplayer?«, fragte Agathe.

»Nein. Herrschsüchtig, das trifft es wohl eher.« Baumgärtner betrachtete gedankenversunken sein Bierglas. »Wissen Sie, in jedem Verein muss darüber diskutiert werden, was man gemeinsam erreichen will, wie viel Aufwand man dafür betreiben will und so weiter. Der Harry war immer auf Konfrontationskurs. Eine Diskussion war mit ihm nicht möglich. Jeder mit einer anderen Meinung war sein Feind. Als er nicht nur die Anzahl der Auftritte erhöhen, sondern dafür auch häufiger ins Ausland reisen wollte und jeder Familienvater und jede Schichtarbeiterin dagegen argumentiert hat, hatten die es sich mit ihm verscherzt. Er konnte ziemlich boshaft werden.«

»Auslandstermine?«, fragte Agathe.

»Wir haben zwei Partnervereine«, erklärte Baumgärtner. »Einen in der Schweiz und einen im Zillertal in Österreich. Dorthin machen wir – wenn es eben für unsere Mitglieder möglich ist – einen jährlichen Vereinsausflug. Aber selten in der Vorweihnachtszeit, weil die für die meisten von uns von Haus aus stressig ist und wir zu kämpfen haben, dass wir unsere Auftritte in der Oberpfalz immer besetzen können. Nur alle paar Jahre sind wir während der Raunächte für ein Wochenende in Tirol oder in Luzern.«

»Und der Harry Spiegler?«, fragte Leitner.

»Wäre am liebsten den ganzen Advent da unten geblieben«, antwortete Beate.

»Verstehen Sie, das war für ihn so, als wenn ein Filmfan nach Hollywood darf«, sagte Baumgärtner. »Für ihn waren das da unten die echten Teufel. Die Originale. Dort, so meinte er, gehöre er eigentlich hin.«

Beate griff nach ihrem Glas. »Wenn er sich nach Österreich oder in die Schweiz verzogen hätte, wäre das auch für die Frauen bei uns im Verein angenehmer gewesen.«

»Weil er sie angemacht hat?«, fragte Agathe trocken.

»Bei fast jeder hat er es probiert.«

»Bei dir auch?«, fragte Baumgärtner Beate überrascht.

Sie würdigte ihn keines Blickes, als sie antwortete: »Es ist kein Geheimnis, dass der Harry auch im Umgang mit Frauen bestimmend war. Wir hatten häufig Stress deswegen, wenn Sie wissen, was ich meine.«

Agathe schätzte ihr Gegenüber kurz ab. »Dann ist er auch bei Ihnen … übergriffig geworden?«

»Übergriffig? Was ist das denn für ein altertümlicher Ausdruck?« Beate konnte sich ein kurzes Kichern nicht verkneifen. »Ich habe zwar keinen Schaden davongetragen, aber es bleibt dabei: Der Harry war ein Kotzbrocken.«

Peinlich berührt blickte Baumgärtner Agathe und Leitner

an. »Da haben Sie jetzt einen schönen ersten Eindruck von unseren Bergteufeln bekommen, wie?«

»Machen Sie sich keine Sorgen, Herr Baumgärtner.« Agathe spielte ihren ganzen Charme aus. »In jeder Gruppe gibt es ein schwarzes Schaf, deshalb sind noch nicht alle Mitglieder schlecht.«

Der Gärtnereibesitzer erwiderte ihr gewinnendes Lächeln. »Das freut mich, dass Sie so denken.«

Bald darauf bat Leitner die Bedienung, ihnen die Rechnung zu bringen. Nachdem sie sie beglichen hatten, entschuldigten sich sowohl Baumgärtner als auch Agathe und verschwanden Richtung Toiletten.

Während sie warteten, hielt Beate Leitner ihr Handy hin, auf dem Display die Eingabemaske für einen neuen Kontakt. Sie lächelte ihn an. »Dann kann ich Ihnen ab und an ein paar Fotos von unseren Auftritten schicken.«

Leitner nahm das Handy, speicherte seine Nummer ein und versank kurz in Beates großen Augen.

Schließlich kam Michael Baumgärtner zum Tisch zurück und kurz nach ihm auch Agathe.

»Soll ich dich heimfahren?«, fragte der Gärtnereibesitzer Beate.

»Danke, aber ich laufe lieber«, entgegnete die, und damit gingen sie nach draußen und alle, außer Beate, zu ihren Autos.

»Das Mädel könnte noch nützlich für uns werden«, sagte Agathe, als sie an der Schwarzenfelder Schule vorbei nach Schwandorf fuhr.

»Ich habe auch den Eindruck, dass es sich lohnt, bei ihr noch mal nachzuhaken«, entgegnete Leitner abwesend.

»Wenn dem so wäre … was ergäbe dann deiner Meinung nach mehr Sinn?« Agathe grinste breit. »Soll ich noch mal mit ihr reden, oder willst du das übernehmen?«

Ruckartig riss Leitner den Kopf hoch, konnte sich aber im letzten Moment noch beherrschen, allzu schnell zu antworten. Er gab sich redlich Mühe, seine Erwiderung cool und überlegt wirken zu lassen. »Na ja, ich denke, es hätte schon seine Vorteile, wenn ihr zwei euch noch mal unterhaltet. Bei einem Gespräch von Frau zu Frau kommt wahrscheinlich am meisten rüber.«

Agathe biss sich auf die Lippen. »Das klingt sehr vernünftig.« Sie ließ sich absichtlich lange Zeit, bevor sie weiterredete. Es schien ihr Vergnügen zu bereiten, ihn aus den Augenwinkeln zu beobachten. Erst nach einer guten Minute, die Leitner wie eine Stunde vorkam, sagte sie wie beiläufig: »Auf der anderen Seite wollte ich mich doch bei diesem Damenstammtisch einschleusen, um vielleicht ein paar wissenswerte Dinge über unseren Fall in Erfahrung zu bringen. Du weißt schon, die berühmten Kleinigkeiten am Rande, die so wichtig sein können.«

Leitner sah sie aus zusammengekniffenen Augen an. »Und was hat das jetzt mit mir zu tun?«

»Ich meine, mit den Ermittlungen werde ich möglicherweise ziemlich eingebunden sein. Vielleicht solltest doch besser du den Part mit Beate übernehmen. Das schaffst du bestimmt genauso gut wie ich.«

Leitner setzte sich aufrecht hin. »Na, wenn du es so siehst, werde ich halt mein Bestes geben«, sagte er dann mit fester Stimme.

»Denkst du, du kommst irgendwie an ihre Telefonnummer ran?«

»Das ist nicht …«, sprudelte es aus Leitner heraus, dann bremste er sich ein. »Ich meine, das ist wahrscheinlich nicht besonders schwierig. Ich werde mich einfach an Baumgärtner wenden.«

Agathe nickte ihm lobend zu wie eine Mutter ihrem Kind, das ihr stolz ein Wasserfarbenbild zeigt, auf dem etwas Undefinierbares zu sehen ist. »Der Kellner im Coffeino sagte doch, am Donnerstag seien die Mädels im Süßen Eck?«, sagte sie dann und wartete. Als Leitner nicht antwortete, brummte sie: »Gut, dann weiß ich Bescheid«, und schien sich wieder auf die Straße zu konzentrieren.

»Ist in Ordnung«, murmelte Leitner irgendwann leise.

Agathe war froh, dass es draußen stockdunkel war. So konnte Leitner nicht sehen, wie ihr Körper vor stillem Gelächter bebte.

9

Gegen Mittag marschierte Agathe durch die enge Feuerhausgasse in Richtung Breite Straße, in der nur noch die Bronzeskulpturen einer Sau und zwei kleiner Ferkel an ihren früheren Namen Saugasse erinnerten.

Sie schlug den Weg zum Marktplatz ein und hatte am ersten Eckhaus ihr Ziel erreicht. Bevor sie jedoch das Café Süßes Eck betrat, machte sie noch einen Abstecher zu dem Tabakladen am anderen Ende des Marktplatzes, um sich mit zwei Tageszeitungen einzudecken. In einer, der BILD, hatte es der in der Baugrube gefundene Teufel immerhin auf Seite vier geschafft.

Als sie das Café betrat, ließ Agathe ihren Blick auf der Suche nach einem freien Platz durch den Raum schweifen. Auf einem größeren Tisch stand ein »Reserviert«-Schild, wahrscheinlich würden dort die Damen tagen. Unweit davon war ein gemütlicher, mit weichen Kissen ausgelegter Fensterplatz, auf dem sie sich niederließ. Sie bestellte einen Cappuccino und schlug die BILD auf.

Agathe las gerade die Witzespalte und war von den abgeschmackten Kalauern eher enttäuscht, als die Tür des Cafés geöffnet wurde. Sie erkannte in dem neuen Gast sofort die hagere Gestalt, die sich vor zwei Tagen an die Anführerin der Damenrunde rangeworfen hatte.

Die Detektivin schien mit ihrer ersten Einschätzung richtiggelegen zu haben. Ohne ihre Kameradinnen wirkte die Frau eher schüchtern. Sie nahm an dem reservierten Tisch Platz, und als die Bedienung sie nach ihren Wünschen fragte, antwortete sie leise: »Im Augenblick nichts, ich warte noch.« Die Frau fühlt sich anscheinend nur in der Herde stark, dachte Agathe.

Nach weiteren fünf Minuten folgte ihr die Frau, die Helga hieß. Sie rief ein freundliches »Servus!« durch das Café, hängte ihre Winterjacke an die Garderobe und setzte sich zu der ruhigen Frau an den Tisch. »Du hast ja noch gar nix bestellt, Martha. Oder war noch niemand bei dir?«

»Doch, schon, aber ich wollte warten …«, stammelte sie.

»Mir bringst ein Weizen. Ich habe jetzt Durst!«, rief Helga der Bedienung zu, die gerade zwei Tische weiter kassierte und kurz aufgeblickt hatte. Ihr war es offenbar egal, was die anderen Gäste über sie dachten, im Gegensatz zu Martha.

»Ich dachte, du bringst Paul heute mit«, sagte diese jetzt, und in Agathes Ohren klang es nicht so, als wäre Martha enttäuscht.

»Mein Gott!« Helga sah sie abwertend an. »Fehlt's dir jetzt auch schon im Hirn?«

Agathe bemerkte die in der Oberpfalz gelebte Tradition, einen eigentlich geschätzten Menschen mit Beleidigungen zu bedenken.

»Ach, stimmt ja, musst du erst morgen auf ihn aufpassen?«, reagierte Martha dementsprechend auch nicht pikiert.

»Freilich, du Trutscherl. Meine Tochter muss morgen Vormittag zum Arzt, dann hab ich den Kleinen.«

»Ich habe den Paul schon lange nicht mehr gesehen«, meinte Martha, und wieder hatte Agathe den Eindruck, als hätte Martha ihn nicht wirklich vermisst.

»Mittlerweile schnattert der dich in Grund und Boden. Kann einfach nicht den Mund halten.«

Als Agathe, die den Dialog verfolgt hatte, bei Helgas letzter Bemerkung lachen musste, schoss deren Kopf zu ihr herum. »Gell, sie da vorne kennt das auch?«

Und Agathe nahm die nächste Oberpfälzer Eigenart wahr: einen anwesenden fremden Menschen in der dritten Person Singular anzureden.

Sie lächelte. »Ich selbst habe keine Kinder, aber ich kenne das natürlich, wenn die Kleinen drauflossabbeln und nicht mehr zu stoppen sind.«

»Keine Kinder? Noch nicht, oder?«, fragte nun Martha mit der Vehemenz einer wissbegierigen Mittsechzigerin, die geübt im Aushorchen anderer Leute ist.

»Das steht noch in den Sternen. Allerdings schon mal nicht im Horoskop für heute.« Grinsend hob Agathe die BILD hoch.

Jetzt lachte auch Helga, während Martha nur ein distanziertes Lächeln zustande brachte. Sie sagte: »Na ja, dafür braucht man ja erst einmal den Richtigen. Ist sie nicht mit dem Gerhard Leitner zusammen?«

»Zusammen ist sie nicht mit ihm«, erwiderte Agathe überrascht. »Aber wir teilen uns eine Wohnung. Woher kennen Sie ihn denn?«

Helga antwortete an Marthas statt: »Nun, wenn man so lange die ganzen Festeln bei uns in der Gegend besucht wie ich, dann kennt man auch alle Musikanten mit Vornamen.«

Agathe traf die Erkenntnis wie ein Blitz. Helga war ihr in der Tat bekannt vorgekommen, sie mussten sich schon mal bei einer Kirwa oder einem Volksfest in der Umgebung gesehen haben. Da sie gemeinsam mit Leitner regelmäßig solche Festivitäten besuchte, war die Wahrscheinlichkeit sehr groß. Agathe meinte sich zu erinnern, dass sie vor einem oder zwei Jahren auf der Regensburger Dult in einem der Zelte einen Abend lang an der Bar neben Helga gestanden hatte.

»Der Gerhard macht jetzt keine Musik mehr, oder?«, fragte Helga nun und nahm einen großen Schluck von ihrem Weizen, das die Bedienung ihr gebracht und zuvor, wie es stets Helgas Wunsch war, mit dem Schnitz einer Zitrone versehen hatte.

»Nicht mehr beruflich, nein.«

»Verkauft der nicht stattdessen jetzt Versicherungen?« Marthas Stimme troff vor Hohn.

»Nein«, sagte Agathe, sonst nichts. Umgehend reagierte Helga wie erhofft.

»Magst du dich vielleicht zu uns rübersetzen?«, fragte sie und benutzte nun die direkte, informelle Anrede.

Agathe nickte, griff nach den zusammengefalteten Zeitungen und ihrer Handtasche und nahm neben Helga Platz.

»Liest du wohl recht viel?«, fragte die und deutete auf die Zeitungen.

»Nicht jeden Tag, aber heute schon, nachdem doch dieser Teufel in der Baugrube entdeckt wurde.«

»Das war wirklich eine Schau!«, sagte Helga fast anerkennend und langte schon wieder nach ihrem Weißbier.

»Habe ich euch … Sie nicht am Morgen in der Friedrich-Ebert-Straße gesehen?«

»Kannst schon Du zu mir sagen«, erwiderte Helga schnell und stellte ihren bis auf wenige Zentimeter leeren Weizenbierstutzen auf den Tisch zurück.

Martha zog eine Augenbraue hoch. Sie schien nicht damit einverstanden zu sein, dass Helga einer Fremden und noch dazu deutlich Jüngeren über ihren Kopf hinweg das Du angeboten hatte.

»Logisch haben wir da zugeschaut. Kann ja wohl nicht sein, dass wir erst jahrelang die Umstände da mit der Baustelle gehabt haben, und dann war's anscheinend für die Katz!«

»Oh!«, sagte plötzlich die Dame, die Agathe gestern als den Mittelpunkt des Quartetts ausgemacht hatte. Sie und hinter ihr Regina Felgentreu, die Vierte im Bunde, hatten nun ebenfalls ihren Weg ins Süße Eck gefunden.

»Haben wir wohl heute einen neuen Gast?«, meinte die erste Dame mit kaum versteckter Ablehnung.

Agathe erhob sich und reichte ihr die Hand.

»Ihre Freundin war so lieb, mich an den Tisch zu bitten. Agathe Viersen ist mein Name.«

Die Chefin, also die Kröte, gab ihr ohne rechten Druck die Hand und setzte sich schließlich.

Regina Felgentreu schüttelte Agathe ebenfalls die Hand und sagte freundlich: »Haben wir uns nicht schon vor Kurzem gesehen?«

»Ja, erst gestern im Coffeino«, entgegnete Agathe und sah zur Anführerin, die sich ihr bisher nicht vorgestellt hatte. Sie trug immer noch eine überhebliche Miene zur Schau.

»Mäderl, bringst mir bitte noch ein Weizen?«, gab Helga der Bedienung Bescheid. »Und die Regina und die Konstanze wollen bestimmt auch was bestellen.«

»Gleich!«, kam aus dem Nebenraum des kleinen Cafés die Antwort.

Konstanze also, dachte Agathe. Somit haben wir Konstanze, die Kröte, Martha, das Schoßhündchen, Regina, die Freundliche, und Helga, die Bodenständige.

»Das gestern war für uns natürlich auch ein Schock, wir wohnen ja nicht weit weg«, lenkte Agathe das Gespräch auf das Thema zurück.

»Dass die Jungen heute noch irgendwas schockiert, ist wohltuend und verstörend zugleich«, ließ sich Konstanze vernehmen.

»Nun, einen Teufel sieht man nicht jeden Tag aus dem Grab steigen, Frau …?«

Konstanze sah Agathe abfällig an und schwieg.

»Mein Gott, Frau von Grünnenberg!«, sagte Helga schließlich. »Sag ihr halt, wie du heißt. Oder ist dir heute die nicht vorhandene Baronesse in den Kopf gestiegen?«

»Frau von Grünnenberg, wann hat man das denn schon: einen solchen Leichenfund unter der Hauptverkehrsstraße?«, ließ Agathe die Angesprochene geschickt das Gesicht wahren.

»Ich gebe zu, das ist in der Tat außergewöhnlich«, honorierte Konstanze Agathes Schachzug und bestellte bei der Bedienung, die an ihren Tisch getreten war, ein Kännchen Feuerzaubertee.

Auch Martha orderte nun, da ihre Verstärkung eingetroffen war, im Tonfall einer Vorgesetzten ein Kännchen Kaffee, während sich Regina Felgentreu für ein Stück Punschtorte und einen Cappuccino entschied. Agathe, die durch ihren Sitzplatzwechsel ebenfalls noch ohne Getränk war, nahm einen Latte macchiato.

»Du darfst übrigens auch was Gescheites trinken. Musst nicht beim Kaffee bleiben, nur weil du bei uns alten Kaffeetanten hockst«, sagte Helga fröhlich. »Ich gönne mir ja auch mein Weizen. Ich kann mich noch an die Dult in Regensburg erinnern. Da warst du nicht schlecht dabei, gell?«

Agathe merkte, wie sich die Blicke der drei anderen auf sie

richteten. »In Bayern gibt's ja auch verdammt leckeres Bier«, erwiderte sie mit süffisantem Lächeln. »Besonders hier in der Oberpfalz. Da sag ich nicht Nein.«

»Dann scheinst du dich mit den Oberpfälzer Gewohnheiten und Gebräuchen ja schon ein bisschen auszukennen«, sagte Helga grinsend, die anscheinend gehört hatte, dass sie nicht aus der Gegend kam.

»Apropos Gebräuche«, meinte Agathe, »ich habe gar nicht gewusst, dass auch der Krampus hier zur Tradition gehört. Die Leiche war ja als einer verkleidet.«

»Das tut er auch nicht«, sagte Martha voller Überzeugung. »Ist nur so neumodisches Zeug. Kommt wahrscheinlich aus Amerika.«

»Überhaupt nicht, Martha. Die Tradition stammt aus den Alpen«, korrigierte sie Konstanze.

»Ist zu dir als Kind früher nie der Nikolaus mit seinem Krampus gekommen?«, warf nun Helga ein und grinste. »Hätte dir vielleicht nicht geschadet.«

Martha wandte sich übertrieben deutlich von Helga ab.

»Aber diese Vereine dafür sind schon ein eher neuerer Trend. Als unsere Henriette zum Beispiel noch klein war, war das noch nicht so verbreitet«, sagte Regina.

»Sag ich doch, das ist kein echtes Brauchtum«, beharrte Martha bockig. »Und erst recht nicht, wenn es so einer wie *der* betreibt!«

»Wie wer?«, fragte Agathe.

»Na, wie der, den sie in der Baustelle gefunden haben. Dieser Spiegler.«

»Ach, Sie kennen den Namen des Toten?«

»Nun ja, man hört so manches«, hauchte Konstanze von Grünnenberg vornehm.

»Is ja 'n Ding. Und kannten Sie den auch? Ich meine, persönlich?«

Martha legte ihre gefalteten Hände auf den Tisch und beugte sich zu Agathe. »Natürlich nicht, mit solchen Subjekten pflegen wir keinen Umgang.«

»Jaja, der Spiegler Harry«, sagte Regina Felgentreu mit wissendem Nicken.

»Der Harry war ein ganz wilder Vogel«, ergänzte Helga. »War überall bekannt und berüchtigt.«

»Wirklich?«, bemerkte Agathe mit gespielter Überraschung.

»Es war ziemlich schlimm mit ihm«, mischte sich nun auch Konstanze ein. »Bei dem kam alles zusammen. Drogen, Alkohol und wer weiß, was sonst noch alles.«

Eine Pause entstand, und Agathe blickte fragend in die Runde.

»Frauen«, sagte Regina nur erklärend.

»Dann war der Spiegler also kein Kind von Traurigkeit?«

»Ein Lotterleben hat er geführt«, sagte Martha verächtlich. »Offiziell sind es wohl zwei, aber ich bin mir sicher, dass er für viel mehr verantwortlich ist.«

»Für mehr was?«

»Kinder. Uneheliche Kinder, Frau Viersen.«

Agathe stieß einen Pfiff aus. »Donnerwetter, dann konnte er wohl ziemlich gut mit den Damen?«

Konstanze ignorierte diese offensichtliche Feststellung und resümierte: »Der Spiegler stand die meiste Zeit seines Lebens mit einem Bein im Gefängnis. Man brauchte ihn ja nur anzusehen mit seinen ... Tätowierungen und diesen – wie nennt man das noch? – diesen Nägeln in den Augenbrauen?«

»Sie meinen Piercings?«, half Agathe aus.

»Jaja, genau.«

»Die haben solche Typen bestimmt nicht nur in den Augenbrauen, sondern auch noch an ganz anderen Körperstellen«, meinte Helga zwischen zwei Schluck Weizen.

»Wie auch immer«, rüffelte Konstanze ihre Freundin sanft, »jedenfalls war jedem klar, dass dieser Mensch seinen Lebensunterhalt nicht durch ehrliche Arbeit verdient.«

»Aber er hat gearbeitet?«, fragte Agathe der Form halber, obwohl sie die Antwort schon kannte.

»Zuletzt war er Lastwagenfahrer«, erwiderte Regina Felgentreu. »Aber früher ist er den Frauen auf der Tasche gelegen.«

Verschwörerisch lehnte Martha sich zu Agathe über den Tisch. »Die Tochter meiner Nachbarn war wohl einmal mit Spiegler in seiner Wohnung. Fürchterlich! Das reinste Drecksloch war das.«

»Sie meinen die Wohnung oder die Tochter?«, fragte Agathe mit einem Blitzen in den Augen.

Schockiert setzte sich Martha wieder aufrecht auf ihren Stuhl.

In Agathe wuchs die Abneigung gegen diese speichelleckende Person immer deutlicher, was ihr die derbe Pointe wert gewesen war.

Martha, die vor Empörung nicht mitbekommen hatte, dass Agathe ihre Frage des Gags wegen gestellt hatte, sah sich genötigt, ihr die Lage genauer zu erklären. »Selbstverständlich die Wohnung! Auch wenn diese ... Bude diesen Namen nicht verdient hatte. Alles war verdreckt, es herrschte die größte Unordnung, und wahrscheinlich hatte er jede Menge Ungeziefer als Untermieter.«

Nun ergriff Konstanze wieder das Wort, offensichtlich um ihre Begleitung vor weiteren unbeherrschten Gefühlsausbrüchen zu bewahren. »Es ist mir zwar unerklärlich, aber es scheint, als würde genau diese liederliche Art von Mann einen gewissen Reiz auf manche Frauen ausüben. Gerade junge Frauen empfinden das offensichtlich als eine Form von Abenteuer, wenn sie mit einem solchen ... Kerl nach Hause gehen.«

Agathe schürzte nachdenklich die Lippen, und auch die anderen Damen hingen einen Moment lang ihren Gedanken nach.

»Nicht nur junge Frauen«, sagte Helga schließlich, stupste Agathe mit dem Ellbogen an und bedeutete ihr, zu einem anderen Tisch zu sehen, an dem ein Mann Mitte fünfzig alleine saß.

»Was meinst du?«, fragte sie.

»Na ja, der Spiegler hat immer Geld gebraucht. Für sein Hasch oder was für Substanzen er sich sonst noch reingezogen hat.«

Ungläubig blickte Agathe zwischen dem Mann am anderen Tisch und Helga hin und her. »Und du glaubst, er ist auf diese Weise an Geld gekommen?« Als sie keine Antwort erhielt, sagte sie leise: »Dann war Harry Spiegler ein Stricher?«

»Bitte!«, protestierte nun Regina. »Das ist nicht bewiesen, und ich finde es unverantwortlich, solche Gerüchte in die Welt zu setzen.«

»Das *sind* keine Gerüchte. Jedes Wort ist wahr«, sagte Martha, als ob sie nicht Agathe, sondern sich selbst dieser Sache versichern wollte.

»Ich weiß, was ich weiß«, winkte Helga ab und deutete mit dem Kopf nochmals zum Nachbarstisch. »Und den Menner Jochen kenne ich, das ist so ein Halbseidener.«

»Aber er ist doch verheiratet«, wandte Regina ein.

»Mein Gott, eine Ehe heißt noch lange nichts.«

Agathe prägte sich Jochen Menner ein. Er war pausbäckig, seinen Kopf zierte nur noch ein Haarkranz, seine Oberlippe dafür ein beeindruckender Schnurrbart. Über seinem blassblauen Hemd trug er einen karierten Pullunder, mit dem er gut in die Siebziger gepasst hätte.

»Und wie ist er sonst so?«, wollte Agathe wissen.

»Lehrer ist der«, fauchte Helga. »Kaum zu fassen, dass sie so einen auf unsere Kinder loslassen …«

Agathe folgte jeder Bewegung des untersetzten Mannes, der im Begriff war zu zahlen. Würde dieser Typ einem jüngeren Mann wie Harry Spiegler Geld für Sex geben? Agathe konnte keinen geraden Blick in Menners Augen erhaschen. Sie war sich nicht sicher, was sie glauben sollte. Mit Sicherheit konnte sie nichts ausschließen. Sie beschloss, später Leitner zu fragen, ob er Menner kannte, und sagte schließlich zu den Damen: »Das ist gar nicht so selten, dass jemand sich zu beiden Geschlechtern hingezogen fühlt.«

»Der Spiegler hat sich nicht zum männlichen Geschlecht,

sondern zum Geld hingezogen gefühlt. Eigentlich mochte der schon lieber die Weiber als die Männer«, sagte Helga bereits leicht lallend.

»Hatte er denn zuletzt eine feste Freundin?«, erkundigte sich Agathe.

»Ich glaube, zum Schluss war er mit der Höcherl liiert. Die kennt ihr doch auch«, meinte Helga zu den anderen drei Frauen. »Wohnt noch bei ihren Eltern in Schwarzenfeld. So wie ihr Bruder. Der arbeitet mit meinem Sohn im gleichen Betrieb.«

»Natürlich kennen wir die Höcherls«, sagte Konstanze mit autoritärer Stimme.

Agathe hatte das Gefühl, dass es für sie besser wäre, die Kaffeerunde jetzt zu verlassen, und stand auf. »Es war wirklich sehr freundlich von Ihnen, dass ich mich ein bisschen dazusetzen durfte.«

Regina verabschiedete sich freundlich. »Es tut uns alten Kaffeetanten auch mal gut, uns mit jüngeren Menschen zu unterhalten«, fügte sie hinzu. »Morgen Vormittag treffen wir uns übrigens gegenüber im Café Brunner, falls Sie denn Zeit haben.«

Agathe verkniff sich ein »Weiß ich schon!« und erwiderte stattdessen: »Das kann ich noch nicht sagen. Aber wenn's passt, gerne.«

Damit verließ sie das Süße Eck und musste nicht zurücksehen, um zu wissen, dass Konstanze und Martha ob dieser Einladung lange Gesichter zogen.

10

Gerhard Leitner konnte bereits von der SAD20 im Stadtwesten die größte Baustelle der Firma Schwandorf Hoch Tief sehen. Im Dreieck zwischen Haselbach, Irlbach und Neukirchen wurden mehrere riesige Fabrikhallen hochgezogen, in denen Maschinen hergestellt werden sollten. Nicht durch Zufall hatte die Firma Horsch, ein Global Player im Bereich Landmaschinen, nicht weit entfernt ihren Sitz. Es würde wohl nicht mehr lange dauern, bis der Baubetrieb wegen des Winters zum Erliegen kam. Infolgedessen war es nachvollziehbar, dass Bögl und Co. so viele Arbeiten wie möglich noch vor der Zwangspause erledigen wollten. Dementsprechend hektisch war die Atmosphäre, die Leitner empfing, als er seinen Wagen in sicherer Entfernung abgestellt hatte und das Baustellengelände betrat. Kurze, ruppige Befehle wurden geschrien, Kreissägen kreischten, und über allem hing das Dröhnen der Motoren von Lkws, Baggern und Radladern.

Das Areal war so weitläufig, dass Leitner Mühe hatte, sich zurechtzufinden. Als einzige Farbtupfer im winterlichen Grau leuchteten die Schutzhelme der Beschäftigten gelb und orange.

So angestrengt und konzentriert beobachtete Leitner das Treiben, dass er den Radlader nicht bemerkte, der sich ihm von hinten näherte.

»Willst du da übernachten, oder lässt du mich auch mal durch?«, hörte er plötzlich eine Frauenstimme.

Er fuhr herum und sah ein großes gelbes Ungetüm, aus dessen Führerhaus sich eine junge Frau lehnte. Unter ihrem Helm quollen lange Locken hervor. Es dauert nur eine Millisekunde, dann erkannte Leitner in ihr die Tochter von Albert Felgentreu, die er auf den besagten Festen kurz kennengelernt hatte. Zwar hatte er den Eindruck, dass auch Henriette Felgentreu ihn wiedererkannte, aber schöne Erinnerungen an launige Festabende schienen auf der Baustelle nichts zu zählen.

»Entschuldige!«, rief er und ging schnell zur Seite.

Ohne weitere Worte fuhr Henriette Felgentreu an Leitner vorbei in Richtung eines Baucontainers, wo sie aus dem Radlader ausstieg. Sie war wie die anderen Arbeiter gekleidet, und hätte Leitner sie nicht aus der Nähe gesehen, hätte er nie und nimmer vermutet, dass auf der Baustelle auch eine Frau arbeitete.

Da in dem Baucontainer wahrscheinlich Arno Bögl anzutreffen war, ging auch Leitner dorthin. Knapp zwanzig Meter davor sah er einen groß gewachsenen Mann mit einem unglaublich breiten Kreuz, der ihm ebenfalls bekannt vorkam. Mit ihm hatte er schon in vielen Wirtshäusern bei einer Unzahl an Bieren zusammengesessen. Es war Georg Schneider.

Schneider hatte ihn auch bemerkt und kam auf ihn zu. Durch seinen Helm sah er noch größer aus, als er war. Nachdem er Leitner auf die Schulter geklopft hatte, ließ sein tiefes Bellen nicht lange auf sich warten. »Servus, Gerhard, du alter Gauner! Fängst du wohl bei uns als Aushilfe an?«

»Grüß dich, Georg. Das ist ja eine Riesenbaustelle.«

»Ja, schon ein Trumm«, sagte Schneider mit einem Unterton in der Stimme, der signalisierte, dass es noch so manche Herausforderung zu meistern gab.

»Wo finde ich denn den Chef?«, fragte Leitner.

»Meinst du die Juniorchefin oder den Bögl?«

»Den Bögl Arno.«

Georg Schneider wies auf den Container. »Der ist da drin. Mit seiner Verlobten.«

Leitner dachte kurz nach. »Dann arbeiten zwei Frauen bei euch auf der Baustelle?«

»Nein, warum?«, fragte Schneider milde amüsiert.

»Weil ich gerade Henriette Felgentreu da reingehen gesehen habe.«

»Und?«

Leitner dämmerte es. »Dann ist sie mit Arno Bögl verlobt?«

Schneiders Grinsen wurde breiter. »So ist es. Darum ist der Arno auch das, was er ist. Wenn du etwas mit der Tochter vom Chef hast, fällst du die Karriereleiter gleich mal ein ganzes Stück nach oben.«

»Da schau her«, sagte Leitner. »Das habe ich ja gar nicht gewusst.«

Mit einem Mal drang aus dem Container lautes Geschrei zu ihnen, und Leitner und Schneider rissen die Köpfe herum.

»... dann kannst du deinen ganzen Scheiß alleine machen, aber nicht mehr in unserer Firma!« Es war unverkennbar die Stimme von Henriette Felgentreu.

»Oha!«, entfuhr es Schneider.

Dann flog die Tür des Containers auf, Henriette Felgentreu stapfte mit großen Schritten an den Männern vorbei zu ihrem Radlader und stieg wieder ins Führerhaus. Leitner war nicht entgangen, dass die junge Frau sich Tränen aus den Augen gewischt hatte.

»Da ist die Kleine wohl mit dem falschen Fuß aufgestanden, hm?«, sagte er zu seinem Spezl, während die Juniorchefin mit überhöhter Drehzahl davonfuhr.

»Gut möglich.«

»Könnte das nicht vielleicht mit dem Leichenfund in der Friedrich-Ebert-Straße zusammenhängen?«

»Kann ich mir nicht vorstellen«, brummte Schneider. »Zugegeben, das ist eine schwierige Situation für unseren Betrieb, aber ...«

»Aber?«, hakte Leitner nach.

»Die streiten schon seit einigen Wochen regelmäßig miteinander. Wenn sie wenigstens verheiratet wären, dann könnte ich's vielleicht noch verstehen.«

Leitner ließ diese Weisheit als Unverheirateter unkommentiert, verabschiedete sich von Schneider, ging zu der noch offen stehenden Tür des Containers und klopfte an den Rahmen. »Arno?«

»Komm nur rein«, kam sofort die Antwort.

Bögl warf gerade einen Stift auf den behelfsmäßigen

Schreibtisch, als Leitner eintrat und einen merkwürdigen Geruch wahrnahm, den er nicht einordnen konnte. Vielleicht von einem Baustoff?

»Ich wollte mich erkundigen, ob du schon mehr Informationen zu dem beschädigten Rohr in der Friedrich-Ebert-Straße hast«, sagte Leitner.

»Leider nur, dass es gerissen ist, und zwar fast der gesamten Länge nach, die ganzen fünf Meter. Aber ob fehlerhaftes Material oder eine andere Ursache der Grund dafür ist, kann ich noch nicht sagen.« Bögl erhob sich. »Wenn du noch weitere Fragen hast, müsstest du mich jetzt kurz nach draußen begleiten. Wir arbeiten mit Hochdruck, weil es nächste Woche tiefe Minusgrade geben soll.«

»Ihr bereitet die Baustelle für den Winter vor?«

»Genau.«

Die beiden Männer traten ins Freie. Leitner hielt sich einen Meter hinter Bögl, während der mit seinen Arbeitern verschiedene Aufgaben auf der Baustelle besprach. Leitner hatte zwar im Augenblick keine Fragen mehr, aber wollte sich die Chance, eine solche Großbaustelle zu besichtigen, nicht entgehen lassen.

Die Männer gingen über frisch gegossene Betonböden, an einem wahren Wald aus Stahlstangen vorbei, die aus dem Boden zu wachsen schienen, zwischen mehreren Kränen und Zementlastern hindurch und ließen dabei Berge aus Erde, Sand und Kies hinter sich. Als Leitner glaubte, alles gesehen zu haben, bedankte er sich bei Bögl und bat ihn, sich im Falle neuer Erkenntnisse doch kurz bei ihm zu melden.

Wieder zu Hause in der Klosterstraße dauerte es nur bis zum frühen Nachmittag, bis auch Agathe in ihre Wohnung zurückkehrte. Gegenseitig brachten sie sich rasch auf den aktuellen Stand ihrer Ermittlung.

»Du hast diese fette Kröte ja gestern mit eigenen Augen gesehen. Die sitzt wie die Spinne in ihrem Netz, und die anderen Weiber hofieren sie wie eine Königin.«

»Aber diese Helga scheint ihr doch immer wieder Paroli zu bieten, oder?«, meinte Leitner.

Agathe nickte. »Die ist meiner Meinung nach noch die Normalste von den vieren. Aber die Unterhaltung war nicht uninteressant. Vor allem diese Geschichte über den Spiegler und den Lehrer.«

Leitner griff in eine schon geöffnete Tüte Spekulatius, die in der Küche auf der Arbeitsfläche stand. »Du sagtest, der heißt Menner?«

»Jochen Menner, genau.«

»Dann rufe ich jetzt gleich mal die Gerlinde an«, sagte er mampfend.

»Deine Schwester? Warum das denn?«

»Ich müsste mich schon sehr täuschen, wenn meine Nichte den Menner nicht im letzten Jahr als Lehrer hatte. Vielleicht kann uns ja die Gerlinde mehr über ihn erzählen.«

»Gib mir man auch so 'nen Keks«, bat Agathe und biss von dem Spekulatius ab. »Meinst du, Gerlinde hat morgen schon Zeit für uns?«

»Ich frag sie mal. Wir hatten sowieso schon länger vor, uns mal wieder auf einen Ratsch zu treffen.«

Während Leitner mit seiner Schwester telefonierte und tatsächlich für den folgenden Vormittag einen Termin im Café Brunner mit ihr vereinbaren konnte, vernichtete Agathe den Spekulatius. »Die perfekte Location«, sagte sie, als er ihr den Treffpunkt nannte. »Das Café Brunner, meine ich.«

»Habe ich extra gewählt, weil ich mich daran erinnert habe, dass uns der Kellner vom Coffeino erzählt hat, dass deine neuen Freundinnen sich immer freitags dort treffen. So können wir quasi gleich fünf Frauen mit einem Café schlagen.«

»Damit haben wir für morgen früh einen Plan. Und wie sieht es mit dir und Beate aus, der Hexe?«

Leitner sah auf die Uhr seines Handys. »Ich sollte mich langsam fertig machen, wir gehen nämlich heute Pizza essen.«

»Sieh an, sieh an.« Agathe grinste. »Derlei Aufgaben erledigst du immer sofort, oder wie?«

»Jetzt sei halt nicht so. Ich habe mit ihr beim Nachhausefahren von der Baustelle telefoniert, und es hat ihr heute Abend gleich gepasst.«

»Was für ein Glück. Und hat der Herr Baumgärtner noch etwas Interessantes gesagt?«

»Der Baumgärtner?« Leitner sah sie begriffsstutzig an. »Wie kommst du denn jetzt auf den?«

»Na, ich dachte, du wolltest dir über ihn Beates Telefonnummer besorgen?«, tat Agathe unwissend.

»Ach so, natürlich!« Leitner blinzelte zweimal schnell hintereinander. »Von seiner Seite gibt es keine Neuigkeiten.«

»Dann ist ja gut. Ich muss übrigens vor dir ins Bad.«

Leitner stutzte. »Wieso?«

Agathe knöpfte sich die Bluse auf. »Glaubst du etwa, du wärst der Einzige, der heute Abend essen geht?« Damit zog sie sich lasziv die Blusenzipfel aus der Hose und genoss es, dass Leitner seine Augen nicht von ihr nehmen konnte. Seine Neugierde, mit wem Agathe sich treffen würde, war ihm ins Gesicht geschrieben. Aber er wusste, dass es der ungeschriebene Kodex des gemeinsamen Haushaltes nicht vorsah, derlei Informationen vom anderen zu verlangen. Er würde sich also bis zum nächsten Morgen gedulden müssen, bis sie eventuell mit der Sprache rausrückte.

11

Im Sommer gehörte die Pizzeria Naabucco in Schwarzenfeld zu den beliebtesten Restaurants der Umgebung, was vor allem ihrer idyllischen Lage direkt an der Naab und dem angrenzenden Park geschuldet war. Doch auch an diesem Donnerstagabend Ende November war die Pizzeria gut besucht.

Der Kellner wies Leitner einen Tisch im hinteren, nicht einsehbaren Teil der Gasträume zu. Das Licht war angenehm gedimmt, auf allen Tischen flackerten Kerzen.

Leitners Verabredung ließ nicht lange auf sich warten. Mit federnden Schritten kam Beate zum Tisch, begrüßte ihn, zog ihren langen schwarzen Filzmantel aus und setzte sich ihm gegenüber.

Leitner hatte jede ihrer Bewegungen aufmerksam verfolgt, wobei ihm weder die eng anliegende Hose aus schwarzem Hochglanzleder noch ihre leicht durchsichtige Bluse aus Seide entgangen war. Jetzt wusste er auch, was Beate darunter trug. Schwarz war wohl ihre Lieblingsfarbe, was Kleidung betraf.

Er bestellte ein Weißbier, Beate ein Cola-Weizen. Als auch die beiden Pizzen geordert waren, sagte Leitner: »Super, dass es bei dir gleich heute Abend geklappt hat.«

»Ich habe abends meistens nichts vor«, antwortete Beate. »Du sagtest am Telefon, dass du gerne noch einige Dinge wissen würdest. Was denn?«

Leitner verschränkte die Arme auf dem Tisch. »Du redest nicht lange um den heißen Brei herum, wie?«

»Warum auch?«

»Das gefällt mir. Also gut«, begann Leitner, »zunächst einmal würde ich gern deinen Nachnamen wissen.«

»Steiner.« Beate sah ihn mit ihren warmen braunen Augen an.

Nach einigen Sekunden der Stille stieß Leitner ein kurzes

Lachen aus. »Okay, Beate Steiner«, fuhr er schließlich fort, »dann erzähl mir doch noch etwas mehr über euren Verein.«

»Nun, die Miesberg Pass gibt es schon seit etwa zehn Jahren. Damals haben sich in der Region viele solcher Vereine gegründet, aber es gibt auch welche, die schon länger aktiv sind.«

»Zum Beispiel?«, fragte Leitner.

»Die Groumdeifl aus Wackersdorf sind mit die ältesten. Dann gibt es dort noch die Turmkramperl, die Burgteufel in Trausnitz oben und in Neunburg vorm Wald die Schwarzachtal Pass.« Die Getränke wurden gebracht, und Leitner und Beate stießen an.

Während des Essens ging Beate auf die Unterschiede der einzelnen Gruppen ein.

»Manche machen eine ganze Feuershow, was natürlich nicht ganz ungefährlich ist.«

»Kann ich mir denken«, nickte Leitner. »Mit den Fellen und so.«

»Die Felle sind nicht das größte Problem, eher schon die Kinder im Publikum beziehungsweise das Publikum generell. Darauf muss man immer ein Auge haben.«

Leitner verleibte sich den ersten Bissen seiner Schinkenpizza ein. »Kann man durch eure Masken eigentlich was sehen?«, fragte er dann.

»Na ja, die Sicht ist ziemlich eingeschränkt.«

»Dann müsst ihr vorsichtig sein, damit ihr die Leute nicht aus Versehen umschubst.«

Beate sah ihn interessiert an. »Du hörst dich so an, als hättest du Erfahrung mit Auftritten vor Publikum.«

Leitner schmunzelte. »Nun, nicht als Krampus, aber als Musiker. Teils waren die Bühnen so klein, dass man drauf schauen musste, nicht den Maßkrug vor oder das Schlagzeug hinter sich umzuschmeißen.«

Wieder schenkte Beate ihm einen langen, tiefen Blick, bevor sie ein Stück von ihrer Pizza säbelte. »Wir alle üben ja fleißig, damit wir niemanden verletzen«, meinte sie. »Und ich als Hexe habe es sowieso relativ gut.«

»Warum?«

»Zum einen ist meine Gesichtsmaske nicht so groß und schwer wie die der anderen, und zum anderen sind die Löcher für die Augen größer.«

»Also hast du quasi immer den Durch- und Überblick?«, erwiderte Leitner.

»Ich denke schon, dass ich die Lage immer überblicken kann.«

Er lächelte ob der Doppeldeutigkeit ihrer mit abgeklärter Miene gesprochenen Worte.

Als die Bedienung schließlich das Geschirr abgeräumt und Leitner die Rechnung bestellt hatte, sagte er: »Jetzt haben wir den ganzen Abend über die Teufel gesprochen, aber ich hätte dir gerne noch ein paar weitere Fragen gestellt.«

»Die kannst du mir nachher auch noch stellen.« Sie lächelte ihn an. »Hast du vorhin nicht gesagt, du würdest gern mal selbst so ein Teufelskostüm tragen?«

»Stimmt.«

»Dann hast du heute die Möglichkeit dazu. Ich habe mehrere Garnituren zu Hause.«

Leitner fehlten kurz die Worte. Stumm starrte er Beate an.

»Oder wollen wir doch noch etwas bestellen und bleiben, bis die hier zusperren?«, fragte sie kokett.

Leitners Lippen verzogen sich zu einem weiteren breiten Lächeln, als er langsam den Kopf schüttelte.

Sie nahmen die Abkürzung über den Steg auf die andere Seite der Naab und gingen dann durch die Kirchstraße in die Untere Ringstraße, an deren Ende ein Zweifamilienhaus stand. Beate sperrte die Haustür auf, und Leitner folgte ihr ins obere Stockwerk, wo ihre Wohnung lag.

Wie er erwartet hatte, hingen bereits an den Wänden im Korridor Gemälde und Drucke, die Landschaften im Nebel und bei Vollmond zeigten. An einem Spiegel baumelten mehrere Halsketten mit Anhängern in Form von mystischen

Zeichen. Leitner betrat das Wohnzimmer und erschauderte leicht, als sein Blick auf fünf Masken mit verzerrten Fratzen fiel, die auf einem Regal aufgereiht waren. Auf dem Boden davor lagen zwei verschiedenfarbige Fellkostüme. Im kleinen Kamin an der Außenwand glomm noch die Glut eines Feuers, das Beate nun anfachte.

»Such dir eine Maske aus«, sagte sie, als sie fertig war, und verließ das Wohnzimmer.

Kurz darauf kam sie mit einem grauen T-Shirt in der Hand zurück und zog sich ohne Vorwarnung die durchsichtige Bluse aus. In ihrem schwarzen BH stand sie nun keinen Meter mehr von Leitner entfernt. »Du solltest dich auch ein paar Schichten entledigen. In den Kostümen wird es sehr warm.«

Leitner betrachtete Beate, die sich das T-Shirt überstreifte und in die Wohnzimmerecke ging, wo ihre Hexenkluft auf einem Ständer hing.

»Nimm das braune Gewand. Das müsste dir passen«, wies sie ihn an, während sie in den Ganzkörperanzug stieg.

Leitner spürte Beates Blick auf seinem Körper, als er seinen Pullover auszog und dabei seine tätowierten Oberarme entblößte. Das Kostüm, in das er schlüpfte, roch stark nach Tier, und beim Aufsetzen der bleischweren Maske glaubte er kurz, vor lauter Muff ersticken zu müssen.

»Ist das so in Ordnung?« Er drehte sich zu Beate, die nun als die Hexe vor ihm stand, als die er sie tags zuvor zum ersten Mal gesehen hatte.

Sie ging auf ihn zu und griff ihm an die Hüften, um den breiten, schellenlosen Ledergürtel gerade zu rücken. Glocken befanden sich glücklicherweise nicht daran. Deren Geschepper hätte den Nachbarn in der unteren Wohnung wohl kaum Freude bereitet.

»So passt es.«

Nur dumpf vernahm er Beates Stimme. »Das Zeug wiegt noch mehr, als ich vermutet hatte«, keuchte er und kam sich in dem Outfit ziemlich affig vor.

»Warte mal ab, bis du darin tanzt.« Beate ging zu ihrer Musikanlage und drückte ein paar Knöpfe. Keltische Melodien erklangen, und sie begann, sich rhythmisch dazu zu bewegen. Nach ein paar Sekunden fasste sie seine Hände, und schon wiegten sie sich im Gleichklang. Zwar war in Beates Wohnung nicht so viel Platz, um Sprünge oder größere Tanzfiguren zu machen, aber für ein paar Drehungen reichte es allemal.

»Sei mir nicht böse, aber ich muss das Teil wieder absetzen«, keuchte Leitner nach etwa zehn Minuten.

Während er die Maske abnahm, stellte Beate die Musik leiser und nahm ebenfalls die Hexenfratze ab. Ihre Gesichter waren tropfnass vor Schweiß.

Leitner begann, sein Kostüm auszuziehen, und auch Beate stieg aus ihrem Hexengewand. Ihr graues Shirt war nun fast vollständig dunkelgrau. Als sie ihre Verkleidung wieder ordentlich auf den Ständer gehängt hatte, trat sie zu Leitner, der das Fell ebenso sorgfältig neben dem Regal platziert hatte und sich zu ihr umwandte. Sanft legte sie ihm eine Hand auf sein durchgeschwitztes Hemd. »So kannst du unmöglich raus in die Kälte gehen«, sagte sie leise, und zu ihrer ersten Hand gesellte sich die zweite.

»Das wird aber ein bisschen dauern, bis das Hemd wieder trocken ist«, sagte er und blickte an sich hinab.

»Dann müssen wir eben warten«, flüsterte sie und zog mit einer Hand seinen Kopf zu sich hinunter, um ihm einen zarten Kuss zu geben.

Leitners Hände glitten unter ihr verschwitztes T-Shirt und schoben es sanft über ihren Kopf. Beate öffnete währenddessen flink die Hemdknöpfe, sodass kurz darauf Leitners Hemd und ihr schwarzer BH zu Boden segelten. Er hörte, wie ihr Atem immer flacher wurde, als er sie heftiger küsste. Ihre weichen und dennoch straffen Brüste drückten gegen seinen Oberkörper. Er ließ seine Hände an ihren Hüften entlang nach hinten gleiten und war für das knisternde warme Kaminfeuer sehr dankbar. Und für den großen Teppich, der davorlag.

12

Leitner und Beate hatten die Pizzeria Naabucco gegen neun Uhr abends verlassen, nun zeigte die Uhr an Beates Wohnzimmerwand bereits kurz vor eins, und die Tagesanzeige war von Donnerstag auf Freitag gesprungen.

Leitner nahm das Glas, das ihm Beate vor etwa einer Stunde gebracht hatte. Ein Mix aus Cola und Jack Daniel's mit Eiswürfeln. Jetzt war er lauwarm. Doch Leitner hatte dem Anblick Beates mit ihren zerzausten Haaren und ihrer nackten samtigen Haut nicht standhalten können, sodass er nicht zum Trinken gekommen war. Als er jetzt einen Schluck davon nahm, entfuhr ihm ein herzhaftes: »Das Zeug ist ja total warm!«

»Ich mache dir einen neuen Drink.« Beate stand vom Teppich auf, auf dem sie es sich während der vergangenen Stunden mit Kissen und einer weichen Wolldecke vor dem Kamin bequem gemacht hatten.

Wieder hingen Leitners Augen an der verführerischen schwarzen Mähne und dem makellosen Körper, den zu seiner Überraschung keinerlei Tattoo oder Piercing zierte. In den letzten Jahren war er nicht allzu oft Frauen ohne Körperschmuck begegnet.

Als Beate mit einem neuen Whiskey-Cola aus der Küche kam, glitten Leitners Augen an ihrem Oberkörper, ihrer Körpermitte und ihren langen Beinen entlang. Er musste seine Atmung kontrollieren, um nicht abermals schwach zu werden, und rief sich den eigentlichen Grund seines Treffens mit Beate in Erinnerung. Sie kuschelte sich zu ihm unter die Decke, und er nahm einen erfrischenden Schluck seines kalten Drinks.

»Bist du müde?«, fragte er mit seinem sonoren Bariton.

»Nein, gar nicht.«

»Musst du morgen arbeiten?«

»Schon, aber erst am Nachmittag«, sagte Beate und legte ihren Kopf auf Leitners Oberkörper.

»Und wo?«

»Oben am Miesberg im Altenheim.«

»Wie ist eigentlich deine wirkliche Meinung zu Harry Spiegler?«, erkundigte er sich. »Irgendwie habe ich die Ahnung, dass du ihn doch besser gekannt hast.«

»Na ja …«, antwortete sie nach einer Weile. »Ich kannte ihn gut genug, um zu wissen, dass er schlecht für mich war.«

»Wart ihr mal zusammen?«

»So kann man das nicht nennen. Wir hatten eine Zeit lang was miteinander, aber er war nie mein fester Freund.«

Beide schwiegen für einen Moment. Leitner ließ ihre Worte auf sich wirken.

»Ich hoffe, du kriegst jetzt wegen mir nicht Ärger mit deiner Begleitung von gestern«, sagte Beate schließlich. »Wer war das eigentlich? Deine Freundin?«

»Nein. Sie ist nur meine Kollegin, keine Sorge.«

»Sorgen mache ich mir mit Sicherheit nicht«, sagte Beate knapp, griff nach dem Glas in Leitners Hand und nahm einen Schluck daraus.

»Was meinst du damit, wenn du sagst, dass er nicht gut für dich war?«

»Nun, der Harry war ein Machtmensch. Er konnte nicht auf Augenhöhe mit einem anderen Menschen zusammen sein. Für ihn ging es darum, zu dominieren oder dominiert zu werden. Je nach Beziehung.«

»Verstehe.«

»Dabei kannte er keine Rücksicht.« Sie atmete tief durch. »Und keine Skrupel. Zerstören oder zerstört werden, das waren die einzigen beiden Möglichkeiten, die es für ihn gab.«

Leitner griff wieder nach seinem Glas. »Ich kann mir kaum vorstellen, dass du dich von jemandem zerstören lassen würdest.«

»Garantiert nicht«, sagte sie so selbstverständlich, dass er sie einfach bewundern musste.

»Das war auch der Grund, warum ich ihn schließlich zum Teufel gehauen habe«, erzählte Beate weiter.

»Na, damit solltest du dich auskennen.« Leitner grinste.

Auch Beate musste kichern. »Bei mir hat er mit seiner Art auf Granit gebissen, aber für die Anna zum Beispiel, da hat es zum Desaster geführt, dass sie sich mit ihm eingelassen hat.«

»Wer ist die Anna?«

»Legst du noch ein Holzscheit nach?«, fragte Beate, statt seine Frage zu beantworten.

Er stand auf, ging zum Korb mit dem Holzvorrat und legte zwei Scheite in den Kamin. Als er sich wieder auf den Teppich gleiten ließ, setzte Beate sich neben ihm im Schneidersitz auf.

»Also, wer ist die Anna?«, wiederholte Leitner seine Frage.

»Die Höcherl Anna ist auch bei uns im Verein. Kann sein, dass du sie bei der Probe nicht bemerkt hast, sie ist ziemlich zurückhaltend.«

Leitner nickte. Er hatte in der Tat keine andere Frau bei den Bergteufeln mittanzen sehen. »Und bei ihr hat's der Harry auch probiert?«

»Er hat's bei fast jeder probiert. Und weil die Anna so eine Brave ist, hat er in ihr ein ideales Opfer gefunden gehabt.«

»Opfer?«

»Ich hab's dir doch gerade erklärt.« Beate wirkte ungeduldig. »Der Harry war sehr dominant, wenn man ihn gelassen hat. Bei der Anna konnte er sich bis zum Exzess ausleben.«

Leitner versuchte, sich ein Bild von Anna Höcherls Beziehung zu Harry Spiegler zu machen. »Aber«, sagte er vorsichtig, »manche mögen's halt ein bisschen härter.«

»Alles hat seinen Reiz, keine Frage. Aber trotzdem muss es doch beiden Spaß machen, oder etwa nicht? Und genau das hat der Harry eben nicht begriffen. Das ging so weit, dass schließlich ihr Wille gebrochen und sie ihm richtiggehend hörig war. Ja, das konnte der Harry.«

»Was hat er denn mit ihr getan?«

»Eben alles, was du dir im Zusammenhang mit Unterordnung und Demütigung vorstellen kannst«, sagte Beate mit beiläufigem Achselzucken. »Fesseln, Schläge mit Pferdepeitschen und dann noch den ganzen Toilettenkram.«

»Und woher weißt du das so genau?« Leitner betrachtete Beate eingehend.

Wieder nahm sie einen Schluck aus seinem Glas. »Zum einen habe ich dir ja schon gesagt, dass ich selbst mal eine Zeit lang was mit ihm hatte. Dabei habe ich schnell mitgekriegt, wie er so tickt.«

Leitner versuchte, sich Beate bei den aufgezählten Praktiken vorzustellen. Manches gelang ihm, manches konnte er sich überhaupt nicht ausmalen. Bevor seine Gedanken zu explizit werden konnten, hakte er nach: »Und zum anderen?«

»Hat mir die Anna alles erzählt.«

»Wieso das?«

Als Beates Blick das Glas streifte, in dem nur noch die Eiswürfelreste aneinanderklackten, stand sie auf, ging in die Küche und holte die Cola- und die Whiskeyflasche. Während sie ihnen einen weiteren Drink eingoss, sagte sie: »Annas Eltern sind streng katholisch. Sie betreiben eine kleine Frühstückspension oben in Traunricht und rennen jeden Sonntag in die Kirche. In dem Umfeld sind auch die Anna und ihr Bruder Manfred aufgewachsen.«

»Aber dieses Leben streng nach den alten katholischen Regeln, das ist doch in der heutigen Zeit nicht mehr so schlimm wie früher. Heute kann doch jeder im Internet oder im Kino alles anschauen, was Menschen zu zweit oder zu mehrt treiben.«

»Sicher.« Beate nickte. »Das war der Anna auch alles bewusst. Aber einen so tiefen Schuldkomplex, wie sie und der Manfred ihn von ihren Eltern mitbekommen haben, den schaltest du nicht mal eben mit ein paar Pornos im Internet aus. Im Gegenteil.«

»Das heißt, dass die Anna zwar sexuell alles Mögliche ausprobiert hat, sich aber hinterher dafür geschämt hat?«, versuchte Leitner, Beates Aussage zu deuten.

»Genau. Und die Scham war umso größer, je wilder sie es getrieben hat.«

»Ich verstehe. Und warum hat sie sich dir anvertraut?«

»Wir sind in etwa gleich alt, und sie hat dringend irgendwen zum Ausheulen und Reden gebraucht.«

Leitner nickte und versank dann in Gedanken.

»Na, was geistert dir durch den Kopf?«, fragte Beate schließlich.

»Ich frage mich, wie viel Macht jemand über einen anderen Menschen haben kann.«

»Sehr viel«, erwiderte sie. »So wie der Harry.«

»Er hat die Anna also auch geschlagen?«

Beate nickte. »Jedes Mal, wenn er befürchtete, sie könnte die Beziehung zu ihm abbrechen.«

»Ich dachte, dazu war sie psychisch nicht in der Lage?«

»Nicht alleine, aber mal haben ihre Eltern sie unter Druck gesetzt, mal hat der Manfred versucht, die beiden auseinanderzubringen. Aber immer, wenn es fast so weit gewesen wäre, setzte es Schläge, und sie verließ der Mut.«

Leitner schüttelte den Kopf. »Wahrhaft ein angenehmer Zeitgenosse, dieser Spiegler. Er hat sich seine Freundin mit Gewalt gefügig gemacht.«

»Nicht nur mit Gewalt.«

»Und mit Sex?«

»Richtig.« Beate grinste über das ganze Gesicht.

»Was ist denn plötzlich mit dir los?«, fragte Leitner verwundert.

»Ich musste gerade an etwas denken. An eine … Besonderheit vom Harry.«

»Und was für eine?«

Das Grinsen wurde zu einem Lachen, und Beate zeigte auf Leitners Oberarme. »Du hast schöne Tattoos.«

»Du magst Tätowierungen?«

»Schon, obwohl ich selbst keine habe.« Mit einem Finger fuhr sie über Leitners Tribals, die sich von seiner Schulter bis zur Hüfte zogen.

Als Beates Finger dort verharrte, begann Leitners Körper sofort zu kribbeln. »Also, was für eine Besonderheit?«, sagte er unter großer Beherrschung.

»Hast du Harry mal gesehen?«

»Ich habe sein Gesicht gesehen, als man ihm an der Baustelle seine Maske abgenommen hat. Es war übersät von Tattoos.«

»Stimmt. Er war überall tätowiert. Verstehst du? *Überall!*« Ihre Hand wanderte in die Mitte von Leitners Körper und fand unter der Decke, wonach sie suchte.

Als Beate sie rhythmisch hin und her gleiten ließ, keuchte Leitner: »Du meinst, er hatte einen tätowierten …?«

Statt zu antworten, lachte Beate kurz auf, dann verschwand ihr Kopf unter der Decke.

13

Die Nacht hatte der Oberpfalz keinen neuen Schnee gebracht, aber dafür einige Minusgrade. Als Leitner am Freitagmorgen die Treppe zu seiner Wohnung hinaufstapfte, schüttelte er sich vor Kälte und vor Müdigkeit. Er hatte nur wenig Schlaf bekommen und war sich nicht sicher, ob er mit dem Restalkohol im Blut überhaupt schon wieder Auto hätte fahren dürfen.

In der Wohnung streifte er sich seine Schuhe ab und ließ sie mitten im Flur liegen. Seine Winterjacke landete nicht an der Garderobe, sondern auf dem Wohnzimmerboden. Als er nach Agathe rief, erhielt er keine Antwort. Wahrscheinlich war sie beim Bäcker, um Semmeln zu holen.

Leitner hatte gerade das »Morgenmagazin« im Fernseher eingeschaltet, da hörte er, wie die Wohnungstür aufgesperrt wurde.

Als Agathe ins Wohnzimmer trat, hatte sie tatsächlich eine Bäckertüte in der Hand und rümpfte die Nase.

Leitner sah sie fragend an.

Sie schnupperte nochmals. »Sag mal, warst du mit einem Moschusochsen im Bett?«, sagte sie dann. »Du stinkst ja abartig!«

Leitner hielt seine eigene Nase an seinen Pullover. Er hatte den muffigen Geruch gar nicht mehr wahrgenommen, der noch vom Teufelskostüm stammen musste. »Stimmt«, brummte er schließlich. »Riecht ein bisschen streng.«

»Streng ist gut. Wenn du so miefend auf die Weide gehst, laufen dir sämtliche Kühe hinterher und wollen wissen, wer der Neue ist.«

»Ich wollte sowieso gerade duschen«, rechtfertigte er sich.

»Das hatte ich auch vor, aber unter diesen Umständen lasse ich dir gerne den Vortritt.«

Leitner stand auf und wollte schon ins Bad gehen, da rief

ihm Agathe noch hinterher: »Du darfst auch gerne deine Schuhe wegräumen! Fast wäre ich wieder über sie gestolpert.«

Etwa eine halbe Stunde später saßen beide Detektive am Küchentisch und genossen dampfenden Kaffee und die frischen Semmeln.

»Jetzt mal unter uns, Gerhard«, begann Agathe. »Hat wohl etwas länger gedauert bei Beate?«

Leitner schluckte einen Bissen Nutellasemmel hinunter. »Ein bisschen«, sagte er und spülte mit einem Mundvoll Kaffee nach.

Agathe kleckste Heidelbeermarmelade auf eine Kaisersemmelhälfte und schwieg.

»Ist das ein Problem für dich?«

»Natürlich nicht. Aber im Ernst: Duscht sich die Kleine auch mal irgendwann? Das Aroma ist ja nicht normal.«

Leitner kicherte und klärte alsdann Agathe darüber auf, woher der Geruch stammte und was er von Beate über den Toten in der Straße erfahren hatte.

Agathe leckte sich mit heidelbeerblauer Zunge über die Lippen, um einen hartnäckig klebenden Brösel zu entfernen. »Ich habe gestern auch noch etwas in Erfahrung gebracht. Kennst du einen gewissen Kim Wind?«

»Wind?« Leitner dachte einige Sekunden lang nach. »Freilich! Das ist doch ein Konzert- und Eventveranstalter. Oder zumindest hält er sich für einen solchen.«

»Genau. Den meine ich. Der stand auch mit diesem Harry Spiegler in Kontakt.«

»Wie bist du darauf gekommen?«

»Ein Informant hat mir das gestern gesteckt und mir auch erzählt, dass Wind wohl eher ein Geschäftsmann der unseriösen Sorte ist.« Sie grinste.

Leitner lümmelte auf seinem Stuhl. »Zu meiner Zeit als Musiker habe ich nur zweimal mit ihm zu tun gehabt. Das waren immer so halbgare Geschichten. Keine vernünftige Werbung für die Veranstaltungen, keine Verträge, nur nett klingendes Wischiwaschi, und nach Auftragsabschluss wollte er nicht zahlen.«

»Das deckt sich mit dem, was mein Informant gesagt hat.« Agathe nickte. »Wind scheint so eine Art Hansdampf in allen Gassen zu sein.«

»Ich glaube, der hat schon alles einmal gemacht. Gelernt hat er vor einiger Zeit mal Koch. Oben, im Rußwurmhaus in Amberg. Aber weil er sich nicht an die Arbeitszeiten gewöhnen konnte, sattelte er um. Hat sich ein billiges Keyboard gekauft und einen auf Alleinunterhalter gemacht.«

»Oje, den Sound kann ich mir vorstellen«, sagte Agathe.

»Eine Zumutung für meine Ohren. Aber der Wind konnte halt schon immer blöd daherreden, und das mögen die Leute an einem Alleinunterhalter.« Leitner verdrehte die Augen. »Er hat angefangen, in Bars und Diskotheken Tanzabende zu veranstalten, und ist dadurch in der Gegend bekannt geworden. Oder vielleicht sollte ich besser sagen: berüchtigt.«

»Du kennst Kim Wind aber ziemlich gut.«

»Penninger. Johannes Penninger, so heißt er mit bürgerlichem Namen.«

»Okay. Trotzdem bemerkenswert, was du alles über ihn weißt.«

»Ach«, winkte Leitner ab, »im regionalen Musikbusiness kennt man sich eben. Man erfährt zwangsläufig, wer die anderen sind und was sie treiben.«

»Aber wirklich erfolgreich soll Wind laut meinen Informationen nicht sein.«

Leitner verschränkte die Arme vor seiner Brust. »Eher das Gegenteil ist der Fall. Der hat immer in dem Maße gearbeitet, dass es gerade so gereicht hat. Mehrmals hat er die Oberpfalzhalle angemietet und versucht, dort Veranstaltungen zu organisieren. Von Erotikmessen über Club-Abende mit DJs bis hin zu Starkbierfesten. Aber das waren immer nur einmalige Angelegenheiten. Und jeder, der mit ihm geschäftlich zu tun gehabt hat, schimpft über ihn.«

»Das deckt sich mit dem, was ich erfahren habe«, sagte

Agathe und wischte sich mit einem Küchentuch die Reste der Heidelbeermarmelade aus den Mundwinkeln.

»Aber warum soll Kim Wind für uns interessant sein?«, wollte Leitner wissen.

»Weil mir mein Informant verraten hat, dass er Harry Spiegler eine Menge Geld geschuldet hat.«

»Oha!«, sagte Leitner sichtlich überrascht und wartete auf weitere Erklärungen.

»Ich glaube, es ging um eine der Veranstaltungen, von denen du gerade gesprochen hast«, fuhr Agathe fort. »Irgendwas mit Elektromusik. ›Big City Beats‹, so hat Wind das Event im letzten Sommer wohl genannt.«

»Aha«, murmelte Leitner, der dieser Musikrichtung nichts abgewinnen konnte.

»Das Ganze fand in einem Zelt in der Nähe von Regensburg statt. In Lappendorf?« Sie sah Leitner fragend an.

»Klar, Lappersdorf. Wahrscheinlich auf dem Zeltfestival.«

»Genau.« Sie nickte. »Jedenfalls hat Kim Wind die Veranstaltung wohl gehörig in den Sand gesetzt, sodass er durch die Einnahmen noch nicht mal die Grundkosten decken konnte.«

»Das heißt, er brauchte dringend Bares?«

»Richtig. Und das hat er sich wohl bei dem Spiegler geliehen.«

Leitner wedelte mit einer Hand, als hätte er sie sich verbrannt. »Ich weiß schon, was jetzt kommt. Der Spiegler hat dem Wind das Geld geliehen, und der hat's im wahrsten Sinn des Wortes in den Wind geschossen?«

»So muss es gewesen sein. Wenn meine Info stimmt, hat der Wind seine Schulden nicht zurückbezahlt.«

»So kenne ich ihn.« Leitner dachte kurz nach, bevor er fragte: »Aber woher hatte der Spiegler so viel Geld? Der war Lkw-Fahrer, kein Hollywoodstar.«

»Schon, aber nach allem, was ich bis jetzt gehört habe, hat er eine ganze Zeit lang mit Drogen gedealt. Da geht schon was, finanziell, meine ich. Außerdem hatten meine Kaffeetanten doch schon angedeutet, dass Spiegler auch Stricher war. Die Kunden dieser Branche zahlen meist nicht schlecht für diskrete Dienste.«

»Dann wäre das eine Erklärung für Spieglers gute finanzielle Situation«, bemerkte Leitner.

»Was mich gedanklich wiederum zu diesem Jochen Menner führt, zu dem wir deine Schwester befragen wollten. Für wann hast du das Treffen noch mal ausgemacht?«

»Um zehn im Café Brunner.«

Agathe blickte auf die Wanduhr in der Küche. »Dann kann ich vorher noch mit Hauptkommissar Deckert telefonieren. Vielleicht weiß er schon, woran Spiegler gestorben ist.«

Leitner setzte sich wieder gerade auf seinen Stuhl. »Moment noch. Und was machen wir jetzt mit Kim Wind?«

»Der veranstaltet heute Abend ein Casting«, sagte Agathe, während sie aufstand, um ihr Telefon zu holen. »Er will so was wie ›Germany's Next Topmodel‹ aufziehen, nur in klein.«

»In sehr klein«, warf Leitner sarkastisch ein.

»Ist doch egal. Auf jeden Fall gibt mir das die Gelegenheit, ihn kennenzulernen und ihm ein bisschen auf den Zahn zu fühlen. Wenn es stimmt, was mein Informant mir verraten hat, dann reden wir über fünfzehntausend Euro, die Wind Spiegler geschuldet hat. Wenn man bankrott ist, ist das eine ziemliche Summe. Wind dürfte der Umstand, dass Spiegler nicht mehr lebt, äußerst entgegenkommen.«

»Stimmt, das könnte ein Mordmotiv sein«, sinnierte Leitner. Einen Augenblick später sagte er: »Ich könnte auch noch den Dominik zu Kim Wind befragen.«

Dominik Kammerl spielte in Gerhard Leitners ehemaliger Kirwamusik immer noch Klarinette und hatte vor drei Jahren, als Leitner Versicherungsdetektiv geworden war, dessen Verleih für Ton- und Lichtequipment übernommen.

Agathe hatte währenddessen ihr Telefon von der Küchenarbeitsfläche genommen, es entsperrt und Deckerts Nummer gewählt. »Du brauchst den Dominik nicht anzurufen«, sagte sie jetzt zu Leitner.

»Wieso denn nicht?«

»Was hast du denn gedacht, wer mein Informant von gestern ist?«

Leitners Mund klappte auf. »Etwa … der Dominik?«

»Genau. Der kennt sich mittlerweile wirklich super aus in der Branche.« Sie wartete, während der Anrufton tutete.

Leitner sah dümmlich von Agathe zum Frühstückstisch mit der leeren Semmeltüte. »Hast du …? Ich meine, warst du vorhin nicht nur schnell zum Semmelholen weg?«

Agathe schüttelte freundlich lächelnd den Kopf. »Ich war heute Nacht genauso wenig zu Hause wie du. Bin auch eben erst zurückgekommen.«

Leitners Mund blieb abermals offen stehen. »Du hast … Du warst über Nacht beim Dominik?«, gelang es ihm dann zu fragen.

»Ja, wieso? Hast du damit ein Problem?«

Leitner war unfähig zu antworten.

»Nur habe ich im Gegensatz zu dir mitgedacht und auf dem Nachhauseweg frische Brötchen besorgt.« Sie grinste ihn an. »Und jetzt guck nicht wie 'ne Kuh, wenn's donnert, sondern mach dich lieber fertig. – Oh, hallo, Herr Hauptkommissar! Ich bin's, Agathe Viersen …«

14

Das Telefonat mit der Kriminalpolizei hatte für die beiden Versicherungsdetektive nichts Neues ergeben.

Obwohl Agathe mehrmals insistiert hatte, war ihr Deckert nicht mit weiteren Informationen zur Todesursache von Harry Spiegler entgegengekommen. Wobei sie sich sicher war, dass er ihr nichts verschwieg. Es gab nur schlicht und einfach nichts Neues dazu, wie Spiegler zu Tode gekommen war.

Nach dem Frühstück mit für Leitner inbegriffener Schockeinlage machten sich beide schließlich auf den Weg zum Café Brunner, um sich mit Gerlinde Zapf, ihrerseits Leitners Schwester, zu treffen.

»Da haben wir ja Glück, dass sie heute Zeit hat«, sagte Agathe.

»Sie arbeitet doch nur dreimal die Woche im Autohaus unten Richtung Klardorf, und vormittags ist die Kleine sowieso in der Schule«, sagte Leitner kurz angebunden. Er hatte es immer noch nicht verarbeitet, dass Agathe die Nacht mit seinem ehemaligen Musikerkollegen verbracht hatte.

»Stimmt. Wie heißt sie noch gleich?«

»Julia. Und ihr Vater heißt Richard. Mit zweitem Vornamen Valium.«

Agathe überlegte einen Moment, bevor sie fragte: »War dein Schwager früher mal irgendwie anders, bevor er zu so einem Langweiler geworden ist?«

Leitner schnaubte verächtlich. »Nein, der war schon als Eizelle so. Der Richard heißt nicht bloß Zapf, der *ist* ein richtiger Schnarchzapfen. Bei jedem Familienfest penne ich ein, wenn ich neben dem sitzen muss.«

»Ach du liebe Zeit. Er ist Finanzbeamter, nicht wahr?«

»Ja. Versteh mich bitte nicht falsch, Agathe. Der Richard ist in Ordnung, er liebt seine Familie, und die sind auch alle drei sehr glücklich. Aber ansonsten ist er eine sprechende Vollnarkose.«

»Dann wird deine Schwester es bestimmt genießen, wenn sie mal ein bisschen rauskommt von zu Hause.«

Wieder stieß Leitner scharf Luft aus. »Im Vergleich zu meinem Schwager muss einem die Arbeit im Autosalon so aufregend und abenteuerlich vorkommen wie alle Teile von ›Fluch der Karibik‹ zusammen.«

Agathe lachte lauthals über Leitners Beschreibung seines Schwagers, und wenige Minuten später traten sie bereits durch die gläserne Eingangstür der Konditorei Brunner.

Als sie zur Treppe gingen, die in den ersten Stock führte, sah Agathe sich verwundert um. »Irgendwie hatte ich das ganz anders in Erinnerung, aber ich war auch schon länger nicht mehr da.«

»Die haben erst vor Kurzem umgebaut. Ist toll geworden, auch oben.«

Damit erklommen sie die Stufen und entdeckten Gerlinde Zapf in dem modern eingerichteten Gastraum an einem Fenstertisch. Leitner küsste seine Schwester auf die Wange, und auch die beiden Frauen begrüßten sich herzlich.

»Du siehst erschöpft aus, Gerhard«, begann Gerlinde ihre Unterhaltung.

»Ach was, ich … habe letzte Nacht nur schlecht geschlafen.«

Agathe unterdrückte ein Kichern, als Gerlinde vorwurfsvoll die Lippen verzog. »Ich hätte gedacht, jetzt, wo du einen einigermaßen anständigen Beruf hast, würde dein Leben etwas ruhiger werden. Warst du gestern Nacht unterwegs?«

»Der Gerhard hat sich gestern Nacht in ein … Detail unseres aktuellen Falls verbissen«, sagte Agathe, ohne mit der Wimper zu zucken, und wandte sich ihm zu. »Das hat dich einfach nicht losgelassen, nicht wahr?«

»Stimmt«, erwiderte Leitner kühl. »Aber auch Agathe hat sich gestern mit vollem Körpereinsatz unserer Arbeit gewidmet. Sie hat sie sogar mit ins Bett genommen.«

Die Detektive tauschten einen langen Blick, dessen Knistern Leitners Schwester nur deshalb verborgen blieb, weil sie die Speisekarte überflog.

»Na, dann scheint ihr ja gut zu tun zu haben«, murmelte sie.

Als sie schließlich ein Kännchen Darjeeling bestellt hatte – Agathe und Leitner blieben bei ihrem Standardgetränk: Cappuccino –, fragte sie: »Woran genau arbeitet ihr denn gerade?« Sie sah ihren Bruder an. »Am Telefon hast du bloß gesagt, unser Gespräch wäre recht dringend und hätte etwas mit Julias Schule zu tun.«

»Nun, eigentlich eher mit einem Lehrer namens Jochen Menner«, konkretisierte Leitner.

»Oh!«, entfuhr es seiner Schwester, die sofort unangenehm berührt zu Boden blickte.

»Du kennst ihn, Gerlinde?«, hakte Agathe direkt nach.

»Natürlich. Was wollt ihr denn über ihn wissen?«

»Also«, begann Leitner, »vor drei Tagen ist doch dieser Tote im Teufelskostüm in der Baustelle in der Friedrich-Ebert-Straße geborgen worden. Ein Mann namens Harry Spiegler.«

»Und?«

Agathe übernahm. »Es gibt Hinweise darauf, dass Harry Spiegler als eine Art Callboy tätig gewesen ist und seine Kunden nicht immer weiblichen Geschlechts waren.« Sie beobachtete Gerlinde genau, denn sie sah, dass diese Informationen eine Reaktion in ihr hervorriefen. Wahrscheinlich war es Leitners Schwester sehr peinlich, derlei Dinge in der Öffentlichkeit zu besprechen.

Gerlinde setzte einen Blick auf wie jemand, der sich zusammennimmt, weil er gleich eine stark verschmutzte Toilette reinigen muss. »Du meinst, dass der Jochen Menner zur Kundschaft des Toten gehört hat?«, fragte sie abgeklärt.

»Das ist zunächst mal nicht auszuschließen«, antwortete Agathe.

Gerlindes Mundwinkel zogen sich abfällig nach unten. »Wundern täte es mich nicht«, sagte sie schließlich. »Der

Menner ist mir von der ersten Begegnung an unsympathisch gewesen. Seine Art und sein ganzes Auftreten: seine schweißnassen Hände beim Händeschütteln, seine Glatze mit dem Haarkranz und dieser borstige Schnurrbart.«

»Klingt nicht wirklich attraktiv«, warf Agathe ein.

»Hat er Julia nicht unterrichtet?«, wollte Leitner wissen.

»Zum Glück nicht dauerhaft, er hat eher die höheren Jahrgangsstufen. Allerdings ist er mehrmals als Aushilfslehrer eingesprungen, als Julias Klassenlehrer krank war. Ich habe Menner auf Schulfesten kennengelernt. Aber schon da hatte ich so ein komisches Gefühl.«

»In welcher Hinsicht?«, fragte Agathe behutsam.

Gerlinde wand sich sichtbar. »Ich kann es mir auch nur einbilden …«

»Was denn?«, wollte nun auch Leitner wissen.

»Es ist sein Blick«, sagte seine Schwester endlich. »Wie er die Kinder ansieht.«

Alle drei waren für die kurze Pause dankbar, die eintrat, als die Bedienung ihre Getränke brachte.

Agathe sprach als Erste wieder. »Bei Jochen Menner regt sich etwas, wenn er Kinder ansieht, meinst du das?«

Gerlinde nickte traurig. »Aber erzählt das bitte nicht weiter. Ich habe keinen Beweis dafür, es ist nur mein Bauchgefühl.« Und nach einigen Sekunden fügte sie mit fester Stimme hinzu: »Aber ja, das *ist* mein Gefühl, wenn ich Jochen Menner sehe. Zwar gibt es noch keine konkreten Vorwürfe gegen ihn, aber wenn ich mich mit anderen Müttern über ihn unterhalte, kommen wir alle zu demselben Schluss. Dass mit Menner etwas nicht stimmt. Mit seiner sexuellen Orientierung, meine ich.«

»Mach dir keine Sorgen, Gerlinde«, beruhigte sie Agathe schnell. »Natürlich bleibt das unter uns. Außerdem ist es, wie du sagst: nur eine private Meinung, keine Anschuldigung. Allerdings passt das zu dem, was wir bislang über ihn gehört haben.«

»Aber lasst bei alldem meinen Namen raus. Ich will nicht,

dass die Julia in der Schule später das ausbaden muss, was ich euch hier vertraulich erzählt habe.«

Da Leitner das verletzliche f-Moll in der Stimme seiner Schwester anrührte, nahm er sie in den Arm. »He, Schwesterchen! Du vergisst wohl, mit wem du hier redest! Wir halten dicht, ist doch wohl logisch.« Er gab ihr ein Bussi auf die Stirn, und damit schien auch für Gerlinde das Thema erledigt zu sein.

Anschließend unterhielt sich das Trio noch über Leitners Nichte, die sich laut Gerlinde prächtig entwickelte, wenngleich sie nun in dem Alter war, in dem sich langsam Prä-Zicken-Symptome zeigten. Auch über ihre Eltern wurde kurz gesprochen, und nach einer für alle angenehmen Stunde verabschiedete sich Gerlinde wieder, weil sie noch Einkäufe erledigen wollte.

Als sie gegangen war, tippte Agathe mit den Fingerspitzen auf die Tischplatte. »Diesem Menner sollten wir mal auf den Zahn fühlen.«

Leitner überlegte eine Minute. »Wie denn?«, sagte er dann. »Wir können ja schlecht zu ihm hingehen und ihn fragen: ›Entschuldigung, haben Sie zufällig anormale sexuelle Neigungen?‹«

»Nein, das würde wohl nichts bringen.« Auch Agathe grübelte einen Moment. »Aber vielleicht kannst du trotzdem mal einen genaueren Blick auf ihn werfen. Es dürfte nicht besonders schwierig sein, seine Adresse herauszufinden.«

»Bestimmt nicht«, sagte Leitner.

»Dann würde ich vorschlagen, du hängst dich sofort an ihn dran und schaust, wie der sein Wochenende verbringt.«

In dem Moment erklangen von der Treppe her aufgeregte Stimmen.

»Jetzt komm schon, Paul!«

»Ja, in dem Alter werden sie langsam bockig.«

»Geh mal schön mit der Oma die Treppe rauf!«

»Aber unsere kleine Nachbarstochter ist noch viel schlimmer!«

Gerhard und Agathe tauschten wissende Blicke.

»Ich denke, ich bleibe noch ein bisschen hier und höre den Klatschtanten zu«, sagte Agathe belustigt.

»Aber ohne mich.« Leitner drehte sich zum Treppenabsatz um. »Sag mal, fehlt da nicht eine von den vier Grazien?«

Agathe brauchte nur eine Millisekunde, um zu antworten. »Regina Felgentreu ist nicht dabei. Und jetzt mach die Fliege, du hast heute noch zwei Aufträge zu erledigen.«

»Wieso zwei?«

»Zuerst kümmerst du dich um diesen Jochen Menner, und danach redest du mit dem Mädchen, das der Spiegler sich hörig gemacht hat.«

»Du meinst die Anna Höcherl?«

»Richtig«, sagte Agathe und beobachtete, wie sich die Kaffeedamen am Nachbartisch niederließen.

Helga hielt die Hand eines kleinen Buben, ließ sie los, kniete sich vor ihn und zog ihm nun sein Winterjäckchen aus.

»Da muss ich mir aber noch was überlegen, wie ich mit der Kontakt aufnehme«, sagte Leitner. »Ich meine, unter welchem Vorwand.«

»Spiel doch den harten Hund«, schlug Agathe vor. »Sag, du bist ein Freund von Harry Spiegler, und lass ein bisschen den Macho raushängen. Deine Tanzhexe hat dir doch erzählt, dass die Frau auf diese Art Männer steht.«

»Eine Scheißart«, murmelte Leitner angewidert.

»Hallo? Es geht um unseren Job.« Sie sah ihn ernst an. »Ein bisschen mehr Professionalität bitte, okay?«

»Schon gut.«

In dem Moment erblickte der Junge am Tisch der Damen den Inhaber vom Café Brunner und schrie vergnügt: »Der da ist der Igelmann. Und der Igelmann, der ist ein Freund vom Schmetterling!«

Agathe sah zu dem jungen Mann, und tatsächlich erinnerte dessen Frisur an die Stacheln eines Igels.

Der Redefluss des Knaben war indes nicht zu stoppen. »Und gestern war bei uns daheim ein Pinguin, und der ist auf einem Kamel gereitet!«

Die anderen Damen schmunzelten belustigt, während Helga vergeblich versuchte, den Buben zu bremsen.

Leitner wandte seinen Blick wieder zu seiner Kollegin. »Und was steht auf deinem Plan für später?«

»Ich werde mich wie gesagt noch kurz mit den Klatschtanten unterhalten und abends zum Casting von Kim Wind gehen.«

Leitner verzog das Gesicht, als litte er große Schmerzen. »Du willst im Bikini bei einem Model-Casting von diesem schleimigen Typ mitmachen?«

»Natürlich nicht.« Agathe schüttelte den Kopf. »Ich gehe da einfach so hin und versuche, an ein paar Infos zu kommen. Das nennt man spontane Improvisation.«

In dem Moment erklang vom Nebentisch Helgas Stimme: »Jetzt hock dich halt einmal fünf Minuten da auf deinen Hosenboden, Paul!«

»Ach, der kleine Mann hat einfach nur zu viel Energie, lass ihn halt ein bisschen rumtoben«, sagte Konstanze.

Instinktiv spürte der Bub, dass er eine Fürsprecherin hatte, und rannte ungeniert um den Tisch herum.

Helga drehte die Augen gen Himmel.

Als Agathe Konstanze musterte, hatte sie den dumpfen Verdacht, dass deren Verständnis nicht aufrichtig gemeint war, sondern vielmehr eine Möglichkeit darstellte, Helga durch das Anstacheln des kleinen Paul noch mehr unter Stress zu setzen.

»Ich werde mich jetzt auch spontan improvisiert verdünnisieren«, meinte Leitner. »Wir hören uns später!«

Nachdem er das Café Brunner verlassen hatte, dauerte es erwartungsgemäß nicht sehr lange, bis die Damen Agathe zu sich an den Tisch baten.

»Habt ihr heute männliche Verstärkung?« Agathe deutete auf den Buben, der offenkundig keine Scheu vor Fremden hatte. Es vergingen nur wenige Minuten, bis er Agathe als seine Gesprächspartnerin auserkor. Als er mit Feuereifer vor sich hin brabbelnd vor ihr stand, konnte sie nicht anders, als den kleinen Hosenmatz auf ihren Schoß zu heben.

»Du bist ein Pony, und die Oma ist eine Giraffe«, sagte er.
»Wie alt ist er denn?«, fragte Agathe.
»Bald sechs«, sagte Helga und streckte kurz ihr Kreuz durch. »Ein anstrengendes Alter.«
»Die Oma ist eine Giraffe und die Mama die Babygiraffe!«
»Wahrscheinlich, weil ich einen langen Hals habe«, sagte Helga und lächelte schief.
»Und du bist ein Pony«, wiederholte Paul unbeirrt und stupste Agathe an.
»Ein Pony?« Agathe musste nicht lange überlegen, wie Paul darauf gekommen war, hatte sie doch ihre rotbraunen glatten Haare zu einem kurzen Pferdeschwanz zusammengebunden. »Na, dann guck mal, was dein Pony kann!« Mit einer Hand zog sie den Haargummi ab, schleuderte wild den Kopf umher, sodass ihr offenes Haar um Pauls Gesicht flog, und machte dabei ein wieherndes Geräusch.
Paul konnte gar nicht aufhören, vor Freude zu glucksen und zu prusten.
Nachdem sie das Spiel mehrmals wiederholt hatten, setzte Helga ihren Enkelsohn wieder auf den Stuhl neben sich und holte aus einer Tasche Papier und Buntstifte hervor.
Sofort schnappte sich Paul den grünen und murmelte vor sich hin: »Da kommt der Frosch angehüpft, und der Storch frisst den Frosch, und dann kommt der Hund und bellt laut. Wau! Wau! Wau!«
»Er mag wohl Tiere«, bemerkte Agathe.
»Sein Vater hat ihm ein Tierbuch geschenkt«, erklärte Helga, »das muss jeden Abend vorgelesen werden.«
»Der Papa ist ein Stachelschwein!«, trompetete Paul in dem Moment.
Agathe lachte. »Ein Stachelschwein?«, fragte sie.
»Weil er einen Dreitagebart hat«, sagte Helga und seufzte.
»Verstehe.«
»Dein Freund ist aber sehr schnell aufgebrochen«, schaltete sich jetzt Martha in das Gespräch ein und richtete den Kragen ihrer beigen Leinenbluse. »Schien es eilig zu haben.«

Agathe sah die dürre Frau mit ihrer unvorteilhaften Frisur an. Eigentlich hatte sie doch gestern schon klargestellt, dass sie und Leitner kein Paar waren, oder? Sie ärgerte sich über Marthas Hartnäckigkeit, mit der sie anscheinend versuchte, ein Gerücht in die Welt zu setzen. »Er ist mein Arbeitskollege, und er musste weg, ja.«

»Arbeitskollege …« Martha betrachtete ihre Freundinnen aus den Augenwinkeln, wohl um zu sehen, ob ihr süffisanter Tonfall die entsprechende Wirkung hatte.

Schnell vergewisserte sich Agathe, dass Pauls ganze Aufmerksamkeit seinem Bild galt. Die Retourkutsche konnte sie sich einfach nicht verkneifen. »Aber vielleicht hast du recht, und ich sollte es wirklich mal mit ihm versuchen. Beim nächsten Mal lege ich ihn flach. Wenn ich weiß, wie er im Bett ist, werde ich es dir gleich erzählen.«

Marthas Miene versteinerte, während von Helga ein leises Kichern zu hören war.

»Ich glaube nicht, dass das notwendig sein wird«, meinte schließlich Konstanze von oben herab, hatte aber wohl nicht mit Helga gerechnet.

»Da würde ich mir an deiner Stelle keine Sorgen machen, Agathe«, sagte sie mit breitem Lächeln. »Der war doch Musiker, und es heißt doch, die Musiker können's alle ziemlich gut.«

Konstanze bedachte Helga mit einem strafenden Blick und wechselte das Thema: »Hast du von deiner Tochter schon wieder was gehört?«

»Nein, aber wir haben ausgemacht, dass ich den Paul um zwölf heimbringe.«

»Ich meinte eigentlich deine andere Tochter. Die Iris.«

»Ach so«, sagte Helga, und die Freude war aus ihrer Stimme nicht mehr ganz so stark herauszuhören. »Mei, die rührt sich das ganze Jahr nicht.« Sie wandte sich zu Agathe. »Die Iris wohnt in Neuseeland.«

»Nicht gerade um die Ecke.«

»Nein, wirklich nicht. Auf die Distanz ist es schwer, Kontakt zu halten. Ab und zu schreiben wir uns per WhatsApp, aber das war's dann auch.«

»Und deine andere Tochter?«, lenkte Agathe das Gespräch wieder in angenehmere Bahnen.

»Die Amelie? Die wohnt gleich hier ums Eck. Nahe dem Wendelinplatz.«

»Und Paul ist dein einziges Enkelkind?«, fragte Agathe.

»Bis jetzt schon. Keine Ahnung, ob die Amelie und ihr Mann noch mehr planen.«

Während die Damen geschlossen einen Schluck von den jeweiligen Getränken nahmen, bemerkte Agathe unbedarft: »Die Regina ist heute ja gar nicht da.«

»Wird geschäftlich verhindert sein«, beeilte sich Martha zu antworten.

»Wahrscheinlich«, kommentierte Konstanze. »Vor der Winterpause ist auf den Baustellen noch viel zu erledigen.«

»Arbeitet sie denn in der Firma mit?«, fragte Agathe verwundert.

»Eigentlich nicht«, sagte Konstanze. »Aber je mehr Stress es im Unternehmen gibt, desto mehr muss sich die Regina um die Familie kümmern.«

Agathe überlegte, was Konstanze damit gemeint haben könnte. Reginas Tochter Henriette war doch schon erwachsen, warum sollte sie sich groß um die Familie kümmern müssen?

»Ja, das wird immer wichtiger. Gerade jetzt. Und als Oma wird man doch erst recht gebraucht, oder, Helga?«, meinte Martha.

»Es ist noch nicht spruchreif, aber alles schaut danach aus, als würde die Regina auch bald Oma werden«, sagte Helga zu Agathe.

»Ach so.«

»Dann kann die Henriette bald natürlich nicht mehr so viel wie bisher auf den Baustellen helfen. Das sollte auch der Arno kapieren«, sagte Konstanze. »Henriette fährt Bagger und Kran und übernimmt noch viele andere Aufgaben, was mit dickem Babybauch nicht mehr möglich sein wird.«

»Aber das ist doch klar«, sagte Agathe.

»Vielleicht wird sie dann auch insgesamt ein bisschen ruhiger«, warf Martha mit der üblichen Portion Gift in der Stimme ein.

»Jetzt hör halt mal mit deiner Stichelei auf!«, raunzte Helga sie an.

»Wieso?«, verteidigte sich Martha. »Das ist doch Fakt, das weiß jeder in Schwandorf.« Sie wandte sich zu Agathe: »Was Männer betrifft, war die Henriette nämlich immer schon äußerst aktiv. Bereits als junges Mädchen hat sie es sich gern gefallen lassen, dass ihr die Bauarbeiter hinterhergepfiffen haben.«

»Na, ein Pfiff alleine ist ja noch nicht besonders schlimm«, entgegnete Agathe trocken.

»Aber bald ist es nicht mehr nur beim Pfeifen geblieben, wenn du weißt, was ich meine. Sie war häufig mit den Arbeitern unterwegs.«

»Auch normal in einem Familienunternehmen.«

»Du willst mich einfach nicht verstehen, oder?«, gab Martha die Beleidigte. »Schon bald hatte sich unter den Bauarbeitern rumgesprochen, dass man bei Henriette nicht lange betteln musste.«

Unsicher, was sie darauf erwidern sollte, sagte Agathe nur: »Tja nun. Passiert eben.«

»Natürlich geht uns das Privatleben von Henriette nicht das Geringste an«, bemerkte Konstanze abgeklärt. »Dennoch macht man sich eben Gedanken, wenn solche pikanten Details rumgetratscht werden.«

»Verständlich«, gab Agathe trocken zurück.

»Dann ist der Arno wahrscheinlich recht geschafft, wenn er jetzt auch noch die Arbeit seiner Verlobten verteilen muss«, sagte Martha nach einigen Sekunden. »Und wer weiß, es heißt ja, dass manche Frauen in der Schwangerschaft erst recht … aktiv werden.«

»Das geht uns aber jetzt wirklich nichts an, Martha«, wies Helga sie barsch zurecht. Dann wandte sie sich an Paul: »Na, bist du fertig?«

Als der stolz sein Bild präsentierte, lobte ihn Agathe: »Das ist aber schön. So viele Tiere. Da sind Vögel und da Hasen.«

»Und da bist du!« Paul deutete auf ein etwas unförmiges Etwas, das wohl ein Pony darstellen sollte.

»Toll! Und was ist das da neben mir?«

»Der Panther.«

»Sogar einen Panther kennst du schon?« Agathe war beeindruckt.

»Der schwarze Panther. Der frisst die Kuh!«

Agathe fuhr dem Buben übers Haar. »Das Bild musst du gut aufheben. Vielleicht wird es später mal viel wert sein.« Sie wandte sich wieder den Damen zu: »Seid ihr am Wochenende auch unterwegs, oder macht ihr da eine Kaffeepause?«

»Wir treffen uns jeden Tag«, erklärte Konstanze kühl.

»Ich muss morgen leider passen«, warf Helga ein.

Agathe sah sie an. »Schade, aber du bist bei WhatsApp, oder?« Sie zückte ihr Smartphone, als Helga nickte. »Wenn du willst, können wir so in Kontakt bleiben.«

»Gern«, antwortete Helga erfreut und nannte ihre Nummer.

Die zwei anderen Frauen beäugten sie misstrauisch, hielten sich aber mit Kommentaren zurück.

Als Agathe sich verabschiedet hatte und schon auf dem Marktplatz stand, sah sie nochmals zu dem Fenster hoch, hinter welchem sie eben noch gesessen hatte. »Das sind mir vielleicht Giftspritzen«, murmelte sie, obwohl sie genau auf Tratschereien dieser Art gehofft hatte.

Während sie den Weg nach Hause einschlug, malte sie sich aus, wie sich die drei Frauen in dieser Minute über sie die Mäuler zerrissen.

15

Die Böhmische Torgasse verlief in Kurven an der Gerhardinger-Schule und dem Blasturm vorbei, bevor sie zur Weinbergstraße und schließlich zur Jahnstraße wurde. Der Motor von Leitners Mazda beschwerte sich während des gesamten Weges mit hoher Drehzahl über den steilen Anstieg.

Leitner parkte am Waldstück oberhalb des Wasserturms und ging die etwa fünfhundert Meter bis zum Grillparzerplatz und der danebenliegenden Paulskirche, seinem angepeilten Ziel, zu Fuß. Um die Adresse von Jochen Menner herauszufinden, hatte tatsächlich ein Blick ins Online-Telefonbuch genügt. Leitner hatte gemischte Gefühle. Die Rolle, die er gleich spielen musste, war Neuland für ihn.

Das kleine Einfamilienhaus sah gepflegt aus, der weinrote Anstrich war vielleicht nicht eben frisch, leuchtete aber immer noch kräftig. Ein Messingschild an der Tür verkündete, dass hier Jochen und Traudi Menner wohnten. Leitner klingelte.

Schritte waren zu hören, dann öffnete ein Mann die Tür, der Menner sein musste. Agathe hatte mit ihrer Beschreibung nicht übertrieben. Durch das fast gänzlich fehlende Kopfhaar fiel Menners kränklicher Teint noch stärker auf. Seine Augen wirkten glasig. Vielleicht, so vermutete Leitner, hatte er sich zum Start ins Wochenende erst mal einen Schluck gegönnt. Der Mann in Cordhose und Strickweste musterte ihn von oben bis unten, und als er zu sprechen begann, nahm Leitner den Geruch von Magensäure wahr.

»Ja, bitte?«

»Herr Menner?«

»Ja, und wer sind Sie?«

Leitner kniff die Lippen zusammen, um einen verlegenen Eindruck zu machen. »Ich … habe ein Problem mit Betriebswirtschaftslehre.«

Jochen Menner sah Leitner abschätzend an. »Und?«

»Ich habe gehört, dass Sie mir eventuell … Nachhilfe geben könnten.«

Menner schüttelte den Kopf, war aber, wie es schien, von Leitners Erscheinung beeindruckt.

Der Detektiv stützte sich mit einer Hand am Türrahmen ab. Da sein Hemd mit Absicht tiefer aufgeknöpft war als sonst, waren seine Tribal-Tattoos unübersehbar. »Man hat mir gesagt, dass Sie Männern wie mir weiterhelfen würden. Sie wissen schon, manchmal genügt ein kleiner Ruck, und es flutscht wieder wie geschmiert.«

Menner fixierte Leitner.

»Im Unterricht, meine ich natürlich. Ich mache eine Umschulung.«

»Wissen Sie, junger Mann«, tat Menner überrumpelt, »ich kann nicht einfach so –«

»Ich weiß schon«, fiel Leitner ihm ins Wort. »Es ist natürlich eine Frage der Bezahlung. Kein Problem. Da ich schließlich etwas von Ihnen bekomme, ist es nur recht und billig, wenn Sie im Gegenzug etwas von mir verlangen.«

Wieder entstand eine Pause. An Menners Blick konnte Leitner ablesen, dass er den richtigen Tonfall getroffen hatte.

»Tja … ich habe eigentlich immer sehr viel zu tun«, erwiderte Menner nun. »Es könnte sein, dass wir uns zu ungewöhnlichen Zeiten treffen müssten.«

Leitner fiel es immer schwerer, in seiner Rolle zu bleiben. Das schiefe Lächeln von Menner jagte ihm eine Welle von Schauder und Abscheu über den Rücken, und seine ausdruckslose Stimmlage ohne Terzen verstärkte sie noch. Dennoch sagte er überraschend souverän: »Auch das ist für mich kein Problem.«

»Gut. Dann sollten wir uns um einen baldigen Termin kümmern. Ich nehme an, dass in nächster Zeit einige Prüfungen in Betriebswirtschaftslehre anstehen?«

»Allerdings.« Leitner nickte. »Je schneller, desto besser.«

Als aus dem Haus ein Geräusch erklang, sah Menner sich erst verstohlen um und machte dann einen Schritt auf Leitner zu. »Rufen Sie mich morgen Abend um acht Uhr an«, flüsterte er. »Ich stehe im Telefonbuch.«

Im nächsten Moment erschien hinter ihm eine Frau in ähnlichem Alter. »Guten Tag«, sagte sie sanft.

Leitner erwiderte den Gruß.

Ohne dem Fremden in der Tür weitere Beachtung zu schenken, sagte sie zu ihrem Mann: »Ich habe dir deine Sachen zusammengepackt. Sie stehen in der Diele.«

»Danke.« Menner drehte sich wieder zu Leitner, sah ihm tief in die Augen und sagte mit übertrieben lauter Stimme: »Dann rufen Sie mich am besten nächste Woche noch mal an.« Damit schloss er die Tür.

Auf dem Weg zu seinem Auto dachte Leitner an Agathes Worte. Seine Kollegin hatte recht gehabt. Auch wenn bei den Gesprächen der Damenrunde in den Cafés viel Klatsch ausgetauscht wurde, enthielt auch dieser anscheinend ein Stückchen Wahrheit. Wie in diesem Fall. Er beschloss, mit seinem Wagen näher an Menners Haus zu fahren und dort zu warten. Er wollte wissen, ob und was sich tun würde.

Nur etwa zwanzig Minuten nachdem Leitner sich an der Paulskirche auf die Lauer gelegt hatte, öffnete sich die Tür von Menners Haus. Der Lehrer erschien in einem dicken Wintermantel und mit einer Sporttasche in der Hand und ging zu seinem Wagen, einem dunkelblauen Opel Astra Coupé. Kurz darauf fuhr dieser an und bog von Leitner aus gesehen links ab, den Weinberg hinunter, den der Detektiv vorhin hinaufgefahren war.

Leitner folgte Menner in – wie er hoffte – sicherer Entfernung. Die im November früh einsetzende Dämmerung spielte ihm in die Hände. Bei diesen Lichtverhältnissen sollte es kaum möglich sein, im Rückspiegel eine Person in einem folgenden Auto zu erkennen, noch dazu bei eingeschalteten Scheinwerfern.

Vom Fuße des Weinbergs ging die Fahrt Richtung Krondorf. Leitner klebte auch noch an Menners Wagen, als dieser bei Kreith auf die B 85 nach Amberg abbog.

In Amberg folgte Leitner dem Opel in das Parkhaus am Kurfürstenbad und stellte dort seinen Mazda ab. Als er das Parkhaus verließ, sah er, wie Menner die Badeanstalt betrat.

Er wartete, bis der Lehrer zu den Umkleidekabinen ging, dann positionierte er sich in der Eingangshalle vor den Glasscheiben, durch die man den regen Badebetrieb verfolgen konnte. Etliche Minuten vergingen, bis Jochen Menner in einer unvorteilhaft engen Badehose erschien und sich in das große Nichtschwimmerbecken gleiten ließ. Leitner kannte das KUFÜ, wie das Kurfürstenbad von den Einheimischen genannt wurde, gut und ahnte daher, dass sich Typen wie Menner als Erstes vor die Massagedüsen in verschiedenen Höhen stellen würden. Er konnte sich auch vorstellen, an welcher der Düsen Menner wahrscheinlich länger als notwendig stehen bleiben würde.

Leitner sah sich im Foyer um. Weil es zu auffällig gewesen wäre, hier eine Stunde oder zwei herumzulungern, ging er in den kleinen angeschlossenen Laden und kaufte spontan eine Badehose, ein Handtuch und ein Duschbad.

Umgezogen und geduscht betrat er schließlich den Badebereich, fand Menner sofort und ließ ihn nicht mehr aus den Augen. Stets achtete Leitner darauf, sich hinter Brückenbögen oder künstlichen Felsen zu verstecken. Als nicht zu übersehen war, dass Menner sich nur für die Körper der anderen Badegäste interessierte, beschloss Leitner, sich an einem Tisch des Schwimmbadcafés niederzulassen.

Nach ein paar Minuten wechselte Menner in das Thermalbecken gegenüber dem Kinderplanschbecken. Im Grunde passierte in diesem Moment gar nichts. Keinem Besucher wäre wohl etwas Außergewöhnliches aufgefallen.

Und doch stellten sich Leitner die Nackenhaare auf. Als Musiker hatte er schon immer die Bewegungen, Strömungen und Stimmungen in einem großen Raum wahrnehmen können, bevor andere sie bemerkten. Sein Riecher dafür hatte ihn als Chef der Kapelle ausgezeichnet.

Flink und von einem nicht erklärbaren Instinkt getrieben,

stahl sich Leitner nun wieder zurück zu den Männerduschen. Auf dem Weg dorthin sah er, dass Menners Blick auf einen Familienvater und seine beiden Kinder geheftet war.

Leitner betrat den Duschbereich. Niemand hielt sich in diesem Augenblick dort auf. Schnell ging er zu den angrenzenden Toiletten und verbarg sich dort hinter der angelehnten Tür. Nach wenigen Sekunden kam vom Badebereich her der Vater mit den zwei kleinen Buben herein und alle stellten sich unter eine Dusche.

Wieder schwang die Tür zum Badebereich auf, und Jochen Menner schlurfte herein. Er wählte die einzige Dusche, die durch zwei Trennwände von den übrigen Brausen abgegrenzt war.

Der Vater schien sich nicht um den anderen Badegast zu scheren, doch von seiner Position aus konnte Leitner mitverfolgen, wie Menner sich am Anblick der unbekleideten Familie ergötzte.

Als der Mann seine beiden Kinder in große Handtücher gehüllt und auch seine Blöße mit einem Badetuch bedeckt hatte, verließen die drei die Duschen in Richtung des Umkleidebereichs. Leitners Blick wanderte wieder zu Menner. War der ihm vorher nur unbestimmt zuwider gewesen, so empfand Leitner nun nur noch Ekel und Abscheu für ihn. Der Pädagoge wähnte sich nun alleine und fing an, mit seinen Händen im Lendenbereich ganz offensichtlich mehr zu tun, als sich lediglich zu waschen.

Angewidert ging Leitner zu einem der Pissoirs und drückte die Spülung. Das Geräusch verfehlte seine Wirkung nicht. Menner fuhr erschrocken herum. Als er in Leitner den Mann erkannte, der vor etwa zwei Stunden an seiner Haustür geklingelt hatte, entspannte er sich wieder.

»Jetzt haben wir uns schneller getroffen als gedacht«, sagte er.

Leitner beschloss, aus seiner Abscheu keinen Hehl mehr zu machen. Mit leiser, aber fester Stimme sagte er: »Wir beide, Herr Menner, werden uns nie wieder treffen. Ich kann die

Art nicht leiden, wie Sie … die Dinge in die Hand nehmen.« Er wandte sich zur Ausgangstür. »Ich soll Ihnen übrigens schöne Grüße von Harry Spiegler bestellen«, fügte er noch hinzu, bevor er den Duschbereich verließ. »Der war doch auch ein … Nachhilfeschüler von Ihnen, oder?«

Als er wieder auf dem Ernst-Michl-Platz stand, drehte er sich noch einmal um und betrachtete das hell erleuchtete Kurfürstenbad. Dann lenkte er seine Schritte zur Tiefgarage und brummte: »Daheim brauche ich als Erstes einen Schnaps …«

16

Die Stroboskope warfen ihre flackernden Blitze durch die Nacht, auf der Straße vor der ehemaligen Druckerei tanzte ein Wirrwarr aus blauem und violettem Licht über den Schotterboden. Die dumpfen Bässe elektronischer Musik hallten in Agathes Bauch wider. In dem Hamburger Kiez, wo sie bis vor einigen Jahren als Polizistin gearbeitet hatte, wäre eine Örtlichkeit wie diese nichts Besonderes gewesen. In der Oberpfalz war das anders. Hier verhieß ein Schuppen wie dieser nach Agathes Erfahrung nichts Seriöses. Es war halb neun, das Casting sollte schon eine halbe Stunde im Gange sein, als Agathe durch eine schwere Brandschutztür die Halle betrat.

Die Musik aus den Lautsprechern wummerte, wider Erwarten war es im Innern angenehm warm. Agathe musste sich durch Wände aus farbigem Licht und Kunstnebel kämpfen und über auf dem Boden verlegte Kabel steigen. In zwei großen Gaskanonen erkannte sie schließlich die Wärmequelle, und wenige Meter später erblickte sie den sogenannten Catwalk, der hier nur aus einer mit Klebeband markierten Fläche bestand. Auf deren halber Höhe blieb Agathe stehen.

Von rechts näherte sich ihr eine junge Frau im gelben Bikini. Ihre Gesichtszüge waren verkniffen, als müsste sie sich sehr darauf konzentrieren, geradeaus zu gehen. Während sie mit schwingenden Hüften an Agathe vorbeistolzierte, musste diese ihr neidlos eine wohlgeformte Figur attestieren. Am Laufstegende drehte sich das Model um und kam zurück. Zwei Männer – offenbar die Jury – saßen an der Stirnseite des Laufstegs an einer orangefarbenen Biergarnitur, deuteten auf die Frau und diskutierten anscheinend ihren Körper.

Agathe war dankbar für die dichten Nebelschwaden. Sie hoffte, noch einige Zeit das Geschehen verfolgen zu können, ohne bemerkt zu werden.

Der ersten Frau im Bikini folgten drei weitere. Agathe nutzte die Zeit, um die beiden Juroren eingehender zu betrachten. Einer der Männer musste an die sechzig Jahre alt sein. Er trug eine Schiebermütze, unter der wild sein Haar hervorquoll, das nahtlos in einen ungepflegten Vollbart überging. Neben ihm saß ein Enddreißiger, der nicht schlank, sondern vielmehr zaundürr war. Seine Hakennase stach aus seinem Gesicht, der Adamsapfel ragte aus seinem hageren Hals hervor.

Als sich eine Frau mit auffallend großen Brüsten präsentierte, deutete der Jüngere wie wild mit dem Zeigefinger auf sie, woraufhin der Ältere in eine Fototasche neben sich griff und eine Kamera mit einem Teleobjektiv hervorholte, das er auf das Model richtete.

Agathe schlenderte in Richtung Laufstegkopf, bis sie neben dem dürren Mann stand, der der Beschreibung nach der Eventveranstalter Kim Wind sein musste. Er beachtete sie nicht, war zu gebannt von dem, was sich vor ihm abspielte.

Nach einer weiteren Viertelstunde nahm Wind ein Funkmikrofon, die Musik wurde leiser gedreht, und die Frauen stellten sich in einer Reihe vor der Jury auf. »Das war der erste Durchgang, meine Damen«, drang Winds Stimme knarzend und knackend aus den Lautsprechern. »Jetzt die nächste Runde, diesmal bitte oben ohne!«

Alle Frauen griffen hinter sich, um den Verschluss ihres Bikinioberteils zu lösen. Nur ein Model zögerte.

»Etwas schneller, Nicole!«, sagte Wind, als er das bemerkte.

Doch Nicole zögerte immer noch.

»Komm mal vor!«

Nicole stakste unsicher zum Jurorentisch.

»Was ist los?«, fragte Wind sie.

Die junge Frau wand sich. »Ich weiß nicht, Kim … Ich glaub, ich kann das nicht.«

»Komm her«, sagte Wind ohne Mikro.

Als Nicole an den Biertisch trat, bedeutete er ihr, sich zu

ihm zu beugen, und öffnete, als sie das tat, blitzschnell den Verschluss ihres Bikinioberteils.

Nicole erschrak, Tränen traten ihr in die Augen. »Und jetzt geh zurück zu den anderen«, sagte Wind wieder durchs Mikro. »Wenn du was werden willst, solltest du dich ab sofort professioneller verhalten, klar?«

Nicole tat, wie ihr geheißen, wenngleich ihr die Tränen über die Wangen rannen.

Während die Mädchen barbusig über den Catwalk liefen, wurde der ältere Fotograf aktiver. Er erhob sich von der Bank, begleitete die Mädchen seitwärts den Laufsteg entlang und drückte pausenlos auf den Auslöser. Als er anschließend wieder an den Tisch zurückkehrte, erblickte er Agathe, die dem Treiben mit verschränkten Armen beigewohnt hatte, und tippte Kim Wind auf die Schulter.

Wind drehte sich kurz zu ihr um, konnte sie aber offensichtlich nicht einordnen und sprach sie nicht an.

Das Casting lief weiter. Im dritten Durchgang waren die Mädchen bis auf High Heels vollkommen nackt. Diesmal protestierte Nicole erst gar nicht. Als die letzte von ihnen ihre Performance abgeliefert hatte, dankte Wind allen Teilnehmerinnen und schickte sie zum Umziehen in die Garderobe, die provisorisch in einer Ecke der Halle errichtet worden war. Der Fotograf folgte den Mädchen.

Wind erhob sich vom Tisch. »Du hast dich wohl nicht getraut?«, wandte er sich endlich Agathe zu und deutete mit einer Zigarette in seiner Hand auf den Laufsteg.

Agathe beschloss, sein Spiel eine Weile mitzuspielen. »Ach, weißt du, das habe ich alles schon hinter mir. Ich muss mich nicht mehr mit anderen Küken auf die Stange setzen.«

»Auf die Stange setzen?«, wiederholte Wind mit unappetitlich schmierigem Grinsen. »Du kommst aber nicht aus Bayern, oder?«

»Kluges Köpfchen.«

Er betrachtete sie mit zunehmendem Interesse. »Was meinst du damit, dass du das schon hinter dir hast?«

»In Hamburg gibt's so was wie dein Casting jeden Tag hundertfach.«

»Wirklich? Aber wir casten Mädchen für eine professionelle Revue. Sie soll in Regensburg Premiere haben und dann auf Deutschlandtournee gehen.«

»Sicher.« Agathe rollte die Augen. »Und ich bin Olivia Jones.«

»Hoffentlich nicht«, entgegnete Wind lüstern. »Das wäre eine herbe Enttäuschung.«

Als der Fotograf sich wieder zu ihnen gesellte, glaubte Agathe zu sehen, dass er sich noch schnell den Reißverschluss seiner Hose hochzog. »Die Mädchen sind fast alle weg«, gab er Wind Bescheid. »Nur die Veronika ist noch da.« Er hob seine Fototasche am Riemen etwas an und zeigte mit der anderen Hand auf Agathe. »Soll ich euch beide …?«

»Lass mal«, meinte Wind. »Du hast jetzt Feierabend.«

»Dann noch viel Spaß!«, rief der Fotograf zweideutig und ging zum Hallenausgang.

»Name?«, sagte Agathe.

»Was für ein Name? Meinen Namen dürftest du kennen, sonst wärst du nicht hier.«

»Ich will wissen, wie eure Show heißt.«

»Tja«, begann Wind, »die ist gerade am Entstehen. Wir haben noch keinen Namen dafür.«

»Dachte ich es mir doch.«

Wind trat so nah an sie heran, dass sie seinen Zigarettenatem riechen konnte. »Warum zeigst du mir nicht ein bisschen was von dir hier auf dem Laufsteg?«, flüsterte er. »Du musst doch nichts verbergen.«

»Mit Sicherheit werde ich das nicht tun. Lieber würde ich sofort zur Sache kommen.« Agathe verzog keine Miene.

Kim Wind musste dreimal tief ein- und ausatmen, bevor er zu einer Antwort fähig war. »Wenn das so ist, sollten wir in mein Büro gehen.«

Agathe folgte ihm durch eine Metalltür in das, was er so euphemistisch sein Büro genannt hatte. In Wahrheit war es ein unordentliches Lager mit aus Brettern zusammengezimmerten Regalen, einem Campingklapptisch mit Laptop und einer großen aufklappbaren Couch, wo Wind wohl seine Nächte verbrachte. Kalter Rauch hing in dem Raum, und Wind zündete sich eine weitere Zigarette an.

»Wieso bist du heute hergekommen?«, fragte Wind.

»Ich will mehr über deine Projekte wissen«, antwortete sie wahrheitsgemäß, während sie auf und ab ging. »Über diese Revue weiß ich zum Beispiel jetzt schon was.«

»Und was?« Er sah sie interessiert an.

»Dass es sie nie geben wird. Das Casting war nur dafür da, dass du dir ein paar Pferdchen aussuchen kannst, die entweder du einreitest oder einer deiner Kollegen, um mit ihnen Geld zu verdienen.«

Wind zog an seiner Fluppe. »Merkt man doch gleich, dass du aus der Großstadt kommst. Aber glaubst du, dass eine von den Zicken mitmachen würde, wenn ich das so formuliert hätte?«

»Bestimmt nicht.« Agathe blieb vor Kim Wind stehen. »Dafür sind die Mädels hier zu naiv. Ich tippe darauf, dass mindestens drei von ihnen in Regensburger Apartments Kunden empfangen werden, zwei landen im Puff, und eine oder zwei schaffen es in die Pornoindustrie. Wenn sie denn ihre Prüderie ablegen, wobei du ihnen natürlich selbstlos helfen wirst.«

Wind setzte sich mit halbem Hintern auf den Campingtisch, der bedenklich nachgab. »Du bringst es auf den Punkt. Das gefällt mir. Ich hätte wirklich Verwendung für dich.«

»Wirklich?«, meinte Agathe keck und sah ihm tief in die Augen.

»Aber erst will ich wissen, ob die Ware so gut ist wie die Werbung …« Winds Stimme war vor Erregung zu einem Flüstern geworden.

Er legte ihr beide Hände auf die Schultern und drückte sie vorsichtig, aber bestimmt auf die Knie, sodass sich Agathes Kopf nur Zentimeter vom Reißverschluss seiner Hose entfernt befand. »Ich muss dir bestimmt nicht sagen, was du zu tun hast, oder?«

»Keine Bange«, erwiderte Agathe ruhig. »Ich bin Vollprofi.« Ihre Hände glitten an seinen dünnen Beinen nach oben.

In Erwartung dessen, was da kommen sollte, schloss Wind die Augen, legte den Kopf in den Nacken und gab ein unästhetisches Stöhnen von sich.

Dann fand Agathes rechte Hand, was sie suchte – nämlich den Locher, den sie zuvor auf seinem Schreibtisch entdeckt hatte.

»Ich liebe Profis«, schnaufte Wind. »Und sei bloß nicht zimperlich!«

Sie blickte auf die Wölbung in seiner Hose vor ihrer Nase und dann kurz nach oben. »Du hast es so gewollt«, sagte sie unschuldig.

Wind stieß einen Schrei aus, als ihn der Locher an seiner empfindlichsten Stelle traf. Seine Hände fuhren zur Körpermitte, er krümmte sich nach vorne und fiel wie in Zeitlupe zu Boden. Mit hochrotem Kopf schnappte er nach Luft, röchelte.

Agathe ihrerseits stand langsam auf, ging zu einem Regal und lehnte sich dagegen. »Und wenn du wieder sprechen kannst, sagst du mir als Erstes deinen richtigen Namen. Kim Wind klingt mir zu sehr nach Andy Borg.«

»Du … du blöde Schlampe!«, keuchte Wind.

»Stimmt, das ist *mein* Künstlername. Also, wie heißt du wirklich?«

Wind richtete sich langsam auf und saß nun mit dem Rücken an die Couch gelehnt auf dem Boden. »Johannes«, stieß er mühsam hervor.

»Weiter?«

»Penninger.«

»Gut, Johannes Penninger.« Agathe nickte zufrieden. Natürlich wusste sie bereits von Leitner, wie Kim Wind mit richtigem Namen hieß. Aber dass er ihr ihn im Moment großer Schmerzen nennen musste, machte deutlich, wer hier im Augenblick das Sagen hatte. »Nachdem wir schon geklärt haben, was für Geschäfte du mit den Mädels vorhast, würde ich gerne über ein anderes Geschäft mit dir sprechen.«

Feindselig sah Wind Agathe an. »Und über welches?«

»Du kanntest einen gewissen Harry Spiegler?«

Wind antwortete nicht.

»Ich habe gehört, dass du und Spiegler früher mal zusammengearbeitet habt«, fuhr Agathe fort.

Wind streckte die Beine aus und suchte in seinen Hosentaschen offenbar nach Zigaretten.

Agathe ging zum Tisch, schnappte sich das Päckchen und warf es ihm samt Feuerzeug zu.

»Okay, ich kenne das Arschloch«, sagte Wind mit wieder festerer Stimme, öffnete das Zippo und betätigte den Feuerstein.

»Aber wenn er so ein Arschloch war, wieso hast du dann mit ihm gearbeitet?«

Wind schloss das Feuerzeug wieder und stieß eine große blaue Wolke Zigarettenrauch durch die Nase aus. »Der Spiegler ist ein Wichser. Hat vom Showbusiness nicht die geringste Ahnung. Besser, der fährt weiter Dreck auf seinem Lastwagen durch die Gegend. Was ich hier mache«, Wind wedelte mit der Hand wie ein Großunternehmer, der über sein riesiges Firmengelände deutet, »das ist *big business*. Hier rollt der Rubel.«

»Es ging bei euch aber nicht um Rubel, sondern um Euro«, stellte Agathe mit emotionsloser Stimme fest. »Und der scheint bei dir nicht zu rollen. Du hast Spiegler Geld geschuldet, nicht wahr?«

Der abfällige Blick ihres Gegenübers war Antwort genug. »Wie kam es dazu?«, hakte Agathe nach.

Wind schnaubte verächtlich, stand auf und ließ sich auf das Sofa fallen. Zweimal zog er an der Kippe, bevor er sagte: »Das war eine von Harrys Schnapsideen. Für ihn musste ja immer alles ganz groß sein.«

»Was hatte er für eine Idee?«

»Er steht auf Elektro, also wollte er ein Festival organisieren. Mit DJs aus der Szene.«

»Und weiter?«

»Ich habe ihm gesagt, dass er es bleiben lassen soll. Die richtig großen kriegst du eh nicht, weil die unbezahlbar sind, und die kleinen interessieren kein Schwein.«

Agathe setzte sich nun ihrerseits mit einer Backe auf die Kante des Campingtischs. »Aber Spiegler ließ sich nicht von seinem Vorhaben abbringen?«

»Natürlich nicht. Der lebt auf einem anderen Planeten. Und ich habe mich breitschlagen lassen. Ich weiß nicht, wie er das macht, aber ab einem gewissen Punkt glaubst du ihm einfach, was er sagt. Ich habe uns also in Regensburg ins Zeltfestival eingemietet, für die Werbung im Radio, auf Social-Media-Plattformen und in Zeitungen gelöhnt, und er hat die DJs an Bord geholt.«

»Und das hat geklappt?«

Wind setzte ein sarkastisches Lächeln auf. »Das Ding ist gelaufen wie Schmidts Katze.«

Agathe zog die Augenbrauen zusammen. »Dann verstehe ich nicht, warum es zu Schwierigkeiten zwischen dir und Spiegler gekommen ist.«

»Wir haben die Auslagen für das Festival durch zwei geteilt«, erklärte Wind. »Das Gleiche wollten wir mit dem Gewinn machen.«

»Warum ›wollten‹?«

»Weil ich ihm seinen Teil des Gewinns noch nicht ausbezahlt habe.«

»Aha? Zechpreller also.«

»Verdammte Scheiße, nein!«, brüllte Wind ärgerlich. »Das ist doch nur vorübergehend! Weil ich meine anderen ... Verbindlichkeiten erst einmal bedienen musste. Der Spiegler hat einen sicheren Job, da kommt regelmäßig Kohle rein, aber bei mir ist jeder Monat ein Risiko.«

»Im Klartext, du bist dauernd klamm«, übersetzte Agathe.

»Falsch«, widersprach Wind. »Ich bin Geschäftsmann, ich falle immer wieder auf die Füße. Ich habe gute Ideen und setze sie auch um. Hast du doch gerade da draußen gesehen.«

Agathe wandte ihren Kopf zur Halle mit dem improvisierten Laufsteg. »Du meinst das Casting für den Puff-Nachwuchs?«

»Scheißegal, wie du das nennst. Tatsache ist, dass ich demnächst wieder flüssig bin, und dann veranstalte ich Konzerte, Open Airs, Drei-Tage-Festivals! Dann kriegt der Spiegler auch seine fünfzehn Mille wieder.«

»Wie ich das sehe, war der Spiegler mit deinem Plan aber nicht wirklich zufrieden, oder?«

»Nein«, sagte Wind müde. »Er wollte sein Geld sofort. Aber irgendwann wird er schon verstehen, dass er noch ein bisschen darauf warten muss.«

»Nö, das wird er nicht«, sagte Agathe und steckte die Hände in die Hosentaschen.

»Was soll das heißen?«

»Dass ein Toter nichts mehr versteht.«

Kim Wind schnellte hoch und setzte sich aufrecht auf die Kante der Couch. »Ich kapiere nicht.«

»Ach, komm schon.« Agathe seufzte demonstrativ. »Du wirst doch mitbekommen haben, dass man vor einigen Tagen diesen Teufel in einer Straßenbaustelle gefunden hat?«

Wind sank in die Polster zurück. »Doch, schon. Und diese Leiche, das war der Spiegler?«

»So ist es. Und das heißt für dich: Adieu, Schulden!«

Einige Sekunden lang wirkte Wind nachdenklich, dann bedachte er Agathe mit einem scharfen Blick. »Was wird das hier eigentlich? Eine Anschuldigung? Wegen Mord?«

»Fest steht, dass Harry Spiegler sich nicht selbst im Teufelskostüm in der Friedrich-Ebert-Straße verbuddelt hat.« Agathe hielt Winds Blick stand.

»Bist du etwa von der Kripo?« Er wurde nervös. »Willst du mich verhaften?«

»Nö und nö. Aber ich will rausfinden, wer den Spiegler

getötet und vergraben hat. Und fünfzehntausend Euro sind eine Menge Geld. Speziell, wenn man gerade blank ist.«

Winds Augen wurden schmal. »Verschwinde, du Schlampe!«, fauchte er wütend.

Aufreizend langsam ging Agathe zur Ausgangstür. »Dann hoffe ich für dich, dass du dir bald wenigstens ein richtiges Büro leisten kannst«, sagte sie noch.

17

Leitner konnte sich nicht erinnern, dass in den letzten Jahren eine geschlossene Schneedecke mehrere Tage lang die Landschaft weiß gezaubert hätte. Tatsächlich wurden in ihm Kindheitserinnerungen wach, als er im Schein von Flutlichtern vom Parkplatz des Nabburger Skilifts zum Hauptgelände an die Skipiste stapfte. Schon von Weitem war Partymusik zu hören.

Ein Telefonat mit Beate hatte nicht nur den angenehmen Nebeneffekt gehabt, dass er sich für Sonntagvormittag nochmals mit ihr zusammentelefonieren wollte. Er hatte von ihr auch die Information bekommen, dass Anna Höcherl an diesem Freitagabend eine Winterparty besuchen würde. Zudem hatte Beate Leitner per WhatsApp ein Foto von Anna Höcherl geschickt, welches er nun betrachtete, als er auf dem Festgelände stand. Das Bild zeigte die junge Frau in schwarzem Kleid mit Spaghettiträgern. Sie trug eine filigrane Goldkette und hielt ein Glas Sekt in die Kamera. Ihr dunkelbraunes Haar war stylish geföhnt und brachte die braunen Augen gut zur Geltung, ihre halb geöffneten Lippen lächelten. Leitner gefiel, was er sah.

Er schlug sich bis zur Tanzfläche durch und positionierte sich abseits des DJ-Pults. Mehrere Frauen versuchten, ihn zum Tanzen zu bewegen, aber er lächelte nur jeweils kurz als Antwort und hielt weiter nach Anna Höcherl Ausschau. Als er einige der Gäste erkannte, winkte er ihnen zu, dann suchten seine Augen wieder die Menschenmenge ab und blieben schließlich an einer Gruppe von jungen tanzenden Frauen hängen.

Er scannte die sechs Damen genauer, und als eine von ihnen besonders herzlich lachte, war sich Leitner sicher: Er hatte Anna Höcherl gefunden. Er fixierte sie mehrere Minuten lang.

Dort tanzte eine lebenslustige junge Frau, daran gab es keinen Zweifel. Ihre Bewegungen waren ungekünstelt, ihr

Lachen wirkte natürlich. Anna Höcherl strahlte Unschuld aus, obwohl Leitner von Beate erfahren hatte, dass sie alles andere als unschuldig war. Diese ungleiche Mischung machte ihn neugierig.

Er wartete, bis die Frauengruppe die Tanzfläche nach einigen Liedern verließ, und folgte dem Gespann in sicherer Entfernung. Fünf von ihnen begaben sich zu den Toiletten, die sechste, Anna Höcherl, hatte wohl den Auftrag, die nächste Getränkerunde zu organisieren.

Leitner stellte sich hinter sie in die Schlange am Getränkestand. Als Anna Höcherl an die Reihe kam und etwas später sechs Glühsecco vor ihr standen, sah Leitner seine Chance gekommen. »Kann ich dir beim Tragen helfen?«

»Gern«, sagte Anna bester Laune. »Aber was ist dann mit deiner Bestellung?«

»Kein Problem«, lächelte Leitner sie an. »So stark ist mein Durst noch nicht.«

»Okay. Dann lass uns doch rüber zu dem Stehtisch gehen, der ist gerade frei.«

An dem Tisch griff Anna sich mit spitzen Fingern drei senfverschmierte Servietten, die die vorherigen Gäste liegen gelassen hatten, und warf sie in den danebenstehenden Abfalleimer.

»Solche Saubären«, meinte Leitner.

»Manche lernen's halt nie«, grinste Anna ihn an.

»Die trinkst du aber nicht alle allein, oder?« Er zeigte auf die dampfenden Tassen.

»Nein, die sind für meine Freundinnen. Aber anscheinend ist bei den Toiletten noch mehr los als am Getränkestand.«

»Gut möglich.« Leitner machte eine kurze Pause. Ihre Stimme klang in G-Dur mit einem angenehmen Hauch der Quart. Ihr Ton machte das, was Leitner nun zu tun hatte, nicht einfacher. Deshalb sagte er unvermittelt: »Du bist die Anna, oder?«

Überrascht hob sie die Augenbrauen. »Woher weißt du das?«

Leitner rief sich Agathes Ratschlag in Erinnerung. »Weil du die Freundin von Harry Spiegler warst«, antwortete er.

Sofort wurde Annas Miene feindselig. »Was willst du von mir?«

»Wissen, ob du seine Freundin warst.«

»Das geht dich nichts an.«

»Falsch. Wenn jemand tot unter einer Straße entdeckt wird, geht es mich schon etwas an, wer ihn dort vergraben hat.«

Anna begann zu zittern. Das Thema Spiegler nahm sie sichtbar mit. »Ich habe mich oft mit dem Harry getroffen«, erwiderte sie schließlich. »Aber er war nie mein Freund.«

»Da habe ich aber was ganz anderes gehört.«

»Und wenn schon!«

»Dann stimmt es also, dass sich der Harry in dein Leben eingemischt hat?«, ließ Leitner nicht locker. »Dass du dich einige Male von ihm trennen wolltest, er das aber nicht zugelassen hat?«

»Er war nie mein Freund.«

Leitner musste schlucken, weil es ihm zuwider war, die junge Frau so unter Druck zu setzen. Aber er hatte keine andere Wahl. »Hör auf, dich rauszureden. Weil er es dir besorgt hat wie noch nie jemand zuvor, warst du machtlos gegen ihn. Deswegen und wegen der Schläge.«

Annas Schultern sackten kraftlos nach unten. »Warum sagst du so etwas?«

»Weil der Spiegler jetzt tot ist und du allen Grund hattest, ihn loswerden zu wollen. Sein Tod war für dich die einzige Möglichkeit, sich endlich von ihm zu befreien.« Nun war es Leitner, der zitterte. Ein Schauer lief ihm über den Rücken, als Anna den Kopf wieder hob und er in ihre ausdruckslosen Augen blickte.

»Er war nie mein Freund«, wiederholte sie.

»Hast du etwas mit seinem Tod zu tun, Anna?«

Kaum merklich schüttelte sie den Kopf.

»He, Anna, da bist du ja!«

Leitner blickte sich um und entdeckte die Freundinnen,

die von den Toiletten zurückkehrten. Sie sahen ihn mit unverhohlener Neugierde an.

»Wer ist denn das, Anna?«

Als die Angesprochene schwieg, sagte Leitner freundlich: »Ich habe ihr bloß dabei geholfen, eure Getränke herzutragen.«

Eine der Frauen blinzelte ihm zu. »Bleib halt noch ein bisschen da.«

»Nein danke, ich verschwinde lieber.« Leitner griff in seine Hosentasche, zog eine Visitenkarte der Jacortia heraus und schob sie Anna über den Tisch zu. »Wenn du was loswerden willst, melde dich bei mir, okay?«

Als er den Tisch verließ, hörte er, wie die Freundinnen zu tuscheln begannen.

»Zeig einmal die Karte her!«

»Was, aus Schwandorf kommt der?«

»Wie heißt er denn?«

»Und den hast du wirklich am Getränkestandl aufgerissen?«

Ob und was Anna Höcherl erwiderte, konnte Leitner nicht mehr verstehen. Alle Geräusche um ihn herum traten in den Hintergrund. Das Einzige, was er noch hörte, war seine innere Stimme, die ihn immer wieder anschrie: »Du niederträchtiger Drecksack!«

18

Nach einer Nacht, in der Leitner nicht besonders gut geschlafen hatte, begannen er und Agathe den Tag mit einem schnellen Frühstück zu Hause. Anschließend verließ er das Haus. Sie hatten vereinbart, dass Agathe ihre Tournee durch Schwandorfs Cafés fortsetzen würde, während er den wöchentlichen Großeinkauf erledigte. Er war eben dabei, den Wagen aufzusperren, den er am Abend zuvor direkt vor der Haustür abgestellt hatte.

»He, du!«

Leitner sah sich um. Wenige Meter neben ihm stand ein junger Mann und blickte ihn feindselig an. Er war kaum über zwanzig, schlank und mit seinen etwas mehr als eins siebzig ungefähr so groß wie Leitner. Sein bubenhaftes Gesicht wurde von braunem Haar mit blond gefärbten Spitzen umrahmt.

»Meinst du mich?«, fragte Leitner.

»Freilich. Und ich gebe dir einen guten Rat: Hände weg von meiner Schwester!«

Leitner musste sich zusammenreißen, um nicht loszulachen. Die Miene des jungen Mannes sollte wohl bedrohlich wirken, tatsächlich aber erinnerte sie Leitner eher an eine misslungene Imitation von Dwayne Johnson.

»Bitte noch mal langsam zum Mitschreiben«, sagte er ungerührt. »Was willst du von mir?«

»Ich habe gesagt, du sollst meine Schwester in Ruhe lassen! Sonst gibt's Ärger, verstanden?«

Leitner konnte mit dem Möchtegern-Macho sogar ein wenig mitfühlen. Schließlich überschätzte jeder junge Mann sich mal. Andererseits war es nicht ungefährlich, ihn über Gebühr zu reizen, da er vor Testosteron nur so strotzte. »Ich glaube nicht, dass du weißt, was richtiger Ärger ist«, sagte er trocken. »Aber wenn du jetzt nicht ein bisschen vom Gas runtergehst, können wir das gerne ändern.«

Der Mann machte breitbeinig einige Schritte auf Leitner zu. »Zum letzten Mal: Wenn du meine Schwester nicht in Ruhe lässt, kracht's!«

»Und wer ist deine Schwester?«

»Du hast sie gestern Abend auf der Party in Nabburg belästigt. Aber jetzt, wo Harry Spiegler tot ist, erlaube ich niemandem mehr, die Anna zu verletzen. Auch dir nicht!«

»Dann bist du also der Manfred Höcherl.« Leitner taxierte den jungen Mann.

Als Antwort erhielt er nur einen entschlossenen Blick.

»Na schön, dann gebe ich dir jetzt mal einen guten Rat: Schau, dass du nach Hause kommst. Deine Schwester profitiert immerhin davon, dass Spiegler nicht mehr am Leben ist, und wenn ich dich so sehe, dann brennen bei dir die Sicherungen auch ziemlich schnell durch.«

»Wir haben mit dem Mord an Harry Spiegler nichts zu tun. Lass uns einfach in Ruhe, verstanden?« Unerwartet griff Manfred Höcherl in seine Jackentasche und zog ein Springmesser hervor, das er mit widerwärtigem Klicken aufschnappen ließ.

Leitner wich einen halben Schritt zurück und betrachtete die Klinge in Höcherls Hand. »Was wird denn das jetzt?«

Drohend ging der junge Mann auf Leitner zu. »Entweder bleibst du uns vom Leib, oder du bist der Nächste, der im Grab liegt!«, sagte er leise.

»Dann bist du aber der Nächste, der wegen Mordes im Knast sitzt, Junge!«

Nun war es Höcherl, der herumfuhr.

Agathe stand hinter ihm, die Hände in die Hüften gestemmt.

Nervös zuckte Höcherls Kopf von ihr zu Leitner und wieder zurück. Seine Hand mit dem Messer folgte seinen Bewegungen.

»Steck dein Butterbrotmesser wieder weg und hau ab«, sagte Agathe mit Bestimmtheit.

In Höcherl tobte ein deutlich sichtbarer Kampf. Er schien das Feld nicht ohne Widerstand räumen zu wollen.

»Wir sind dir zu zweit doch haushoch überlegen.« Agathes Ton war barsch. »Du kannst nur gewinnen, wenn du dich jetzt verziehst.«

Höcherl atmete schwer, dann klappte er das Messer wieder zusammen und ging an Agathe vorbei. »Ich meine es ernst«, sagte er mit zitternder Stimme. »Der Typ soll uns in Ruhe lassen!«

»Zieh Leine!«, fauchte Agathe und sah Höcherl hinterher, als er in Richtung Adolf-Kolping-Platz davonging.

Leitner atmete erleichtert auf. »Mein lieber Scholli, das war optimales Timing.«

Agathe drehte sich zu ihm um. »Was für ein Herzchen. Ich meine, dass ein jüngerer Bruder die große Schwester beschützen will, kommt ja vielleicht mal vor, aber dass er dafür ein Springmesser benutzen will, ist wohl eher die Ausnahme.«

»Was machen wir denn jetzt?« Leitner sah sie nachdenklich an. »Sollen wir ihn anzeigen?«

»Müssten wir eigentlich«, sagte Agathe gedehnt. »Andererseits, wer weiß, wie dieser Spiegler wirklich mit der Anna umgegangen ist. Vielleicht ist der Zorn des Bruders auch gerechtfertigt.« Sie überlegte und schüttelte schließlich nach einer weiteren Minute den Kopf. »Wir gehen nicht zur Polizei. Wenn die Höcherls mit Spieglers Tod wirklich nichts zu tun haben, sollten wir ihnen keine unnötigen Schwierigkeiten machen.«

»Und wenn doch?«, fragte Leitner, während er endlich seinen Mazda entsperrte.

»Dann kommt das eben auf anderen Wegen heraus, und die Anzeige lautet dann nicht auf Körperverletzung, sondern auf Mord. Ganz einfach.«

Damit ließ Agathe Leitner stehen und ging davon.

Ihr Ziel war die Breite Straße, wo sich samstags das Vierergespann der Kaffeetanten in der Bäckerei Glaab traf.

Agathe hatte gestern Abend noch per WhatsApp Kontakt

mit Helga aufgenommen und so mehr über die Damen des Kaffeekränzchens erfahren. Die »Zofe« von Konstanze von Grünnenberg hieß Martha Bichler. Die von Grünnenbergs gehörten laut Helga einem fast ausgestorbenen Zweig verarmten Adels an, und Martha Bichler versuchte, diese Freundschaft zu nutzen, um ihrem tristen Leben zumindest einen Hauch von Exklusivität und Glamour zu verleihen.

Da Helga, die mit Nachnamen Moritz hieß, am heutigen Tag nicht im Café dabei sein würde, traf Agathe in der Bäckerei Glaab nur Konstanze von Grünnenberg, Martha Bichler und Regina Felgentreu an. Letztere begrüßte sie mit aufrichtiger Freude. Die beiden anderen Damen waren sichtlich weniger von Agathes neuerdings regelmäßigem Auftauchen angetan.

Agathe setzte sich, bestellte eine Nussecke und einen Cappuccino und hörte zu, wie Martha wieder einmal ihre tägliche Dosis Gift verspritzte.

»So ist es doch gleich viel ruhiger, gell?«

Die Damen sahen sie fragend an.

»Ich meine«, fuhr Martha fort, »weil heute doch Helga und ihr Enkel fehlen. So können wir endlich wieder ungestört plaudern.«

»Wann ist der Paul denn schon mal dabei«, erwiderte Regina.

»Gut, aber wenn, dann ist er ein Unruheherd. Das habt ihr ja gestern gesehen. Nie sitzt er still, und ständig plappert er vor sich hin.«

»Na ja, plappern tun wir doch alle«, sagte Agathe, woraufhin Martha die Augen zu Schlitzen zusammenkniff. »Das ist doch der Grund eurer Treffen. Außerdem hat er gestern ganz ruhig bei seiner Oma gesessen und Tiere gemalt.«

»Während er pausenlos geplappert hat«, beharrte Martha bissig.

»Er ist halt ein Kind«, versuchte Regina, die angespannte Stimmung aufzulockern. »Wir waren wahrscheinlich nicht anders.«

Marthas Kopf ruckte zu Regina herum. »Und ob. Wir wurden früher nämlich noch erzogen. Heute dürfen die Blagen ja alles.«

»In der Tat hat sich manches zum Negativen verändert«, ließ sich auch Konstanze zu einem Beitrag herab. »Die heutige junge Generation ist nicht mehr mit unserer zu vergleichen, die wir an der Höheren Töchterschule Benehmen gelernt haben.«

»So ist es.« Martha nickte eifrig. »Früher galten ganz andere Maßstäbe.«

»Du warst auch mit höheren Töchtern auf der Schule?«, fragte Agathe scheinheilig und traf mitten ins Schwarze.

Martha fing kurz an zu stottern. »Nein, wir … ich … Also, wir haben das auf unserer Schule aber ganz genauso gemacht wie die höheren Töchter. Wir hatten exzellente Dozentinnen.«

Regina betrachtete dieses kleine Scharmützel mit Humor und versuchte einzulenken: »Auf jeden Fall ist es für mich kein Problem, wenn die Helga den Paul ab und zu mal mitbringt. Das ist wie ein bunter Farbklecks im grauen Alltag.«

Konstanze betrachtete Regina mit hochgezogener Braue. »In meinem Alltag ist überhaupt nichts grau.«

»In meinem auch nicht«, legte Martha noch eine Schippe drauf.

»Das wollte ich ja auch gar nicht andeuten«, sagte Regina. »Aber der Nachwuchs gehört nun einmal zu unserem Leben dazu. Sogar Enkel in der Trotzphase.«

»Na, das ist ja klar, dass du so denkst«, sagte Martha mit kaum überspielter Böswilligkeit. »Weil du demnächst auch öfter in die Verlegenheit kommen wirst, ein Enkelkind mitzubringen.«

Etwas in Reginas Gesicht schien sich für eine Millisekunde zu verändern, trotzdem antwortete sie immer noch freundlich: »Das stimmt, dass ich in ein paar Monaten auch Oma sein werde. Aber bis das Kind groß genug ist, dass ich es mit ins Café nehmen kann, muss noch ziemlich viel Wasser die Naab hinunterfließen.«

»Dann *ist* die Henriette also schwanger«, genoss Martha

ihren Triumph, Regina die bisher wohl unausgesprochene Neuigkeit entlockt zu haben.

»Ja. Aber wie gesagt, das dauert alles noch ein bisschen.« Und mit einem spöttischen Blick zu Martha fügte Regina hinzu: »Wer weiß, ob wir noch leben, wenn der Wurm groß genug für einen Cafébesuch ist. Sind ja auch nicht mehr die Jüngsten.«

»Ist das dein erstes Enkelkind?«, fragte Agathe und biss in ihre Nussecke.

»Ja. Wir haben bloß eine Tochter, die Henriette. Sie und der Arno freuen sich schon auf ihren Nachwuchs.«

»Dann hat er endlich eine Frau gefunden, die ihm Kinder schenken kann«, sagte Martha. »Mit der Iris hat es schließlich nicht hingehauen.«

»Jetzt lass doch die alten Kamellen, Martha.«

»Iris?«, fragte Agathe. »Die ältere Tochter von Helga?«

Ohne darauf einzugehen, fuhr Martha fort: »Das war freilich ein Problem für den Arno. Da ist er mit einer Frau zusammen, die ähnlich alt ist wie er, und dann scheitert die Familienplanung an ihrer Gesundheit.«

Agathe blickte zu Regina, der ihre Stammtischgefährtin erkennbar zu viel wurde.

»Das alles ist schon einige Jahre her«, erklärte die ihr. »Früher war Arno Bögl mal mit Helgas älterer Tochter Iris liiert. Aber das ging auseinander, lange bevor Arno und Henriette sich verliebten.«

»Und der Grund dafür war, dass die Iris keine Kinder bekommen konnte!«, sagte Martha.

»Aber das ist doch reine Spekulation, Martha«, meinte Konstanze.

»Nein, das ist *Fakt*! Eins zu eins hat mir die Helga das so erzählt, wie ich es hier wiedergebe. Die Iris hat verzweifelt versucht, schwanger zu werden, und als das ein gutes Jahr lang nicht geklappt hat, hat der Arno sie verlassen. Und das hat sie so verletzt, dass sie schließlich nach Neuseeland ausgewandert ist.«

Wieder hob Konstanze die Hand. »Ich würde sagen, weil sie dort einen tollen Job bekommen hat. Für jemanden wie sie, der in der Tourismusbranche tätig ist, ist Neuseeland ein sehr gutes Pflaster.«

»Nein«, blieb Martha stur, »sie ist wegen eines gebrochenen Herzens ausgewandert!«

»Letztlich spielt das doch keine Rolle«, meldete sich Regina wieder zu Wort. »Wir jedenfalls freuen uns schon sehr auf die nächste Generation in unserer Familie.«

»Das kann ich mir vorstellen«, lächelte Agathe.

Wieder war es Martha, die nicht lockerließ. »Wann ist es denn so weit?«

»Erst im Frühjahr.«

»Das wird dann eine ziemliche Umstellung für die Henriette sein. Wo sie doch bisher immer so … unternehmungslustig war, nicht wahr?«

Agathe war der süffisante Unterton nicht entgangen, der klarmachte, was Martha Bichler über Henriettes allseits bekannte sexuelle Aktivitäten und deren Häufigkeit dachte.

»Sie wird in ihre Rolle als Mutter schon noch hineinwachsen. Das war doch bei uns auch so, nicht wahr?«, gab Regina zur Antwort. Ihre Retourkutsche an Martha, die laut Helga genauso wie Konstanze von Grünnenberg keine Kinder hatte.

»Und was habt ihr alle heute noch vor?«, fragte Agathe, um das Thema zu wechseln.

Konstanze kramte in ihrer Handtasche nach der Geldbörse. »Ich freue mich auf unsere Bridgerunde heute Abend. Das wird bestimmt sehr vergnüglich.«

»Du wahrscheinlich auch, oder?«, wandte Agathe sich an Martha.

»Ich habe andere Pläne«, erwiderte diese und setzte sich kerzengerade hin.

»Heute Abend findet unsere Betriebsweihnachtsfeier statt«, sagte Regina fröhlich.

»Eine Weihnachtsfeier im November?«, fragte Martha schnippisch.

»Das hat sich in den letzten Jahren so eingebürgert, weil im Advent doch alle schon genügend Termine haben.«

Agathe schürzte die Lippen. »Bei mir gibt es dieses Jahr keine Weihnachtsfeier. Ich bin weder in einem Verein noch bei einem Stammtisch. In unserer Regensburger Dependance wird zwar gefeiert, aber unsere Chefin ist so unterhaltsam, dass ich gern freiwillig darauf verzichte.«

»Das ist aber jammerschade«, gab Martha ihren Kommentar dazu ab.

Plötzlich legte Regina eine Hand auf Agathes Unterarm. »Ich habe da eine Idee. Warum kommst du nicht zusammen mit dem Gerhard heute Abend einfach zu uns?«

»Wie meinst du das?«

»Na, zu unserer Weihnachtsfeier. Wir sind über hundert Leute, da kommt es auf zwei mehr auch nicht an. Und der Gerhard hat schon auf mehreren unserer Feste so schön musiziert, dass er quasi ein Teil der Firma ist.«

Agathe lächelte. »Ich werde ihn natürlich noch fragen, aber ich wüsste nicht, was dem im Wege stehen sollte. Ich denke, wir kommen gerne.«

»Schön!« Regina griff zum Geldbeutel. »Dann sehen wir uns ab sieben im Schmidtbräu. Essen gibt es ab halb acht. Ich hoffe, du magst knusprige Gans mit Knödeln und Blaukraut?«

»Dafür würd ich sterben!« Agathe lachte.

»Gut, dann organisiere ich für euch noch zwei Plätze.«

Mit einem Blick zur Seite sah Agathe, dass Konstanze so tat, als hätte sie die herzliche Einladung nicht gehört. Martha hingegen konnte ihre Eifersucht nicht vor ihr verbergen.

Auf dem Rückweg zu ihrer Wohnung malte sich Agathe Leitners Gesicht aus, wenn sie ihm erzählte, was sie am Abend vorhatten. Wie sie ihn kannte, würde er einem saftigen Ganserl und einigen Gläsern Weltenburger Barockdunkel als Begleitung nicht ablehnend gegenüberstehen.

19

Der Seniorchef der Firma Schwandorf Hoch Tief hatte sich für seine Weihnachtsfeier gegen eine lange Tafel entschieden. Leitner fiel beim Betreten der Gaststube auf, dass sich die Anordnung der Tische im Gasthof Schmidtbräu nicht von der an einem normalen Tag unterschied. Alle sahen bereits belegt aus. Zaghaft machten er und Agathe ein paar Schritte in den Raum, bis sie unweit des Ausschanks standen.

»Entschuldigung«, sagte eine Bedienung, die eilig, aber nicht hektisch ein Tablett voller Biergläser an einen Tisch hinter Leitner und Agathe brachte. Letztere drückte sich eng an ihn, um dem Personal nicht im Weg zu stehen.

»Servus, Gerhard!«, rief plötzlich jemand hinter dem Tresen, und Leitner erkannte den Inhaber des Gasthofes.

»Boris, grüß dich! Viel los heute!«

»Allerdings«, sagte Boris und zapfte weiter ein Bier nach dem anderen. Der gebürtige Kroate war seit über dreißig Jahren Gastwirt in Schwandorf und gehörte im wahrsten Sinne des Wortes zum Stadtbild. Zu dem Umstand trug auch die ehemalige Brauerei hinter seinem Wirtshaus bei, die mit den Naabbrücken die Stadtansicht entscheidend prägte.

»Die Familie Felgentreu hat uns für heute Abend eingeladen!«, schrie Leitner gegen den Lärmpegel an.

»Hat mir die Seniorchefin schon gesagt.« Boris nickte. »Ihr sitzt am Tisch mit der Familie, da hinten.«

Agathe wirkte erstaunt. »Warum das denn?«

Boris nahm das nächste Weizenglas zur Hand und füllte es fachmännisch. »Wahrscheinlich, weil keiner von den Angestellten beim Chef sitzen mag. Die wollen in Ruhe ratschen und trinken.«

»So wird es wohl sein«, sagte Leitner und durchquerte mit Agathe im Schlepptau das weitläufige Gastzimmer, bis beide an besagtem Tisch an der rechten Seite standen.

Regina Felgentreu erhob sich und trat auf sie zu. »Wie schön, dass es geklappt hat.«

»Servus, Regina«, sagte Leitner. »Und vielen Dank für die Einladung.«

»Du hast doch mit deinen Kollegen immer so schön gespielt bei unseren Familienfeiern. Und die Agathe gehört ja jetzt auch schon mit dazu. Setzt euch zu uns.«

Die Firmenchefin dirigierte die neuen Gäste zu den freien Stühlen am Tisch. Leitner setzte sich ans Kopfende des Tisches und Agathe auf den Stuhl ums Eck daneben. Der Platz neben Regina war noch frei, wahrscheinlich für ihren Mann. Am anderen Kopfende saß Henriette Felgentreu, sodass zwischen Agathe und Henriette noch ein Platz unbesetzt war. Vermutlich war er für Arno Bögl vorgesehen.

»Hey, Henriette!«, sagte Leitner zu seinem Gegenüber am Tischende. »Heute treffen wir uns mal nicht auf der Baustelle.«

Henriette nickte höflich und drehte sich zum Raum um, um die anderen Gäste zu beobachten.

Agathe und Leitner tauschten einen fragenden Blick.

Regina beugte sich zu den Detektiven. »Das ist in den ersten Monaten einer Schwangerschaft ganz normal, dass man ein bisschen komisch reagiert. Kein Wunder, wenn in einem neues Leben entsteht, geht es im Körper erst mal drunter und drüber.«

»Kann ich mir vorstellen«, antwortete Agathe.

»Ich mir auch«, meinte Leitner und grinste breit. »Muss so ähnlich sein wie für mich am Kirwamontag. Da geht es in meinem Körper auch drunter und drüber.«

»Du Depp!«, schalt Agathe ihn. »Wir reden hier doch nicht vom Saufen, sondern von Babys!« Sie gab ihm einen nicht allzu festen Klaps auf den Oberarm, den er mit einem noch breiteren Grinsen quittierte.

Einige Minuten nach ihrer Bestellung bekam Leitner sein Dunkles und Agathe ihr Helles, und Leitner nutzte die Zeit bis zum offiziellen Beginn der Weihnachtsfeier, um Blickkontakt zu einigen Bauarbeitern zu suchen, die er von seinen früheren Auftritten her kannte. Auch Georg Schneider entdeckte Leitner drei Tische weiter. Beide Männer prosteten sich zu und deuteten mit Handzeichen an, dass Gerhard zu Schneider an den Tisch kommen würde, sobald es das Protokoll erlaubte.

Dann schlug Albert Felgentreu gegen sein Glas, und alle Gäste, die noch standen, nahmen Platz und hörten gehorsam der Ansprache des Seniorchefs zu. Felgentreu war kein begnadeter Redner, fühlte sich als solcher ganz offensichtlich unwohl und brachte diese Pflicht in aller Kürze hinter sich. Nach dem Wunsch eines gesegneten Weihnachtsfests stießen alle Anwesenden an, und kurz darauf wurden auch schon die ersten Teller mit Festtagssuppe aufgetragen.

An ihrem Tisch bekamen Leitner und Agathe mit, wie Arno Bögl sich um Henriette Felgentreu kümmerte, was ihr allerdings unangenehm zu sein schien. Jede Frage nach einem weiteren Getränk oder einem zusätzlichen Kissen quittierte sie entweder mit keiner oder einer sehr kurzen Antwort. Um die angespannte Stimmung zwischen ihnen ein wenig zu überspielen, begann Bögl ein Gespräch mit Agathe, die ihm gern ihre Lebensgeschichte erzählte, die sie von ihrer Geburtsstadt Lübeck bis in die Oberpfalz geführt hatte.

Leitner unterhielt sich während des Gänsebratens mit dem alten Felgentreu über Bekannte in dessen Alter, zu welchen auch Leitners Vater Werner zählte.

Nach dem Hauptgang standen viele aus der Belegschaft auf, um zum Rauchen nach draußen oder für einen Ratsch an andere Tische zu gehen, und auch Leitner nutzte die Gelegenheit, um sich kurz zu seinem Bekannten Georg Schneider zu setzen.

»Hat's geschmeckt, Georg?«, fragte Leitner.

»Schon, aber a bisserl mehr hätt's ruhig sein können«, sagte der mit einem Schulterzucken.

Leitner fiel fast die Kinnlade herunter, denn der Gasthof Schmidtbräu war nicht gerade bekannt für kleine Portionen.

Im Gegenteil. Wahrscheinlich lag es einfach an Schneiders Größe, dass er grundsätzlich zwei normal große Portionen benötigte, um ein Sättigungsgefühl zu verspüren.

»Warum bist du mit deiner Freundin eigentlich heute hier?«

Leitner verzichtete darauf, Schneider über ihren Beziehungsstatus aufzuklären, und berichtete stattdessen von der unerwarteten Einladung durch Regina Felgentreu.

»Aha, die Familienmama«, raunte Schneider. »Die Regina, die schaut auf die Leute. Der Alte kennt ja bloß das Geschäft. Das hat ihm sein Vater, der Xaver, schon von Kindesbeinen an eingebläut.«

»Den kenne ich nur noch vom Hörensagen.«

Schneider trank sein noch fast volles Weizen in einem Zug aus. »Das war ein harter Hund«, erklärte er dann. »Der hat den Albert im eigenen Unternehmen in die Lehre gehen lassen. Seinen Angestellten hat er gesagt, dass er die Firma von Grund auf kennenlernen soll. Also haben die den Kleinen an die Kandare genommen, und wie sie gemerkt haben, dass der Xaver ihnen bei ihm freie Hand lässt, waren sie noch ein bisschen härter.«

»Respekt«, murmelte Leitner.

»Na ja. Für den Xaver wäre es kein Problem gewesen, den Albert in einer anderen Firma unterzubringen, aber so hat er zweierlei Sachen erreicht, nämlich dass die Bauarbeiter den Juniorchef damals, als er im entsprechenden Alter war, akzeptiert haben und dass der Albert den eigenen Betrieb so gut kennt wie kein anderer.«

Leitner blickte zum Tisch der Firmeninhaber, wo sich Agathe inzwischen mit Regina unterhielt. Alle Männer hatten sich woanders Gesprächspartner gesucht, Henriette Felgentreu lümmelte gelangweilt auf ihrem Stuhl. »Sag mal, die Henriette hatte ich von den Festen eigentlich ein bisschen lebenslustiger in Erinnerung. Und dann noch der Streit letztens. Was ist denn los mit der?«

»Mei, schwanger is s' halt«, sagte der Riese lapidar und schrie Richtung Bedienung nach einem weiteren Weißbier.

»Aber ich weiß, was du meinst«, wandte er sich wieder Leitner zu. »Früher war die Henriette ein arger Wirbelwind. Das Temperament hatte sie von ihrer Mutter.«

»Die kenne ich gar nicht so genau. Was ist das eigentlich für eine?«

»Ihr Vater war früher Chefarzt am Nabburger Krankenhaus. Die Heirat haben noch ganz klassisch die Eltern eingefädelt. Am Anfang war das für die Regina nicht gerade leicht. Der Albert ist und bleibt halt ein Mann vom Bau. Wer auf Gefühle oder Romantik steht, hat bei ihm das Nachsehen.«

Leitner deutete wieder auf die Tochter der Unternehmerfamilie. »Könnte das mit dem Arno und der Henriette nicht genauso sein? Ich meine, weil sie jetzt um einiges stiller und zurückhaltender ist als früher. Vielleicht ist sie vom Arno enttäuscht.«

Das Weizen wurde serviert, Schneider trank die Hälfte davon aus und wischte sich den Mund mit dem Handrücken ab. »Ich glaube eher, das liegt daran, dass die einen Braten in der Röhre hat«, sagte er. »Wirst sehen, wenn die in ein paar Monaten wieder nüchtern ist, ist sie wieder ganz die Alte. Der Arno ist nicht so ein Typ wie der alte Felgentreu.«

Leitner schüttelte den Kopf. »Stimmt schon, so ist er mir auch nicht vorgekommen.«

»Obwohl er schon seit einiger Zeit recht reizbar ist. Aber momentan stehen wir alle unter massivem Druck. Du hast ja unsere Baustelle draußen bei Haselbach gesehen, und das ist nur eine von vielen. Allein die Logistik macht eine Heidenarbeit, und dann nehmen wir seit einiger Zeit auch noch internationale Aufträge an. Wenn sich die Felgentreus daran mal nicht überhoben haben.«

Leitner horchte auf. »Internationale?«

»Na ja, wir bauen jetzt keinen Flughafen in China oder so. Aber ich glaube, in Österreich, der Schweiz, Nordfrankreich und sogar in Russland sind wir schon dabei. Und der Arno muss als künftiger Chef natürlich den Senior davon überzeugen, dass er der Position und dessen Tochter würdig ist.«

»Klingt anstrengend«, bemerkte Leitner.

»Mei«, meinte Schneider, »mir ist das wurscht, und ganz besonders heute. Da ist Weihnachtsfeier, da genieße ich ein paar schöne Weißbier.«

»Dann wünsche ich dir noch viel Spaß dabei«, sagte Leitner und kehrte zu seinem Platz zurück, währenddessen er links und rechts einige Bekannte grüßte. An seinem Tisch sah er Arno Bögl und Henriette Felgentreu vehement miteinander diskutieren.

»Deine Scheißnudeln sind mir vollkommen wurscht. Friss Kartoffeln oder Nudeln oder Reis oder einen Sack Zement!«, blaffte sie ihren Verlobten an. »Ich pack's einfach nicht mehr, verstehst du? Mir reicht's! Bis hier!« Sie hob ihre flache Hand an ihre Stirn.

Leitner setzte sich und gab vor, sich mit seinem Handy zu beschäftigen.

»Jetzt warte halt wenigstens noch den Nachtisch ab«, sagte Bögl. »Wie schaut denn das aus, wenn die Juniorchefin einfach so abhaut!«

»Das ist mir vollkommen egal! Dafür bin ich schließlich die Juniorchefin!«

»Tu's nicht, bitte. Die zerreißen sich doch jetzt schon alle die Mäuler über uns!«

Bevor Henriette etwas erwidern konnte, mischte sich deren Mutter ein: »Vielleicht wäre es wirklich gescheiter, wenn du Henriette nach Hause bringst, Arno. Es hat ja doch keinen Sinn.«

Bögl rang nach Fassung. »Wenn du meinst«, sagte er schließlich. »Dann komm, Henriette.«

»Ich geh heim, wann's mir passt«, ätzte sie zurück.

Daraufhin lehnte sich ihr Vater über den Tisch zu ihr. »Henriette, du gehst augenblicklich mit Arno nach Hause. Und morgen sprechen wir uns noch, mein Fräulein, verstanden?«

Nach diesem Machtwort verstummte Henriette, und Bögl holte beide Mäntel. Schweigend verließ das junge Paar den Gastraum durch den hinteren Ausgang.

»Die glaubt wirklich, nur weil sie ein Kind bekommt, muss die ganze Welt nach ihrer Pfeife tanzen«, wandte sich der Chef empört an seine Frau.

»Jetzt lass es mal gut sein, Albert«, besänftigte ihn diese. »Stoß lieber mit deinen Angestellten an.«

»Hast recht. Und trotzdem waren wir früher nicht so g'spinnert.« Mit dieser These stand Albert Felgentreu auf und mischte sich unter sein Volk.

Als Agathe ihn unter dem Tisch antippte, verstand Leitner den Wink. »Ich denke, wir sollten dann auch besser gehen«, sagte er zu Regina.

»Kommt gar nicht in Frage!«, widersprach die und lachte herzlich. »Jetzt genießt erst mal noch die Nachspeise, und dann trinken wir noch einen Verdauungsschnaps. Wir lassen uns doch von so etwas nicht die Stimmung vermiesen.«

Agathe zuckte die Achseln. »Wegen mir gerne.«

»Schön!«, freute sich Regina, und Agathe hatte das Gefühl, dass sie erleichtert war, dass sie noch blieben.

Der Abend schritt weiter voran. Mehrmals machten Agathe und Leitner Anstalten, nach Hause zu gehen, und jedes Mal wurden sie von Regina davon abgehalten. Als sie nach mehrfachem Dank gegen Mitternacht endlich aufbrachen, hatten sie gehörig einen sitzen.

»Du musst mich festhalten, Gerhard! Der Boden wackelt so«, sagte Agathe, während sie sich vor Lachen bog. Sie hakte sich bei Leitner unter und torkelte mit ihm über den Marktplatz Richtung Neubäckergasse. Dort hielten sie kurz inne, weil man die Warnlichter von der Sperrung in der Friedrich-Ebert-Straße sehen konnte. Ohne ein Wort wechseln zu müssen, schwankten sie gemeinsam dorthin, wo ihr aktueller Auftrag begonnen hatte. An den rot-weißen Absperrplanken leuchteten gelbe Lichter in regelmäßigen Abständen auf. Einige Sekunden lang blickten Agathe und Leitner nachdenklich in die Grube, aus welcher vor vier Tagen die Leiche Spieglers geborgen worden war.

»Da unten möchte ich echt nicht begraben liegen.« Agathe drückte sich noch näher an Leitner.

»Aber das wirst du …«, flüsterte eine tiefe Stimme hinter ihnen.

Die Detektive drehten sich um und erlitten beinahe einen Herzinfarkt. Vor ihnen stand ein fast zwei Meter großer Teufel, der seine Arme in den Himmel streckte.

»Verdammte Scheiße, was …?«, rief Leitner und konnte den Blick nicht von der grotesken Fratze mit ihren gedrehten Hörnern nehmen.

Jäh wie ein Blitz fuhr die eine Hand des Teufels auf ihn herunter. Leitner spürte einen brennenden Schmerz in seiner Brust, dann wurde er über die Absperrung gekippt.

Agathe konnte nur reglos zusehen. Der Alkohol und der Schreck lähmten sie.

»Gerhard!«, schrie sie endlich, als Leitner schon wie ein nasser Sack auf dem Grubenboden aufschlug. Sie drehte sich zu ihrem Angreifer um und spürte dessen Hand in ihrem Gesicht. Sie hörte, wie etwas Hartes ihren Schädelknochen rammte. Rücklings sackte sie gegen die Absperrung.

Sie merkte, wie ihre Beine angehoben wurden, dann spürte sie den stumpfen Schmerz in ihrer Halswirbelsäule, als ihr Kopf mit der gefrorenen Erde kollidierte. Als sie ein Auge öffnete, sah sie in den von wenigen Straßenlaternen erleuchteten Nachthimmel. Schneeflocken fielen friedlich zur Erde, einige landeten auf ihrem Gesicht. Wie ein bedrohlicher Schatten schob sich die gehörnte Gestalt wieder in ihr Sichtfeld.

Sie hörte hysterisches Gelächter, das lauter wurde. Dann machte der Teufel eine schnelle Bewegung.

Agathe wollte sich zu Leitner umdrehen, aber es gelang ihr nicht mehr. »Gerhard …«, krächzte sie nur und schmeckte ihr eigenes Blut.

20

Der Mann im blauen Anzug rückte sich fachmännisch die Brille gerade, bevor er das große Pflaster auf Leitners Brust klebte.

»Sie haben Glück gehabt, Herr Leitner. Ihre dicke Jacke hat den größten Teil der Klinge abgefangen.«

Leitner lag in der Notaufnahme im Schwandorfer St.-Barbara-Krankenhaus. Der Effekt des Alkohols war nach dem Adrenalinschub während des Angriffs verpufft. Dafür spürte er langsam die Schmerzen seiner Verletzungen.

Die ersten Geräusche, die Leitner nach seinem Sturz vernommen hatte, waren das sonore Brummen eines Dieselmotors und die beruhigende Stimme eines Sanis gewesen. Als er die Augen öffnete, stellte er fest, dass er auf dem Rücken in einem Krankenwagen lag. Sofort erkundigte er sich nach Agathe, die, wie ihm der junge Mann versicherte, in einem zweiten Krankenwagen ebenfalls ärztlich versorgt wurde.

Im St. Barbara wurden die Detektive schließlich in zwei verschiedenen Behandlungsräumen verarztet. Die Stichwunde in Leitners Brust hatte man getackert, seine Schürfwunden desinfiziert.

»Langsam«, sagte der Arzt nun, als Leitner sich aufrecht hinsetzen wollte.

»Geht schon«, murmelte der.

»Eine Stichverletzung ist nicht zu unterschätzen.«

Ein kurzer Schwindel ließ Leitner die Augen schließen. Als er sie wieder öffnete, ging die Schiebetür des Behandlungsraumes auf, und eine Nachtschwester steckte den Kopf herein.

»Ist beim Herrn Leitner alles gut verlaufen?«, erkundigte sie sich.

»Ja, er hat es ganz gut weggesteckt«, erwiderte der Arzt. »Das Gefährliche bei Stichwunden ist ja, dass die Leute das

Messer oder den Schraubenzieher oder was auch immer aus Reflex wieder herausziehen. Dabei entstehen oft größere Schäden als durch den Stich selbst.«

Leitner vernahm Agathes vertraute Stimme: »Dann solltest du deinen nächsten Angreifer vielleicht bitten, das Messer stecken zu lassen.«

Leitner musste lachen. Sofort zuckte ein Schmerz durch seinen Brustkorb. »Au!«, entfuhr es ihm.

»Sie haben außerdem eine leichte Rippenprellung.« Der Arzt lächelte. »Die nächsten Tage nehmen Sie Ibuprofen.«

»Du siehst ja prima aus«, sagte Leitner, als er Agathe erblickte, die sich einen Eispack an die Wange hielt. Darunter zeichnete sich ein violettfarbener Bluterguss ab.

»Gott sei Dank ist nichts gebrochen«, meinte sie.

»Aber der blaue Fleck wird dir ein paar Tage erhalten bleiben, garantiert.«

»Wenn Sie sich das zutrauen, hätte die Polizei noch ein paar Fragen an Sie«, unterbrach sie die Schwester. »Die Beamten sind im Wartebereich.«

Leitner und Agathe sahen sich an und nickten unisono.

»Dann holen Sie die Herren doch herein«, forderte Leitner die Schwester auf, die daraufhin aus dem Behandlungszimmer verschwand.

»Und wenn wir das hinter uns haben, erledigen wir rasch noch den Papierkram, rufen uns ein Taxi und verschwinden von hier«, meinte Leitner.

»Das glaube ich nicht«, schaltete sich der Arzt wieder ein.

»Und wieso nicht?« Leitner blickte ihn erstaunt an.

»Sie haben eine Stichverletzung, und bei Frau Viersen steht noch nicht fest, ob sie eine Gehirnerschütterung erlitten hat.«

»Bestimmt nicht«, versicherte ihm Agathe. »Als Polizistin hatte ich so was schon häufiger, ich weiß, wie ich mich dann fühle.«

»Und meine Verletzung ist ja im Prinzip auch nur ein Kratzer, oder?«, fiel Leitner ein. »Sie erinnern sich, dass die dicke Winterjacke das meiste abgehalten hat?«

Der Mediziner schüttelte energisch den Kopf. »Ich kann es leider nicht verantworten, Sie gehen zu lassen.«

Agathe legte ihm eine Hand auf die Schulter. »Aber Sie haben doch bestimmt irgendwo einen Formularausdruck, den wir unterschreiben können, um zu versichern, dass wir uns auf eigene Verantwortung entlassen haben, oder?«

Der Arzt sah ungläubig von Agathe zu Leitner, als sich die Zimmertür öffnete und zwei Streifenbeamte eintraten.

»Frau Viersen, Herr Leitner«, nickte der eine Beamte ihnen zu, »wir brauchen nur kurz einige Angaben von Ihnen, dann lassen wir Sie auch schon wieder in Ruhe.«

Als der Arzt sich entfernt hatte, lieferten Agathe und Leitner den beiden Polizisten eine Beschreibung dessen, was sich knapp zwei Stunden zuvor an der Baustelle in der Innenstadt zugetragen hatte. Einer schrieb ihre Aussage mit.

»Haben Sie einen Verdacht, wer in dem Teufelskostüm gesteckt haben könnte?«, fragte der andere zum Schluss.

Leitner setzte schon zu einer Antwort an, aber Agathe war schneller: »Nein.«

Der Beamte schien nachzudenken.

»Wer hat uns eigentlich gerettet?«, nutzte Agathe die Pause für eine Frage. »Ich glaube, ich habe kurz das Bewusstsein verloren, aber irgendwie kann ich mich noch an Gelächter erinnern.«

»Gäste, die von der Weinstube auf dem Nachhauseweg waren, haben Sie und Herrn Leitner bewusstlos in der Baugrube gefunden und den Angreifer verjagt. Sie waren etwas angeheitert.«

»Ach so«, meinte Agathe nachdenklich. »Dann hat uns gar nicht der Teufel ausgelacht?«

»Nein«, gab der Polizist zurück. »Wer weiß, was der noch mit Ihnen gemacht hätte, wäre er nicht von Ihren Rettern gestört worden.«

Agathe und Leitner dachten einen Moment lang still nach und atmeten dann erleichtert darüber auf, dass sich die Dinge gottlob anders entwickelt hatten.

»Sie sagten, der Angreifer habe kurz mit Ihnen gesprochen. Konnten Sie die Stimme erkennen?«, fragte der Beamte.

»Das war eher ein gehässiges Flüstern«, sagte Leitner vorsichtig. »Aber das gehörte meinem Gefühl nach ganz bestimmt zu einem Mann.«

»Und können Sie uns kurz das Kostüm und die Maske beschreiben?«

Die Versicherungsdetektive taten genau das, erledigten, nachdem sich die Polizisten verabschiedet hatten, noch den ärztlichen Papierkram und saßen wenige Minuten später tatsächlich im bestellten Taxi.

»Warum hast du vorhin eigentlich gelogen?«, wollte Leitner wissen. »Ich meine, als der Cop gefragt hat, ob wir einen Verdacht hätten.«

Agathe nahm die Kühlkompresse vom Gesicht und sah ihn an. »Weil wir nicht *einen* Verdacht haben, sondern drei.«

Leitner sortierte seine Gedanken und nickte dann.

»Richtig, es sind drei Personen, die als Teufel in Frage kommen.«

»Siehst du. Und jetzt werden wir den Herren mal ein bisschen auf den Zahn fühlen, bevor das meine geschätzten Ex-Kollegen machen können.« Agathes Augen funkelten dunkel. »Und wenn wir rausgefunden haben, wer es heute auf uns abgesehen hatte, wäre es doch direkt unhöflich, diese offene Rechnung nicht mit ihm persönlich zu begleichen.«

21

Am nächsten Morgen stand Agathe während des gemeinsamen Frühstücks auf, verrückte dabei den Tisch ein Stück und traf Leitner mit der Kante an der Seite.

»Verflucht noch eins, tut das weh!«

»Entschuldige, war keine Absicht«, sagte sie. »Aber hab dich mal nicht so. Du bist schließlich nicht vom Panzer überrollt worden, sondern nur ein, zwei Meter die Erde hinabgerutscht.«

»Hör bloß auf! Und von der Messerverletzung sagst du nichts? Außerdem verursacht eine Rippenprellung mehr Schmerzen als ein Rippenbruch.«

»Woher hast du das denn?«, fragte Agathe und betätigte zum zweiten Mal an diesem Sonntagmorgen den Startknopf ihres Kaffeevollautomaten. »Hattest du schon mal eine gebrochene Rippe?«

Leitner sah Agathe ertappt an. »Nein, das nicht … Aber das weiß man doch. Hört man überall.«

»Oh, ich verstehe. Das hast du bestimmt von Dr. Google.«

»Und wenn schon. Ich glaube halt, dass man sich genau darüber informieren sollte, was einem fehlt«, brummte Leitner und schmierte sich vor lauter Schmollen einen wesentlich größeren Klecks Nutella auf seinen Toast als geplant.

Agathe entnahm der Maschine ihre Tasse und goss Milch in den Kaffee. »Wenn's dir ein Trost ist: Meine linke Wange pocht auch noch wie Sau.« Sie kicherte. »Ein Grund mehr dafür, dass wir uns schleunigst um unsere Pappenheimer kümmern sollten.«

»Also, ich rufe nachher sowieso mal die Beate an«, sagte Leitner schmatzend und mit Nutella in den Mundwinkeln.

»Na, guck! So schlimm kann's mit den Schmerzen also nicht sein«, frotzelte Agathe.

»Ich melde mich ja nicht *deswegen* bei ihr.« Er starrte sie böse an. »Ich will nur wissen, ob sie zufällig weiß, wem diese

Teufelsmaske von gestern Abend gehört. Markant genug war sie ja, mit den dunklen Augen und diesem merkwürdigen roten Dreieck auf der Stirn.«

»Das ist tatsächlich ein guter Grund, um sie anzurufen. Das solltest du auf jeden Fall tun«, antwortete Agathe übertrieben verständnisvoll.

Leitner beschloss, nicht weiter darauf einzugehen. »Dann sag mir einfach, wie wir vorgehen sollen«, sagte er stattdessen.

»Am besten teilen wir uns auf. Ich nehme mir noch mal diesen Widerling von Kim Wind vor.«

»Schaffst du das auch allein?«

»Ich bitte dich. So einen Hänfling wie den habe ich zu meiner Zeit als Polizeibeamtin zum Frühstück verputzt.«

Leitner schob sich nachdenklich das letzte Stück Nutellatoast in den Mund. »Gut. Dann bleibt es dabei, und ich mache mich jetzt auf den Weg nach Schwarzenfeld.«

»Beate am Morgen vertreibt Kummer und Sorgen, oder wie? Ich dachte, du wolltest sie erst mal anrufen?«

»Dabei bleibt es auch. Jetzt fahre ich erst mal zu Manfred Höcherl. Immerhin hat der mich gestern Morgen auf offener Straße vor unserem Haus mit einem Messer bedroht.«

Nachdem sie einen Schluck Kaffee geschlürft hatte, sagte Agathe: »Und wo willst du den finden? In der Frühstückspension seiner Eltern?«

Leitner schüttelte den Kopf. »Heute ist Sonntag. Beate hat mir erzählt, dass die Höcherls sehr gläubig sind. Also wird die Familie wohl gemeinsam in der Marienkirche sitzen. Ich warte einfach, bis der Gottesdienst vorbei ist, und dann trete ich dem Manfred Höcherl auf die Zehen.«

Während sich Leitner seinen nussnougatcremeverschmierten Daumen und den Zeigefinger an der Hose abwischte, trank Agathe ihren Kaffee aus. »Klingt nach einem Plan«, sagte sie schließlich. »Dann schauen wir fürs Erste, was wir von Manfred Höcherl und Wind erfahren, und danach kommt Jochen Menner dran.«

Leitner wählte die Route über das ehemalige Jugendzentrum in Krondorf Richtung Deiselkühn. Auf Höhe Irlaching schimpfte er mit sich selbst, weil er diese Wahl getroffen hatte. Die Straße verlief an vielen Stellen nur wenige Meter neben der Naab und war zum Teil spiegelglatt, die größeren Verbindungsstraßen wären mit Sicherheit bereits gestreut gewesen. Es dauerte also länger als üblich, bis Leitner seinen Mazda schließlich an der Tankstelle im Ortskern von Schwarzenfeld vorbei über die Kreuzung und danach nach links steuern konnte, wo das Rathaus, der Friedhof und die katholische und die evangelische Kirche lagen. Die Uhr am Turm der Marienkirche zeigte kurz nach neun, Leitner schätzte, dass der Gottesdienst bald vorbei sein musste.

Tatsächlich erklangen bald darauf die Glocken, und das Kirchenportal öffnete sich. Von den Gläubigen, die das Gotteshaus verließen, war der überwiegende Teil gesetzteren Alters. Es dauerte nicht lange, bis Leitner Manfred Höcherl entdeckt hatte. Der junge Mann unterhielt sich auf dem Marienplatz mit anderen Kirchgängern. Dann sah Leitner auch Anna Höcherl, die mit einem älteren Paar zu Fuß Richtung Schule ging. Wahrscheinlich waren das ihre Eltern. Es wunderte Leitner nicht, dass der Sohn sich der Familie nicht anschloss. Wenn er sich an seine eigene Jugendzeit erinnerte und sich die Dinge nicht maßgeblich geändert hatten, fuhr Manfred Höcherl wahrscheinlich jede noch so kleine Strecke mit seinem Auto.

Allmählich leerte sich der Marienplatz. Leitner vermutete, dass der größere Teil der Leute nach Hause ging, um dort zu Mittag zu kochen. Ein kleinerer Teil würde sich jedoch bestimmt zu einem der früher obligatorischen Sonntagsstammtische begeben, die es zu Leitners Bedauern immer seltener gab. Als sich auch die Gruppe um Manfred Höcherl auflöste, lief dieser zu den Parkplätzen an der Viktor-Koch-Straße. Leitner, der sich freute, recht behalten zu haben, folgte ihm. Der junge Mann zückte seinen Autoschlüssel und ging zu einem silbernen 3er-BMW. Er wollte gerade die Fahrertür öffnen, da flüsterte Leitner hinter ihm: »Na, noch müde von heute Nacht?«

Höcherl drehte sich um und schnappte verwirrt nach Luft.

»Überrascht?« Leitner lächelte. »Nun, was du kannst, kann ich schon längst.«

Höcherl wollte seine Hand heben, doch Leitner packte sein Handgelenk und drehte ihm den Arm auf den Rücken. Vor Schmerz schrie Höcherl auf, verstummte jedoch, als Leitner mit der anderen Hand seinen Kopf gegen das Autodach drückte.

»So, jetzt können wir uns viel besser unterhalten.«

»Lass mich los!«

»Ich denke gar nicht daran. Hast du dein Messer dabei? Das wäre ausgesprochen praktisch, dann könnten wir der Polizei nämlich nachher gleich die Tatwaffe übergeben.«

Mit der Kraft eines jungen Stieres versuchte Höcherl, sich zu befreien. In der Physik errechnet sich das Drehmoment aus der eingesetzten Kraft mal dem Abstand der Wirklinie zur Drehachse. In diesem Moment war die Drehachse zu Höcherls Leidwesen sein Schultergelenk, das nun aus der Gelenkpfanne zu springen drohte.

»Vergiss es, Bürschlein«, zischte Leitner. »Du kommst mir nicht aus, sondern wanderst in den Knast.«

»Was meinst du mit Knast?«, schrie Höcherl.

»Gefängnis, du Depp. Mord und versuchter Mord sollten für ›lebenslänglich‹ reichen.«

»Du … du bist ja verrückt!«

Plötzlich traf Leitner eine Handtasche an der rechten Seite. Schmerz flammte wie ein Höllenfeuer auf, doch er ließ nicht von Höcherl ab. Durch fest zusammengebissene Zähne sog er Luft ein und wandte sich um.

Hinter ihm stand Anna Höcherl, vor Erregung zitternd, mit Tränen in den Augen. Offenbar wusste sie nicht, ob sie Leitner einen weiteren Hieb versetzen sollte.

»Lass ihn bitte los«, schluchzte sie leise.

»Aber du benimmst dich, wenn ich dich jetzt loslasse, verstanden?«, flüsterte Leitner ihrem Bruder zu.

Höcherl gab keine Antwort.

Leitner verstärkte den Druck auf seinen Arm. »Hast du mich verstanden, junger Mann?«

»Ja … ja, verdammt!«

Vorsichtig lockerte Leitner seinen Griff, sodass Höcherl sich nun umdrehen konnte. Er rieb sich die Schulter, öffnete die Wagentür und ließ sich auf den Fahrersitz fallen. Leitner stand daneben.

Anna ging zu ihrem Bruder und tastete vorsichtig seine Schulter ab, bevor sie Leitner einen wütenden Blick zuwarf. »Das ist Körperverletzung. Wir werden dich anzeigen.«

»Könnt ihr gern machen.« Leitner gab sich cool. »Bei der Gelegenheit solltet ihr der Polizei aber auch erzählen, dass dein Herr Bruder einen Menschen getötet hat.«

Annas Kinnlade fiel nach unten. »Bitte was?«

»Und dass er es bei zwei weiteren Menschen versucht hat. Nämlich bei mir und meiner Kollegin gestern Nacht.«

Anna sah ihren Bruder an, der ins Nichts starrte. »Was meint der, Manfred? Sag mir sofort, was du getan hast!«

»Genau, Manfred.« Auch Leitner fixierte den jungen Mann jetzt. »Sag deiner Schwester, dass du den heldenhaften Ritter gespielt hast, der für sie den bösen Drachen erlegt hat.«

Doch Höcherl war unfähig, eine Antwort zu geben. Er hob noch nicht einmal seinen Kopf.

Leitner sah zu Anna. »Angefangen hat alles damit, dass du dich mit Harry Spiegler eingelassen hast«, begann er zu erzählen. »Wie der dein Leben versaut hat, weiß ich von einer Freundin. Dein Bruder hat wohl mitgekriegt, dass Spiegler dich benutzt und ausgenutzt hat.«

»Der hat meine Schwester behandelt wie den letzten Dreck!«

Leitner und Anna sahen zu Höcherl, der immer noch zusammengekauert auf dem Fahrersitz hockte, mit breiten Beinen, die Hände dazwischen gefaltet. Mit leiser Stimme fuhr er fort: »Benutzt und ausgenutzt … Ja, das trifft es gut. Wann immer er in Schwierigkeiten war, ist er angekrochen gekommen. Immer wieder hab ich zur Anna gesagt: ›Lass dieses Tier nicht wieder zu dir rein, der soll sich zum Teufel scheren!‹«

»Aber das hat sie nicht geschafft, oder?«, fragte Leitner.

Höcherl schüttelte kaum merklich den Kopf. »Daran war nicht zu denken. Ich habe sie oft gehört, weil unsere Schlafzimmer nebeneinanderliegen. Wie sie geheult hat und wie er sich darüber lustig gemacht hat. Wenn es ihr nicht gut ging, ist er besonders hart mit ihr umgegangen.«

»Im Bett?«

»Nein, im Fußballstadion! Natürlich im Bett!«, fuhr Höcherl Leitner an. »Aber die Anna hat ihm aus der Hand gefressen, deswegen konnte dieser Scheißkerl sie immer weiter in die Abhängigkeit treiben und sie erniedrigen.«

Leitner blickte zu Höcherls Schwester, die vor sich hin starrte. »Du hast den Entschluss gefasst, deine Schwester von diesem Typ zu befreien, stimmt's?«, fragte er schließlich.

»Ich konnte es einfach nicht mehr mit ansehen. Auch unsere Eltern haben unter der Beziehung gelitten. Sie standen kurz davor, ihre eigene Tochter aus dem Haus zu werfen. Sogar die Kollegen im Kindergarten und die Eltern der Kinder haben sich über sie das Maul zerrissen. Der Spiegler hat einfach nicht in unser Leben gepasst.«

Leitner nickte. »Und deshalb hast du dich entschieden, dem Ganzen ein Ende zu machen?«

Höcherl nickte stumm.

»Es gab einen Zwischenfall auf dem Parkplatz vom Musikpark in Wackersdorf, nicht wahr? Du bist mit Spiegler aneinandergeraten.«

»Woher weißt du das?«, fragte Höcherl überrascht.

»Ich sagte doch schon, dass ich mit einer Freundin von euch gesprochen habe.« Leitner hatte nicht vor, Beates Namen zu nennen. Stattdessen hakte er nach: »Damals wolltest du Spiegler dazu bringen, deine Schwester in Ruhe zu lassen. Aber das hat nicht so geklappt, wie du es dir vorgestellt hattest, oder?«

Aus Höcherls Augen schossen Tränen des Zorns.

»Was ist passiert, Manfred?«, fragte Anna Höcherl tonlos.

Da ihr Bruder um Fassung rang, erzählte Leitner: »Manfred hat ihm die ganzen Misshandlungen an dir an den Kopf geworfen und ihn gewarnt, dass er dich in Ruhe lassen soll.«

»Nein, Manfred …«

»Wenn es stimmt, was ich gehört habe, hat Spiegler deinem Bruder einen ordentlichen Leberhaken versetzt.«

Höcherl fand seine Stimme wieder. »Er hat mir in die Leber geschlagen und mir, als ich schon am Boden lag, noch zweimal in den Bauch getreten.«

Seine Schwester schluchzte auf.

»Dann hat er mich an den Schultern hinter die Disko geschleift, meinen Gürtel und den Reißverschluss geöffnet und mir die Hose runtergezogen. Er hat mich ausgelacht, seine eigene Hose aufgemacht und … sich erleichtert … auf mir …«

Anna würgte.

Leitner hockte sich vor den jungen Mann hin und blickte ihm in die Augen. »Und in diesem Moment hast du beschlossen, ihn zu töten. Aus Rache für diese Demütigung und dafür, was er deiner Schwester angetan hat. Und weil ich und meine Kollegin Agathe in diesem Fall ermitteln, hast du uns gestern Nacht aufgelauert und versucht, uns zu töten. Damit nichts davon, was du getan hast, ans Tageslicht kommt.«

Auch Anna kniete sich neben Leitner hin. »Sag, dass das nicht stimmt, Manfred«, flehte sie. »Sag, dass das nicht wahr ist!«

Leitner erhob sich wieder und griff zum Handy.

»Warte«, sagte Höcherl.

Leitner hielt inne.

»Es stimmt, dass ich nach der Abreibung am Musikpark stinksauer auf Spiegler war.« Der junge Mann streckte den Rücken durch. »Und ja, ein paar Tage lang habe ich mit dem Gedanken gespielt, ihn ein für alle Mal aus dem Weg zu räumen. Aber ich habe es nicht getan.«

Leitner ließ das Handy sinken.

»Ich habe alle möglichen Rachepläne geschmiedet«, fuhr Höcherl fort, »habe mir ausgemalt, wie ich ihn vor allen Leuten lächerlich mache. Ein paar Tage nach diesem Abend habe ich mir auch das Messer gekauft.«

»Das du mir gestern Nacht in die Brust gerammt hast«, sagte Leitner forsch.

Jetzt stand auch Anna wieder auf. »Aber mein Bruder war gestern Abend zu Hause.«

»Die Schwester als Alibi?« Leitner kniff die Augen zusammen. »Dünnes Eis, ganz dünnes Eis.«

»Und wenn wir noch zwanzig weitere Zeugen haben?«

Leitner straffte den Rücken. »Wieso so viele?«

»Weil unsere Mutter heute Geburtstag hat. Wir haben gestern zusammen mit Freunden und der Familie reingefeiert. Und der Manfred war die ganze Zeit dabei. Jeder wird das bestätigen.«

»Außerdem«, fügte Höcherl hinzu, »hatte ich keinen Grund mehr, Spiegler zu töten.«

»Aber gerade hast du doch selbst gesagt –«, wandte Leitner ein, aber Manfred Höcherl unterbrach ihn.

»Ich weiß, was ich gesagt habe. Aber ich musste Harry Spiegler nicht mehr beseitigen.«

»Und warum nicht?«

»Weil er das Land verlassen wollte. Das Arschloch wollte seine Zelte hier in der Oberpfalz abbrechen und für immer abhauen. Stimmt doch, Anna, oder?«

Sie nickte.

Leitner fuhr sich durchs Haar, dann atmete er tief ein und aus. »Und wo wollte er hin?«, fragte er schließlich.

»Nach Österreich«, sagte Anna. »Ins Zillertal.«

»Aber … warum?«

»Er hatte dort einen neuen Job gefunden.«

Leitner schüttelte ein paarmal energisch den Kopf. »Aber er hatte doch hier einen guten Arbeitgeber, oder etwa nicht?«

»Das wissen wir nicht.« Höcherl stieg aus dem Wagen und legte einen Arm um seine Schwester. »Und es ist uns auch egal.

Wir wollen nur in Ruhe gelassen werden. Spiegler ist weg, und das ist das Einzige, was zählt. Ich habe ihn gehasst, aber ich habe weder ihm noch dir oder deiner Kollegin etwas angetan. Dass ich euch gestern früh vor eurem Haus aufgelauert habe, damit ihr Anna in Ruhe lasst, war ziemlich blöd von mir.«

Leitner betrachtete unentschlossen die beiden jungen Leute.

Während Höcherl die Beifahrertür für Anna öffnete, sagte er zu Leitner: »Wenn du mich deswegen anzeigen willst, tu das.« Damit stieg er in den BMW und ließ ihn langsam vom Parkplatz rollen.

Leitner blickte dem Wagen hinterher, dann ging auch er zu seinem Auto. Als er wieder Richtung Schwandorf fuhr, hoffte er, dass Agathe bei ihrer Befragung mehr Glück gehabt hatte.

22

Bei Tageslicht wirkte die Halle, in der Agathe dem von Kim Wind organisierten Casting beigewohnt hatte, nicht im Mindesten cool. Sie sah aus wie das, was sie war: eine stillgelegte ehemalige Druckerei, die an allen Ecken und Enden bröckelte.

Agathe trat durch die unverschlossene Brandschutztür und suchte im Inneren den Weg zum Wohnbereich, auch wenn sie für diesen Teil der Halle kaum das Wort »wohnen« benutzt hätte. Sie kam an der Tür vorbei, hinter der das ihr bekannte Büro lag, und hörte lautes Schnarchen. Als sie die Tür öffnete, lag Wind auf dem Rücken auf der ausgeklappten Couch zwischen speckig aussehenden Bettdecken und sägte sich durch einen ganzen Wald. An ihn kuschelte sich eine junge Blondine, die ebenfalls schlief.

Agathe sah sich auf dem Schreibtisch um, schmunzelte und nahm schließlich das Funktelefon in die Hand.

Kim Wind schlug die Augen auf, als ihn das Telefon in der Leibesmitte traf. »Au! Was zum Henker …«

Auch das Blondchen schielte sie aus verschlafenen Augen an.

»Was willst du denn schon wieder hier, du blöde Kuh?«, schrie Wind, als er Agathe erblickte.

»Nur mal sehen, ob du dich noch an mich erinnerst.«

»Ich dreh dir gleich den Hals um, du …«

»Wer ist denn das?«, fragte die Bettgespielin.

»Nur eine alte Bekannte«, erwiderte Agathe an Winds statt. Als der und die Blondine sich aufrichteten, entblößte die Decke ihre Oberkörper, und Agathe hatte freie Sicht auf die wenig reizvolle blasse Hühnerbrust von Kim Wind sowie die kleinen, festen Brüste seines Betthäschens.

»Ganz hübsch, du hast Geschmack«, sagte Agathe zu Wind und wandte sich dann an Blondchen. »Du leider nicht.«

»Ich versteh gar nichts«, sagte die junge Frau, erhob sich

von der Couch und schlurfte vollkommen nackt an Agathe vorbei zur Toilette.

Agathe sah ihr hinterher, dann konzentrierte sie sich wieder auf den Grund ihres Besuchs. »Also, wo waren wir stehen geblieben?«

»Ich will wissen, warum du schon wieder hier bist«, fauchte Wind gereizt.

»Du meinst, warum ich nicht im Krankenhaus bin? Das kann ich dir gern sagen.« Sie lächelte ihn an. »Weil es schon ein bisschen mehr als eine Backpfeife braucht, um mich auszuschalten.«

Wind griff nach einer Zigarette und zündete sie an. »Was hast du eigentlich für ein Problem?«

Agathe ging vor der Couch auf und ab. Wie beiläufig nahm sie den Locher zur Hand. Mehrmals warf sie ihn ein paar Zentimeter in die Luft und fing ihn wieder auf. Wind zog instinktiv die Beine näher an den Körper.

»Mein Problem ist, dass ich und mein Kollege gestern Nacht auf dem Nachhauseweg angegriffen wurden. Von jemandem in einem Teufelskostüm.« Sie blieb stehen und fixierte den dürren Wind. »Wo warst du gestern Abend?«

Wind musste lachen, wobei er Rauch verschluckte. Er bekam einen Hustenanfall, der erst nach einigen Minuten wieder vorbei war. »Du wirfst mir allen Ernstes vor, dich als Teufel verkleidet angegriffen zu haben? Oh Mann, du bist echt alles andere als ein Profi.«

Agathe nahm den Locher und knallte ihn lautstark auf die Tischplatte. »Ich finde das überhaupt nicht zum Lachen. Du hast nämlich vollkommen recht. Ich sehe genau dich, wie du unter deinem Schuldenberg erstickst. Ich sehe genau dich, wie du um Gnade winselnd vor Spiegler sitzt und ihn um Geduld bittest, bis du das unterschlagene Geld zurückzahlen kannst. Genau dich sehe ich, der Harry Spiegler tötet und dort verscharrt, wo er hoffentlich über Jahrzehnte hinweg nicht gefunden wird. Und als ich dich am Freitag wegen deiner eigentlichen Geschäfte und wegen der Unterschlagung von

Spieglers Geld unter Druck gesetzt habe, habe ich genau dich gesehen, der den Plan schmiedet, mich als Belastungszeugin ebenfalls verschwinden zu lassen!«

Wind war zu keiner Antwort imstande.

Blondchen kam von der Toilette zurück, kümmerte sich kein Stück um Agathe und kroch schlotternd wieder unter die Decke.

Agathe fuhr fort: »Wenn ich alles, was ich über dich weiß, der Polizei erzähle, werden die Beamten deine Geschäftspraktiken und deine Finanzen durchleuchten und bestimmt auch auf deine Vorstrafen stoßen. Du hast doch welche, oder?«

Blondi zündete sich ebenfalls eine Zigarette an und machte nicht den Eindruck, als würde sie dem Gesagten Beachtung schenken.

»Willst du mich fertigmachen, du kleines Stück Scheiße?«, fragte Wind bedrohlich.

»Jedenfalls lasse ich mich nicht verprügeln und in eine Baugrube schubsen, ohne mich zu wehren.«

»Ich habe es schon bemerkt, deine Visage. Steht dir sehr gut, ein bisschen Farbe. Wer auch immer dir dieses Ding verpasst hat, kriegt von mir zwei grüne Scheine zur Belohnung. Hätte er deinen Schädel zertrümmert, würde ich auch das Doppelte bezahlen.« Wind schnippte die halb gerauchte Zigarette neben Agathes Füße. »Aber den Mord an Harry hängst du mir nicht an. Ich kann beweisen, dass ich ihm die fünfzehntausend Euro jederzeit hätte zurückzahlen können. Damit habe ich kein glaubhaftes Motiv, ihn aus dem Weg zu räumen. Und um dich mundtot zu machen, hätte ich mich doch nie und nimmer verkleidet. No way, Baby.«

Agathe verschränkte abwartend die Arme.

»Du willst also wissen, wo ich letzte Nacht war?«, fuhr er fort. »Ich sag es dir. Genau hier. Auf dieser Couch. Du kannst Cindy fragen. Wir haben die halbe Nacht gevögelt.«

Als ob es das Normalste auf der Welt wäre, nickte Cindy. »Allerdings. War ganz schön drauf, der Kim gestern.«

»Und jetzt verpiss dich einfach, okay?«, blaffte Wind. »Das hier ist nicht die richtige Baustelle.«

Da sie merkte, dass sie hier nichts mehr erreichen würde, kehrte Agathe dem Paar den Rücken zu. Schon an der Ausgangstür sagte sie noch zu Cindy: »Es freut mich übrigens, dass der Locher bei Kim keine bleibenden Schäden hinterlassen hat. Scheint ja noch alles zu funktionieren, sogar eine ganze Nacht hindurch.«

Verständnislos blickte Cindy erst zu dem Büroutensil auf dem Klapptisch, dann wieder zu Agathe. »Wieso? Was hat denn der Locher mit Kim gemacht?«

»Nichts, was du anscheinend mit ein paar geübten Handgriffen nicht wieder … geraderücken konntest, Schätzchen.«

23

Während der Fahrt telefonierte Leitner rechtswidrig mit dem Handy am Ohr mit Beate und kündigte sich an. Kaum zwei Minuten später stand er in ihrer Wohnung in der Unteren Ringstraße und nahm sich nochmals ihre Teufelskostüme vor.

»Was kostet so was eigentlich?«, wollte er wissen. »Ich meine, das gesamte Outfit?«

Beate ging zu den Masken auf dem Regal und wischte mit dem Zeigefinger den Staub aus den geschnitzten Augenhöhlen. »Kommt auf die Accessoires an. Mit vernünftigen Fellen, den Balken –«

»Was für Balken?«

Beate lächelte. »So heißen die Glocken, die wir tragen. Jedenfalls kann man dafür schon locker einen Tausender hinblättern.«

Leitner verzog beeindruckt die Mundwinkel. »Eine Stange Geld.« Er hob eine der Masken an ihren Hörnern hoch. »Und was blecht man für so ein Trumm?«

»Bei den Larven gibt's nach oben hin keine Grenze. Und Larve ist der Ausdruck –«

»Für Maske oder Gesicht«, fiel Leitner ihr ins Wort. »Das weiß ich noch von meiner Oma. Also, was kostet so eine Larve zum Beispiel?«

Beate strich behutsam über die Hörner und berührte dabei seine Hand. »Kannst du dir ausrechnen. Das sind alles Einzelstücke. Die werden von Hand gefertigt, da sitzt so einer wie der Timm ewig dran.«

»Der Timm?«

»Timm Buckley. Der wohnt in Neunburg vorm Wald und hat dort auch seine Werkstatt. Er ist von Beruf Schreiner und hat sich über die Jahre auf die Anfertigung von Larven spezialisiert. Er kennt sich bestens aus in unserer Oberpfälzer Szene.«

Nachdenklich legte Leitner den Holzkopf wieder auf das

Regal zurück. »Wäre bestimmt interessant, sich mal mit dem zu unterhalten. Klingt englisch.«

»Ich glaube, er ist kanadischer Abstammung. Aber den Wunsch kann ich dir erfüllen«, sagte Beate und griff zu ihrem Handy. »Timm?«, sagte sie kurz darauf. »Beate hier. Sag mal, bist du heute zu Hause?«

Leitner beobachtete, wie sie fortlaufend nickte und zustimmende Laute von sich gab.

»Verstehe, dann komme ich so in anderthalb Stunden mit einem Freund auf einen Sprung bei dir vorbei.«

»Aber es ist Sonntag«, meinte Leitner, als Beate das Gespräch beendet hatte. »Ich möchte ihn nicht um sein verdientes Wochenende bringen.«

»Da kennst du den Timm aber schlecht«, winkte Beate ab. »Wir sitzen oft mit Mitgliedern verschiedener Teufelsgruppen samstags oder sonntags bei ihm. Manchmal kommt einer seiner Kumpel vorbei, der dann Musik für uns macht.«

»Nun, das klingt ja wirklich nett. – Aua!«, entfuhr es Leitner plötzlich, als er sich auf die Couch setzte.

Beate sah ihn besorgt an. »Was ist denn mit dir los?«, fragte sie.

Leitner erzählte ihr, was sich in der Nacht zuvor zugetragen hatte.

Als er fertig war, schüttelte sie fassungslos den Kopf. »Wer macht denn so was?«

»Genau das werden wir herausfinden. Der kriegt sein Fett weg, das verspreche ich dir. Wo warst du eigentlich letzte Nacht zwischen elf und Mitternacht?«, fragte er sie, als sie sich neben ihn auf das Sofa setzte und ihm sanft eine Haarsträhne aus der Stirn strich.

»Soll ich meinen Anwalt anrufen, Herr Kommissar?«, ging sie auf das Spiel ein.

»Raus mit der Sprache. Wo warst du?«, gab Leitner den strengen Beamten.

»In meinem Bett.«

»Kann das jemand bezeugen?«

Beate lächelte. »Leider nicht.«

Er sah auf die Wanduhr. »Wir müssen erst in einer guten Stunde bei diesem Timm sein, stimmt's?«

»Allerdings«, hauchte Beate und gab Leitner einen gefühlvollen Kuss.

Als dieser seinen Arm um sie legen wollte, fühlte er den stechenden Schmerz in seinem Brustkorb und ließ den Arm wieder sinken. »Verflucht noch mal!«

»Normalerweise hätte ich dir vorgeschlagen, dich auf den Rücken zu legen, damit ich mir deine Verletzung genauer ansehen kann.«

»Was wahrscheinlich eine ziemlich schmerzhafte Angelegenheit für mich wäre«, sagte Leitner.

Verführerisch sah Beate ihn an. »Fällt dir eine … schmerzlosere Alternative ein?«

»Allerdings«, flüsterte Leitner.

Siebzig Minuten später bogen Leitner und Beate von der St 2151 im Gewerbegebiet in den Ortskern von Neunburg vorm Wald ab und fuhren schneller als erlaubt den Berg hinunter. Beate dirigierte Leitner zu einem erst vor wenigen Jahren entstandenen Wohngebiet und dort zu Timm Buckleys Haus. Leitner stellte den Mazda ab und ging mit Beate am Zwinger eines bellenden Hundes vorbei in eine Werkstatt, die offenbar auch als Wohnbereich genutzt wurde.

»Timm?«, rief Beate in den Hausflur und deutete Leitner an, ihr zu folgen.

Bereits die Wände im Gang waren mit Angst einflößenden Masken vollgehängt.

Eine Tür öffnete sich, und ein Mann Ende zwanzig trat heraus.

»Beate, habe die Ehre!«, begrüßte er sie, und sie umarmten sich.

»Das hier ist Gerhard, ein Freund von mir«, stellte Beate Leitner vor.

Als sich die Männer die Hand gaben, fiel Leitners Blick

auf Dutzende Tierhörner, die an Haken an der Wand befestigt waren. Zu seiner Linken sah er in einem offen stehenden Schrank gut hundert Paar Augen aus Glas und Kunststoff, die tot ins Leere blickten. Er schluckte kurz, dann sagte Buckley: »Kommts rein. Du weißt ja, wohin, Beate.«

Sie führte Leitner an einer Werkbank vorbei. Leitner fand sich zu seiner Überraschung gleich neben der Werkstatt in einem lauschigen Zirbelstübchen wieder. Es roch angenehm heimelig nach frisch bearbeitetem Holz.

»Darf's auch eins sein?« Buckley hob zwei Steinkrüge in die Höhe. »Frisch angezapft«, sagte er auf Leitners fragenden Blick hin und trat zu einem Zapfhahn, den Leitner erst jetzt bemerkte, weil er an einem Baumstamm in der Stube angebracht war.

»Dazu sage ich nicht Nein«, antwortete Leitner, und auch Beate entschied sich für einen nachmittäglichen Sonntagsdämmerschoppen.

Während Buckley die Biere zapfte, bemerkte Leitner weitere Details der Werkstatt. Von der Decke hingen etwa zehn Masken, die finster auf die Gäste hinabblickten. Einige der Hörner waren eher gebogen, andere gedreht wie Spiralen, manche waren dick, wieder andere dünn.

»Woher stammen die Einzelteile dieser Masken? Die Haare zum Beispiel?«, wollte Leitner wissen, als Buckley drei Krüge mit schäumendem Bier auf den Tisch stellte.

»Langsam, der Herr. Erst mal genehmigen wir uns einen Schluck.« Der Schreiner ging mit gutem Beispiel voran und nahm einen tiefen Zug. »Ah …«, machte er genüsslich, dann wischte er sich mit dem Handrücken den Schaum aus seinem Vollbart. »Die einzelnen Elemente stammen aus ganz verschiedenen Gegenden. Haare kriegen wir zum Beispiel von einheimischen Pferden. Die Augen bestellen wir im Internet. Also, was willst du noch wissen?«

»Ich habe gerade die Details der Masken bewundert«, begann Leitner. »Wie lange sitzt du an einer, bis sie fertig ist, Timm?«

»Mei, schon mal dreißig oder vierzig Stunden. Je nachdem, was der Kunde wünscht.«

»Wahnsinn.« Leitner erhob sich und klopfte sanft gegen eine der Larven. »Und was für Holz benutzt du dafür?«

Buckley deutete zu einem Baumstück auf dem Boden. »Der überwiegende Teil ist aus Zirbenholz.«

»Habe ich noch nie gehört«, meinte Beate.

»Kommt ja auch aus Österreich«, erklärte Buckley grinsend. »Außerdem verwende ich Weymouth-Kiefer. Die stammt ursprünglich aus Kanada und Nordamerika.«

Beeindruckt inspizierte Leitner die Einzelheiten der Masken. »Die hier ist aber besonders schrecklich.« Mit dem Finger zeigte er auf eine Fratze mit weit aufgerissenem Mund und großen Zähnen.

»Stimmt«, lächelte Buckley. »Normalerweise tragen wir nicht so entstellte Masken. Es kommen ja auch viele Kinder zu unseren Auftritten, die wir nicht zu Tode erschrecken wollen.«

»Außer der Spiegler Harry«, warf Beate ein.

»Gut, der Spiegler hat's ja mit allem übertrieben.« Buckley seufzte. »Wäre es nach dem gegangen, hätten wir ein blutrünstiges Fantasy-Spektakel aufführen sollen. Aber das hätte mit Brauchtum nichts mehr zu tun.«

»Na ja, Angst können einem eure Masken trotzdem noch machen«, meinte Leitner.

»Natürlich, und das muss auch so sein. Schließlich ähnelt der Krampus dem Teufel, etwa mit seinen Hörnern, seinem diabolischen Gesicht und seinen Tierfüßen.«

Leitners Blick fiel auf einige Ausgaben einer Fachzeitschrift, die auf dem Tisch lagen und auf deren Titelblättern Krampusse und Teufel abgebildet waren.

»Davon gibt's ja Hunderte verschiedene«, brummte er, während er die Journale durchblätterte.

»Jede Maske ist unterschiedlich, das stimmt.« Buckley nickte. »Trotzdem erkennt man, was für eine Gestalt sie darstellen soll. Das hier zum Beispiel ist ein Percht.«

»Woher weißt du das?« Leitner betrachtete das Wesen auf dem Titelbild genauer.

Buckley tippte auf die Hörner. »Wie viele Hörner siehst du?«

Leitner zählte sie und sagte dann: »Sechs.«

Buckley nickte. »Ein Percht hat mindestens drei Paar Hörner, ausschließlich von einheimischen Tieren: etwa von Widdern, Steinböcken, Ziegen. Ein Krampus hat normalerweise nur ein Paar, höchstens zwei.«

Beate schlürfte in Ruhe ihr Bier, während die Männer weiter fachsimpelten.

»Und dafür dürfen dann auch Hörner nicht einheimischer Tiere verwendet werden?«, fragte Leitner nach.

»Genau. Krampusse tragen auch Gehörn von Gazellen, Wasserbüffeln und Kudus.«

Leitner sah sich abermals um. »Die Masken hier haben alle bis auf eine nur ein Paar Hörner. Also sind das alles Krampusse«, stellte er fest.

»Stimmt.« Buckley nickte. »Die Perchten sind eher im Alpenraum verbreitet.«

»Verstehe«, sagte Leitner. »Auf der Hinfahrt hat mir Beate verraten, dass du Vorsitzender vom Schwarzachtal Pass bist, richtig?«

»Nein, falsch.«

Verwirrt blickte Leitner erst zu Beate, dann zu Buckley, der vergnügt grinste. »Aber Beate hat doch gesagt …?«

Der Schreiner stand auf und zapfte sich ein frisches Bier. »Es heißt *die* Pass und ist die Bezeichnung für eine Gruppe aus Nikolaus und Krampussen.«

»Ach, stimmt ja.« Leitner blickte in sein fast leeres Bierkrügerl und sagte mit Augenzwinkern: »Dann betätige doch bitte noch mal *die* Zapfhahn und mach mir noch *eine* Frisches.«

Buckley und Beate lachten.

»Wir haben die Schwarzachtal Pass im Jahr 2012 gegründet und treten seither auf«, sagte Buckley, als er mit dem Bier wieder vor Leitner stand.

»Hast du den Harry Spiegler auch gekannt?«

»Ach, der Harry …« Buckley schnaufte tief durch. »Das hätte auch keiner geglaubt, dass der mal so ein Ende finden würde.«

»War er denn auch Mitglied bei eurer Pass?«

»Anfangs war er in fast allen Gruppen in der Oberpfalz aktiv. Aber früher oder später war überall wieder Schluss damit.« Buckley verzog das Gesicht.

»Ihr habt ihn rausgeworfen?«

Der Schreiner schüttelte den Kopf. »Mussten wir gar nicht. Der Harry ist überall von selber wieder gegangen, weil ihm irgendwann in jedem Verein jemand gesagt hat, dass seine Vorstellungen nicht zu denen von den übrigen Mitgliedern passen.«

»Was waren denn so seine Vorstellungen?«

Buckley lümmelte sich in die Ecke der Tischbank. »Als du ein Kind warst, sind doch bestimmt der Nikolaus und der Krampus zu dir nach Hause gekommen.«

»Allerdings.« Leitner nickte.

»Wie lief das bei euch ab?«, fragte nun Buckley.

Leitner verzog nachdenklich das Gesicht. Worauf wollte der junge Mann hinaus? »Nun, der Nikolaus ist gekommen und hat aus einem Buch vorgelesen, was man richtig und was man falsch gemacht hatte«, sagte er schließlich.

»Und was spielte der Krampus dabei für eine Rolle?«

»Der hat immer damit gedroht, dass man für die begangenen Fehler in seinen Sack muss, den er dann mitnehmen würde. Hat auf mich als Kind schon Eindruck gemacht.«

»Siehst du, genau das ist das Grundprinzip.« Buckley deutete auf Leitner. »Der Krampus soll den Menschen wieder etwas Demut beibringen, sie auf den Boden der Tatsachen zurückholen.«

»Okay, aber was hat das mit Spiegler zu tun?«, fragte Leitner.

»Der Harry hat sich darum nix geschissen. Dem war unsere Gemeinschaft und das, was wir mit unseren Auftritten aussagen wollen, wurscht. Sieh mal, wenn wir auf Weihnachtsmärkten auftreten, sind immer auch viele Kinder dabei.«

»Logisch.«

»Eben. Also geben wir uns da nicht ganz so wild, tragen nicht die ganz fiesen Masken und führen Geschichten auf, mit denen sich die Kinder identifizieren können.«

Leitner nickte. »Das hat mir Beate auch schon erzählt. Finde ich gut. Ein bisschen Grusel darf sein, aber in Maßen. So habe ich das verstanden.«

»Richtig. Aber dem Harry hat es immer erst dann gefallen, wenn die Kinder vor Panik gekreischt und geweint haben.«

»Genauso wie in unserer Pass«, warf Beate ein.

»Das hat er überall so praktiziert«, sagte Buckley. »Aber mit unseren Gruppen verhält es sich wie mit jeder Mannschaft: Wenn einer ständig querschießt, kann man den auf Dauer nicht im Team behalten.«

»Ist bei der Musik genauso«, sagte Leitner für sich und dachte an vergangene Zeiten mit seinen diversen Bands und Kapellen zurück. Nach diesem kurzen Ausflug in seine Vergangenheit fragte er: »Du hast fiese Masken erwähnt. Was meinst du damit?«

Timm Buckley zeigte auf eine Maske, die genau über ihm an der Decke hing. »Die hier zum Beispiel. Das ist eine von der fieseren Sorte.«

Leitner besah sich die Larve und wusste sofort, was Buckley meinte. Das Gesicht war pockennarbig, die faltige Haut erinnerte an wunde Stellen, und die Mundwinkel waren ausgefranst. »Der Ekelfaktor ist auf jeden Fall höher als bei so einer.« Damit zeigte Leitner auf einen Krampus, der zwar übertriebene, aber vergleichsweise menschliche Züge aufwies.

»Am liebsten wäre es Harry Spiegler gewesen, wenn Hautfetzen von seiner Maske heruntergehangen hätten«, fuhr Buckley fort, »und Blut aus den Mundwinkeln getropft wäre. Aber das geht mir zu sehr in den Fantasy- und Horrorbereich. Mit meinen Masken will ich einfach nur unser gewachsenes Brauchtum aufrechterhalten.«

»Baumgärtner von der Miesberg Pass hat gesagt, dass Spiegler auch mit der Anzahl der Auftritte unzufrieden war«, warf Leitner ein.

Buckley hob beide Hände zum Himmel. »Eigentlich war der mit allem unzufrieden. Aber ganz besonders hat es ihm gestunken, dass er Oberpfälzer war. Wenn du mich fragst, hat sich der immer mehr als Tiroler gefühlt.«

»Damit ist er wirklich jedem auf den Geist gegangen«, ergänzte Beate. »Ständig hieß es: ›Wir müssen das so machen wie die Österreicher, schaut mal nach Tirol, die machen das richtig, nicht so dilettantisch wie wir!‹ Er hat einfach nur noch genervt.«

»Und was genau hat ihm besser an den österreichischen Teufelsvereinen gefallen?«, hakte Leitner bei dem Schreiner nach.

»Das musst du den lieben Herrgott fragen.« Buckley verdrehte die Augen. »Es ist ja nicht so, als ob es bei uns keine schönen Weihnachtsmärkte oder Krampusläufe gäbe.«

»Wie muss ich mir so einen Krampuslauf eigentlich vorstellen?«, wollte Leitner wissen.

»Nun, das ist unterschiedlich. In einigen Orten Bayerns ziehen die Krampusse durch die Straßen und Gassen und nehmen die Bevölkerung aufs Korn. In anderen gibt es eigens dafür aufgebaute Parcours mit Holzböcken, Aufstellwänden, Heuballen und so weiter, wo sich dann die verschiedenen Gruppen mit ihren Besonderheiten präsentieren können.«

»Verschiedene Gruppen?«

»Richtig. Die kommen dann auch mal aus Österreich.« Buckley deutete auf Leitners Krug. »Magst du noch eins?«

»Nein, aber danke. Auch für die vielen Infos. Ich denke, wir sollten wieder aufbrechen.«

Sie waren schon beim Rausgehen, als Leitner noch etwas einfiel: »Und jede Maske ist ein Einzelstück?«

»Bei mir schon«, erwiderte Buckley. »Aber es gibt auch industrielle Hersteller, die mit programmierten CNC-Fräsen arbeiten.«

»Da du dich in der Szene so gut auskennst, muss ich dir noch eine allerletzte Frage stellen.« Leitner sah den Schreiner aufmerksam an. »Ist dir zufällig eine Maske mit einem feuerroten Dreieck auf der Stirn bekannt?«

Buckley dachte kurz nach. »Du meinst ein auf der Spitze stehendes Dreieck?«

»Genau!«

»Mit schwarzen Runen?«

»Richtig!« Leitner musste sich zwingen, ruhig zu bleiben. »Genau die meine ich. Das heißt, du kennst die Maske?«

»Ob ich sie kenne?« Buckley stieß ein kurzes Lachen aus. »Das will ich wohl meinen. Ich vergesse nie eine Maske, die ich angefertigt habe.«

Leitner kniff die Augen zusammen. »Du?«

»Jawohl. Sie war eine meiner ersten. Mittlerweile mache ich seit über zehn Jahren Masken.«

»Weißt du auch noch zufällig, wie der Kunde hieß, der sie damals bestellt hatte?«

Timm Buckley schob die Unter- über die Oberlippe und dachte angestrengt nach. Dann schüttelte er den Kopf. »Tut mir leid, Gerhard. Ich weiß nur noch, dass er Lehrer war. Ein schmieriger Typ. Wenn du ihm die Hand gegeben hast, hat sich die nach totem Fisch angefühlt. War aus Schwandorf, glaube ich.«

»Sieh an, sieh an.« Leitner grinste. »Ich danke dir noch mal vielmals!«

»Das war wirklich eine wunderbare Idee, Timm zu besuchen«, sagte Leitner, als er und Beate wieder im Auto saßen. »Und jetzt setz ich dich bei dir zu Hause ab.«

»Wir verbringen den restlichen Sonntag nicht gemeinsam?«, fragte sie hörbar enttäuscht. »Warum?«

»Weil sich gerade rausgestellt hat, dass ich heute noch etwas zu erledigen habe.«

24

Nachdem Leitner Beate nach Hause gefahren hatte, kehrte er in seine Wohnung zurück. Agathe erwartete ihn im Schneidersitz sitzend auf dem Sofa im Wohnzimmer, und sie brachten sich gegenseitig auf den neusten Informationsstand.

»Jetzt ist es eindeutig, meinst du nicht?«, beendete Leitner schließlich seinen Bericht.

Agathe streckte die Hände aus und ließ ihre Fingerspitzen mehrmals aneinandertippen. »Doch, das meine ich auch. Ich denke, wenn Kim Wind sich wirklich auf die eine oder andere krumme Tour wieder Bargeld beschaffen konnte, dann wäre Spiegler ja wohl zufrieden gewesen. Auf jeden Fall scheint mir das kein ausreichendes Motiv für einen Mord zu sein.« Sie hörte auf zu tippen und erhob sich. Dann ließ sie sich auf die Lehne der Couch sinken und sagte: »Und ich meine außerdem, dass wir dem Menner einen Besuch abstatten sollten. Es ist nur nett von uns, wenn wir ihm so schnell wie möglich sagen, dass er nie wieder unterrichten wird.« Damit sprang sie auf und forderte Leitner auf, es ihr gleichzutun.

Wenig später klingelten die Detektive an der Haustür der Menners. Es war kurz nach Mittag, daher wehte ihnen Bratenduft entgegen, als Frau Menner die Tür öffnete.

»Bitte?«

»Grüß Gott, Frau Menner. Wir möchten mit Ihrem Mann sprechen«, sagte Leitner bestimmt.

»Der hat sich nach dem Essen hingelegt.«

»Dann wecken Sie ihn doch bitte«, schaltete sich Agathe ein.

»Aber wieso? Was –«

»Holen Sie jetzt Ihren Ehemann!« Agathes Ton war kein bittender.

Verwirrt ging Frau Menner ins Haus. Die Tür hatte sie offen gelassen, sodass Agathe und Leitner hören konnten, wie barsch Menner reagierte, als seine Frau ihn aus dem Mittagsschlaf riss. Sie sahen sich an und vergewisserten sich mit Blicken gegenseitig, dass sie sich freuten, ihn in Kürze zur Rechenschaft zu ziehen.

Der Lehrer schlurfte träge durch den Flur auf sie zu und kratzte sich dabei am Bauch. Seine Frau trippelte hinter ihm her.

»Sie?«, sagte er zittrig, als er Leitner erkannte.

Leitner lächelte.

»Ich … habe Ihnen doch schon vor einigen Tagen gesagt, dass ich Ihnen keinen Nachhilfeunterricht geben kann.«

»Ja, das haben Sie mir gesagt«, erwiderte Leitner. »Im Hallenbad in Amberg, nicht wahr?«

Frau Menner trat zu ihrem Gatten. »Was wollen diese Leute von dir, Jochen?«

Ohne ihr Beachtung zu schenken, sagte Agathe: »Aber das war nicht das letzte Mal, dass Sie meinen Kollegen gesehen haben. Das letzte Mal war gestern Nacht, als Sie versucht haben, mich und Herrn Leitner umzubringen.«

Menners Frau wich zurück. »Was meinen die damit, Jochen? Was soll das heißen?«

»Das soll heißen«, fuhr Leitner fort, als Menner stumm blieb, »dass Ihr Mann künftig niemanden mehr unterrichten wird. Das ist nämlich das Schöne bei einer Anklage wegen Mordes, versuchten Mordes und gefährlicher Körperverletzung: Man verbringt sein restliches Leben im Gefängnis.«

»Mord? Jochen, sag mir sofort, was hier gespielt wird!«, schrie Frau Menner ihren Mann an.

Agathe betrachtete sie ernst und sagte: »Leider handelt es sich um kein Spiel, Frau Menner. Der dringende Tatverdacht, dass Ihr Ehemann Harry Spiegler getötet hat, ist traurige Wirklichkeit. Genauso wie sein Versuch in der vergangenen Nacht, mich und meinen Kollegen umzubringen. Dabei hat er uns schwer verletzt. Den Angriff gestern können wir durch

Aussage des Mannes beweisen, der die Maske hergestellt hat, die Ihr Mann trug. Dabei handelt es sich nämlich um ein Einzelstück.«

Menner taumelte gegen den Türstock, während seine Frau ungläubig von ihm zu den Detektiven blickte. »Ich verstehe rein gar nichts mehr. Warum sollte mein Mann jemanden umbringen?«

»Weil er nicht wollte, dass sein kleines Geheimnis bekannt wird, nicht wahr, Herr Menner?«, sagte Agathe leise.

Menner reagierte nicht.

»Formulieren wir es mal so, Frau Menner«, fuhr Agathe fort, »in Zukunft können die Kinder im Hallenbad wieder unbeschwert baden und duschen, ohne dass Ihr Mann ihnen dabei zusieht und sich selbst befriedigt.«

Frau Menner blickte ihren Mann mit versteinerter Miene an. »Du hast wieder damit angefangen?«, flüsterte sie.

Noch immer reagierte der Angesprochene nicht. Auch die Tränen, die ihm über das Gesicht liefen, ignorierte er.

»Außerdem hat sich Ihr Mann mit Strichern eingelassen«, übernahm jetzt Leitner. »Harry Spiegler war einer davon. Als er zu gefährlich für Ihren Mann wurde, wahrscheinlich mehr Geld verlangte und bei Nichtzahlung damit drohte, die Neigungen Ihres Mannes öffentlich bekannt zu machen, muss er den Entschluss gefasst haben, ihn zu beseitigen.«

»Das gleiche Prinzip wollte er auch bei uns anwenden«, ergänzte Agathe. »Nachdem mein Kollege Ihren Mann im Hallenbad auf frischer Tat ertappt hatte, wurde er zu einer Bedrohung für ihn. Deshalb haben Sie nicht nur ihn, sondern auch mich, weil ich gestern seine Begleitung war, als Teufel verkleidet attackiert. Stimmt's?«

Jochen Menner richtete sich mit durchgedrücktem Rücken auf. »Das stimmt. Ich habe versucht, Sie zum Schweigen zu bringen. »Ich habe gewisse … Neigungen, die mit der Gesellschaft nicht verträglich sind. Das war schon immer so. Ich habe versucht, sie zu unterdrücken, aber das ist nie lange gut gegangen.«

»Warum zum Henker sind Sie dann Lehrer geworden?«, fragte Leitner angewidert.

Menner zuckte als Antwort nur mit den Schultern. »Ich hatte Angst, dass Sie meine Neigungen öffentlich machen würden, zu meinem Vorgesetzten gehen würden«, sagte er dann. »Deshalb habe ich Sie angegriffen.«

»Wie haben Sie gewusst, dass Sie uns nachts an der Baustelle treffen würden?«, wollte Agathe wissen.

»Ich bin Ihnen abends gefolgt. Als Sie im Schmidtbräu verschwunden sind, habe ich durchs Fenster gesehen, dass Sie dort eine Feier besuchten. Das gab mir Zeit.«

»Zeit, sich als Teufel zu verkleiden und uns aufzulauern«, schlussfolgerte Agathe.

»Richtig.«

Leitner atmete tief ein. »Ich hatte viel Glück, dass Sie mich mit dem Messer nicht schwerer verletzt haben. Aber bei Spiegler waren Sie erfolgreicher. Wie haben Sie ihn ermordet? Und warum haben Sie ihn in ein Teufelskostüm gesteckt und begraben?«

Menner blickte den Detektiven in die Augen. »Ich habe Harry nicht ermordet. Es ist wahr, dass er für mich nicht ungefährlich war. In der ersten Zeit haben wir uns gut verstanden, aber dann hat er sich verändert. Irgendwann war ihm alles, was wir zusammen erlebt hatten, nichts mehr wert.«

Menners Frau stieß verächtlich die Luft aus.

Er drehte sich zu ihr um. »Entschuldige, Traudi, aber das alles spielt jetzt keine Rolle mehr. Es tut mir leid.« Zu Agathe und Leitner gewandt fuhr er fort: »Plötzlich war Harry abweisend zu mir. Er sagte, er wolle seine Zelte hier in Schwandorf abbrechen und nach Österreich ziehen. Ich musste ihn gehen lassen.« Und nach einer Sekunde ergänzte er: »Aber damit hatte ich keinen Grund mehr, ihn zu töten.«

»Du hast einem Stricher Geld für seinen Arsch gegeben?«, fragte Traudi Menner zitternd vor Zorn. »Oder war es umgekehrt? Hast du vor ihm Hündchen gemacht?«

Menner sah seine Frau traurig an und schwieg.

»Und dann hast du dich in diesen Kerl verliebt, und er hat dich abserviert? Ich kann nicht glauben, was ich hier höre …«

Agathe und Leitner warfen sich einen Blick zu. Es war Zeit zu gehen. Schon auf der Hinfahrt hatten sie die Kriminalpolizei verständigt, und Menner wirkte fast erleichtert, dass es nun vorbei war. Fluchtgefahr drohte kaum. Sie ließen das Ehepaar in der offenen Tür stehen. Nach wenigen Schritten kehrte Leitner noch einmal um. »Wohin genau wollte Spiegler in Österreich?«, fragte er den Lehrer.

»Den Namen des Ortes habe ich vergessen.« Er dachte einen Moment nach. »Aber es war nicht weit entfernt von Mayrhofen im Zillertal.«

Leitner nickte wortlos und ging mit Agathe wieder Richtung Auto.

»Ich bin sehr froh, dass Ihnen gestern nichts Ernsthaftes passiert ist!«, rief Menner ihnen noch hinterher. »Ich bitte Sie um Entschuldigung!«

Sie stiegen ein, ohne ihm zu antworten, und fuhren den Weinberg hinunter.

Auf dem Weg in die Klosterstraße äffte Agathe Menner nach. »*Ich bitte Sie um Entschuldigung!* Von seiner Entschuldigung habe ich aber viel, wenn er mir ein paar Stunden vorher einen geschnitzten Pferdehuf ins Gesicht gerammt hat, sodass ich einen Salto rückwärts in mein eigenes Grab gemacht habe.«

Leitner kicherte. »Glaubst du ihm?«, fragte er nach einigen Minuten. »Ich meine, dass er Spiegler nicht getötet hat?«

Agathe wiegte den Kopf. »Ich habe keine Ahnung, was in so einem Typen vorgeht. Aber gerade kam er mir ehrlich vor.«

»Mir auch. Er scheint wirklich etwas für Spiegler empfunden zu haben.«

Agathe dachte kurz nach. »Kommt bei jeder Art von gekaufter Liebe mal vor, dass der Zahlende Sex mit echten Gefühlen verwechselt.«

»Wenn das der Fall war, muss Menner freilich extrem enttäuscht gewesen sein, als Spiegler ihn einfach sitzen lassen wollte«, führte Leitner den Gedanken weiter.

»Richtig. Weshalb ich es für durchaus möglich halte, dass er ihn getötet hat. Vielleicht im Affekt?«

»Aber dann wäre das gerade eben eine reife Leistung als Schauspieler gewesen«, wandte Leitner ein.

»Stimmt.« Agathe grinste. »Wie auch immer: Mit dieser Frage soll sich jetzt die Staatsanwaltschaft beschäftigen.«

Die Ampel an den Naabbrücken war gerade auf Grün gesprungen, da seufzte sie auf.

»Was hast du denn?«, fragte Leitner.

»Ich muss an den Bericht für die Wendell morgen denken«, antwortete sie zögerlich. »Bisher können wir nicht wirklich viel reinschreiben.«

»Wie meinst du das?«

»Auch wenn die Kripo jetzt gegen Menner ermittelt, hilft uns das in unserem Versicherungsfall mit dem Rohrschaden erst mal nicht weiter.«

»Ach so. Damit hast du natürlich recht.« In Leitners Kopf formte sich eine Idee. »Und was sollten wir deiner Meinung nach jetzt tun?«

»Um meine Meinung geht es hier nicht, Gerhard. Die Wendell will von uns Ergebnisse, die wir bis jetzt nicht vorweisen können. Vielleicht *hat* Menner den Spiegler auf dem Gewissen, vielleicht aber auch nicht. Und vielleicht hat er dabei das Rohr beschädigt, vielleicht aber auch nicht.«

Leitner schmunzelte vergnügt. »Dann bleibt uns eigentlich nur eins: weiterermitteln.«

Agathe breitete die Arme aus. »Und woran genau, du Schlauberger?«

»Na, zum Beispiel haben wir noch nicht rausgefunden, warum der Mörder Spiegler in diesem Teufelskostüm vergraben hat. Ich meine, das ist doch extrem umständlich, wenn es schnell gehen muss, findest du nicht auch?«

»Schon, aber –«

»Dann sollten wir jetzt ermitteln, was es mit ebenjenem Teufelsgewand auf sich hat.«

Agathe verdrehte die Augen. »Du sprichst in Rätseln, Gerhard. Wir haben doch schon diesen Teufelsverein und den Maskenschnitzer befragt, wie und wo wollen wir denn noch mehr in Erfahrung bringen?«

Leitner stieß in eine Parklücke unweit ihres Wohnhauses. Kurz bevor er den Motor abstellte, fiel sein Blick auf die Tankanzeige. »Das ist zu wenig, da müssen wir vorher noch mal tanken.«

»Vorher? Vor was? Wovon redest du?«

»Sieh mal«, Leitner drehte sich zu Agathe, »wir haben doch jetzt schon von mehreren Leuten gehört, dass Harry Spiegler aus Schwandorf verschwinden und ins Zillertal ziehen wollte.«

»Ja, und?«

»Aber warum? Ich meine, warum genau wollte Spiegler dorthin? Das sollten wir dringend herausfinden.«

»Du willst nach Österreich fahren?«, dämmerte es Agathe endlich. »Jetzt? Spinnst du?«

»Nicht im Geringsten. Überlege doch mal: Von dem Gärtnereibesitzer in Schwarzenfeld haben wir erfahren, dass Spiegler von den Teufeln in Tirol besessen war. Vielleicht wollte er dort unten beruflich anfangen.«

Agathe spann den Faden weiter. »Du glaubst, dass Spiegler kurz vor seinem Tod im Zillertal gewesen sein könnte, um seinen Umzug zu organisieren?«

Leitner nickte. »Das halte ich für durchaus möglich.«

»Und wenn wir rausfinden, wen er während seines Aufenthalts getroffen hat und was er dort genau wollte …«

»… dann wäre der Bericht für die Wendell vielleicht nicht mehr ganz so kurz wie im Augenblick«, vollendete Leitner den Satz.

»Ich weiß nicht, Österreich …« Agathe zögerte hörbar. »Das ist doch eine ganze Ecke weg.«

»Von Hamburg oder Lübeck aus vielleicht. Aber von hier

bist du in etwas mehr als drei Stunden dort.« Als Leitner registrierte, dass Agathes Lippen sich zu einem verschmitzten Lächeln verzogen, sagte er verschwörerisch: »Stell dir nur mal vor: die verschneiten Alpen, eine herzhafte Brettljause, ein Enzian zur Verdauung.«

Agathe nickte entschlossen. »Ich glaube, das ist einen Versuch wert. Wir haben schließlich den Auftrag, alles über diesen Mordfall in Erfahrung zu bringen, was wir können. Das hat die Wendell doch so gesagt, oder?«

»Aber natürlich«, pflichtete Leitner ihr übertrieben ernst bei. »Ich habe sie so verstanden, dass wir wirklich *jedes* Detail herausfinden sollen. Und die Perchten, von denen Spiegler so begeistert war, sollten dort unten jetzt im Winter auch Hochsaison haben.«

Plötzlich verfinsterte sich Agathes Miene. »Oh, da fällt mir etwas ein.«

»Und was?«

»Die Teufel werden nicht die Einzigen sein, die Hochsaison haben. Sind da jetzt nicht auch sämtliche Skifahrer und Wanderer unterwegs?«

»Bestimmt sogar.«

Agathe ließ hörbar Luft durch die Lippen entweichen. »Dann dürfte es schwierig sein, spontan ein freies Zimmer zu bekommen. Und jetzt ist es fast vierzehn Uhr, zu spät, um heute noch hin- und zurückzufahren, oder?«

»Selbstverständlich werden wir im Zillertal übernachten«, sagte Leitner im Brustton der Überzeugung und stieg aus dem Wagen.

Agathe sah ihn verständnislos an.

»Es gibt in Tirol nämlich nicht nur steile Pisten, leckeren Käse, Speck und Schnaps und Angst einflößende Perchten, sondern auch Musikanten.«

25

Die Winterlandschaft flog an den Seitenscheiben von Agathes BMW X5 nur so vorbei. Je südlicher sie kamen, desto mehr riss der in der Oberpfalz noch bedeckte Himmel auf. Auf Höhe des Irschenbergs, an dessen Rastplatz Leitner ein Mautpickerl kaufte, war das Thermometer am Armaturenbrett bereits von minus einem auf minus sieben Grad gesunken.

Agathe hatte Leitner das Steuer überlassen und döste ein wenig vor sich hin. Kilometer für Kilometer rauschten sie auf der am Sonntagabend kaum befahrenen Autobahn Richtung Österreich. Nach dem Grenzübergang zwischen Kiefersfelden und Kufstein nahm Leitner die Inntalautobahn und schließlich beim Knoten Wiesing die B 169, die schnurstracks ins Zillertal führte.

Agathe war wieder wach und sog den Anblick der gewaltigen Schatten, zu denen die Berge vor dem sternenklaren Nachthimmel geworden waren, in sich auf. Die Erhabenheit ließ sie sich ganz klein fühlen.

In Fügen kaufte Leitner an der Tankstelle passende Schneeketten. Später, auf Höhe Aschau, fuhr er rechts ran und zog die Ketten auf. Dann lenkte er den Wagen vorsichtig schneebedeckte Serpentinen hinauf.

»Du weißt aber schon, was du da tust, oder?«, fragte Agathe unsicher und sah beklommen in die schwarze Tiefe, die keinen Meter von ihrer Beifahrertür entfernt begann.

»Ich bin die Straße schon oft gefahren«, beruhigte Leitner sie. »Brenzlig wird es nur, wenn uns ein Bus entgegenkommt.«

»Heilige Scheiße«, stieß Agathe aus, als in ebendiesem Moment ein Reisebus um die Kurve vor ihnen bog.

Sofort bremste Leitner kontrolliert ab und ließ den BMW rückwärts den Berg hinabrollen.

»Was zum Teufel machst du da, Gerhard?« Agathe suchte am Handschuhfach Halt.

»Ich kann natürlich auch versuchen, an ihm vorbeizufahren, wenn du das unbedingt möchtest. Aber wenn ich ehrlich bin, habe ich keinen Bock darauf, in dem Wagen ein paar hundert Meter abzustürzen.«

Agathe umklammerte jetzt mit der linken Hand die Mittelkonsole und mit der rechten den Haltegriff an ihrer Tür. Unwillkürlich presste sie die Beine gegen das Bodenblech. »Was hast du vor?«

»Das, was man am Berg in einer solchen Situation immer macht: Wir als Bergauffahrende weichen rückwärts bis zur nächsten Überholbucht aus.«

»Aber die … die war doch hinter den letzten beiden Kurven!«

»Richtig.«

»Heilige Scheiße«, wiederholte Agathe und ergab sich in ihr Schicksal.

Nach knapp zehn Minuten ließen sie den Reisebus passieren.

Während der restlichen Fahrt sagte Agathe kein Wort mehr, doch als sie schließlich vor der Almhütte ausstieg, waren aller Schreck und alle Furcht vergessen. Der Ausblick über das Zillertal raubte ihr den Atem.

Leise war Tiroler Musik zu vernehmen.

»Das ist der Gerhard«, sagte Leitner.

»Er heißt wie du?«

»Richtig, aber Spitaler mit Nachnamen.«

»Und wer ist der andere Musiker?«, fragte Agathe. »Da spielt doch noch einer, oder?«

Leitner sperrte den Wagen ab und zog den Reißverschluss seiner Winterjacke zu. »Sein Sohn Georg. Die musizieren immer gemeinsam.«

»Meinst du, wir kriegen hier auch eine Brotzeit und einen Wein?«, fragte Agathe, als sie sich der Hüttenwirtschaft näherten.

»Das soll das kleinste Problem sein«, lachte Leitner und öffnete die Eingangstür.

In der Stube waren nur noch drei Tische besetzt. Leitner ging mit Agathe am Bühnenbereich vorbei, auf welchem Gerhard und Georg Spitaler mit Steirischer Ziehharmonika und Gitarre aufspielten. Als der musizierende Gastwirt Leitner erblickte, lächelte er herzlich.

Die Detektive nahmen Platz und lauschten den letzten Klängen des Stückes. Danach legten die Musikanten ihre Instrumente zur Seite, und Gerhard Spitaler kam an ihren Tisch.

»Der Gerhard!«, strahlte er. »Des isch ja bärig, dass du wirklich vorbeikommen bischt!«

Agathe lächelte und erfreute sich an dem urigen Dialekt des Hausherren. Kurz vor ihrem Aufbruch in Schwandorf hatte Leitner freilich mit Spitaler telefoniert. Der war aber im Sonntagnachmittagsstress gewesen und hatte Leitner nur versichern können, dass er schon eine Bleibe für die Nacht organisieren würde.

»Da seids jetzt gerade ein bisserl zu spät gekommen«, sagte Spitaler. »Gerade vorhin war hier noch alles besetzt mit den Gästen von einem Reisebus.«

»Den haben wir gesehen«, sagte Agathe und erzählte von ihrem Abenteuer.

»Ja, des kommt schon mal vor«, meinte daraufhin der Gastwirt.

»Weißt du, Gerhard, die Agathe und ich sind halb dienstlich hier«, begann Leitner, den Grund ihrer Anwesenheit zu erklären.

Spitaler hob die Hand. »Des isch mir egal, ob dienschtlich oder privat. Nach so einer langen Fahrt müssts euch erscht einmal stärken!«

Damit rief er seinen Sohn herbei und trug ihm auf, ein großes Jausenbrettl und eine Flasche Weißwein zu bringen.

Während Agathe und Leitner aßen und tranken, verabschiedete Spitaler die übrigen Gäste und setzte sich dann ebenfalls mit einem Schoppen Wein zu seinem Freund aus der Oberpfalz.

Leitner schluckte soeben den Rest seines Speckbrotes hinunter. Während er eine Scheibe Tiroler Käse so zuschnitt, dass sie auf sein Butterbrot passte, erzählte er, was sie ins Zillertal verschlagen hatte.

Spitaler schüttelte ungläubig den Kopf. »Des isch ja furchtbar. Ein Teufel in einer Baugrube?«

Leitner nickte. »Unsere Ermittlungen haben ergeben, dass der Tote, Harry Spiegler, sich hier im Zillertal niederlassen wollte. Bisher wissen wir aber noch nicht genau, wo. Kannst du uns helfen?«

»Des isch schwierig«, sinnierte Spitaler. »Bei so viel Touristen kann man ned jeden einzelnen kennen.«

»Das ist uns natürlich klar«, sagte nun Agathe. »Aber Gerhard meinte, du hättest vielleicht ein paar Tipps für uns, bei wem wir uns umhören könnten.«

»Das wiederum isch kein Problem. Untereinander kennen wir Zillertaler uns schon.«

»Vielleicht könntest du uns ja ein Mitglied von einer der hiesigen Teufelsgruppen nennen, mit dem wir uns unterhalten können.«

»Lass mich kurz nachdenken.«

»Kein Problem, Gerhard. Wir müssen jetzt sowieso erst diese feine Brotzeit verspeisen«, sagte Leitner und deutete auf den Rest der Jause. »Aber eine andere Frage hätte ich noch wegen der Übernachtung: Hast du einen Tipp?«

Spitaler nickte. »Aber sicherlich. Ihr bleibts hier heroben bei uns im Zellbergstüberl.«

Überrascht blickte Leitner ihn an. »Ich habe gar nicht gewusst, dass du auch hier oben Fremdenzimmer hast.«

»Ich vermiete auch nicht. Aber unter alten Musikantenfreunden isch das doch Ehrensache, dass du bei mir unterkommscht.«

»Danke, Gerhard!«

Auch Agathe fiel ein Stein vom Herzen. »Dann müssen wir also nicht mehr heute im Dunkeln diese enge Bergstraße runterfahren?«

»Nein.« Spitaler lachte über die Angst, die ihr ins Gesicht geschrieben stand. »Ihr habts heute eine lange Fahrt hinter euch, jetzt tuts euch erst einmal ein bisserl ausruhen. Ich zeig euch dann unser Gastzimmer, wo ihr euch nachher hinlegen könnts.«

»Das ist wirklich sehr lieb von dir«, sagte Leitner.

Der Hausherr nahm die fast leere Weinflasche und betrachtete sie kritisch. »Des habts sauber ausgsüffelt. Wann ich mich noch richtig an den Durscht vom Gerhard erinnern kann, brauch ma no a zweites Flascherl, oder isch er jetzt brav geworden?«

»Nein«, lachte Agathe. »Der verträgt schon immer noch einen gehörigen Stiefel.«

»Na, bei mir isch noch keiner verdurschtet«, sagte Spitaler voller Stolz und holte Nachschub.

Als er eine weitere Flasche Grünen Veltliner auf den Tisch gestellt hatte, erzählten die beiden Gerhards Agathe in aller Länge, wie sie sich beim Gauderfest in Zell am Ziller kennengelernt hatten.

»Und bevor ma uns jetzt schlafen legen, lass uns noch zusammen aufspielen«, sagte Spitaler schließlich und schnappte sich seine Steirische Harmonika.

Schnell holte Leitner, der natürlich nicht ohne sein Hauptinstrument, das Tenorhorn, zu seinem Tiroler Freund aufgebrochen war, ebenjenes aus dem Kofferraum, dann spielte er zusammen mit Spitaler zwei Lieder.

Agathe lauschte und lehnte sich – schon ein bisschen beschwipst – auf der geschreinerten Eckbank zurück, die mit Schnitzereien verziert war.

»Wir können es noch, das isch wunderbar!«, sagte Spitaler, als der letzte Ton verklungen war. Auch Leitner freute sich, nach langer Zeit mit seinem Kumpel mal wieder ein paar Noten gespielt zu haben.

Gegen halb zwölf zeigte Spitaler den beiden das kleine, aber gemütliche Fremdenzimmer, und Leitner verschwand sofort im Badezimmer nebenan.

»Ihr könnts euch von der Schänke nehmen, was ihr wollts, wenn ihr noch was brauchts«, bot Spitaler Agathe an.

»Das ist schrecklich lieb von dir«, sagte sie, »aber ich glaube, ich brauche jetzt nur noch ein Bett. Und vielleicht eine Flasche Wasser.«

»Des kannscht haben, Agathe. Dann sehen wir uns morgen früh wieder. Ich bringe frische Semmeln mit.«

»Du schläfst nicht hier oben?«, fragte Agathe.

»Nein, aber morgen um neune bin ich wieder da. Und vorher kommt dieser Siebenschläfer eh nicht aus den Federn.«

Agathe sah zur Badezimmertür. »Damit hast du wohl recht.«

»Dann wünsche ich euch eine gute Nacht. Und beim Frühstück habe ich bestimmt schon eine Idee, mit wem ihr in eurem Ermittlungsfall reden könnts. Wenn ich schon mal echte Detektive in meinem Haus habe, dann muss ich denen auch helfen, isch ja logisch.«

»Du bist eine Wucht, Gerhard«, sagte Agathe und gab Spitaler ein Bussi auf die Backe.

Als die Hüttentür ins Schloss fiel, war Agathe bereits im Bett.

Leitner kam aus dem Bad und zog sich bis auf seine Unterhose und sein T-Shirt aus. Sein Blick fiel auf Agathe, die leise und rhythmisch schnarchte. Leitner grinste kurz und legte sich neben sie auf die Fensterseite.

Er zog den Vorhang ein wenig zur Seite und ließ die Wucht des sternenklaren Nachthimmels auf sich wirken. Noch bevor er sich Gedanken über die morgigen Ermittlungen machen konnte, überfiel auch ihn, von der Fahrt und dem Wein ermüdet, ein gnädiger Schlaf.

26

Spitaler stand bereits wieder hinter dem Tresen, als Leitner und Agathe am Montagmorgen frisch geduscht und ausgeschlafen im Gastraum auftauchen. Es war halb zehn, und die ersten Gäste saßen schon im Stüberl.

»Servus, ihr zwei Süßen!«, rief Spitaler ihnen entgegen. »Da drüben steht euer Frühstück.«

Agathe nahm gegenüber von Leitner am zugewiesenen Tisch Platz und freute sich auf ihr erstes Tiroler Frühstück.

Weil immer mehr Gäste eintrafen, kam Spitaler nur kurz zu ihnen. »Ich hab mit dem Georg gesprochen«, meinte er. »Mei Bua kennt sich mit den Teufelsvereinen hier in der Gegend aus. Er meint, ihr sollts mit dem Walter Anker reden, der unten an der Penkenbahn arbeitet. Der isch der Vorstand von ›Die Höllischen‹.«

»Die Talstation der Penkenbahn ist in Mayrhofen, oder?«, fragte Leitner.

Spitaler nickte. »In der Hauptstraße, gleich vis-à-vis vom Gasser seiner Metzgerei.«

Agathe hob erstaunt die Augenbrauen. »Du kennst dich aber wirklich aus hier«, sagte sie zu Leitner.

»Die Penkenbahn ist vor einigen Jahren als die modernste Seilbahn der Welt eröffnet worden«, entgegnete er. »Deshalb bin ich da schon mal gewesen und in der Gondel nach oben gefahren.« Dann wandte er sich wieder an Spitaler: »Und wer sind Die Höllischen?«

»So heißt der Verein der Teufel in Zell, der den Lauf im Dorf veranstaltet. Der Anker sollte euch also bestimmt weiterhelfen können. Ich muss jetzt wieder arbeiten«, sagte er entschuldigend, als er von einem Kollegen zum Tresen gerufen wurde. »Wir sehen uns dann später.« Damit ging Spitaler zurück zur Schänke.

»Dann hoffen wir mal, dass dieser Walter Anker Infos für

uns hat«, sagte Agathe, während sie die obere Hälfte ihrer Kaisersemmel mit Marillenmarmelade bestrich.

»Das werden wir bald wissen. Schmeckt dir das Frühstück?«, erkundigte sich Leitner.

»Es ist phantastisch«, schwärmte Agathe, griff nach einer Käsescheibe und belegte mit ihr die nächste Semmelhälfte. »Alles sieht so frisch aus, der Speck, der Käse …«

Leitner feixte. »Ich weiß schon, wo wir nach der Befragung von Walter Anker einkehren werden.«

»Und wo?« Agathe sah ihn neugierig an.

»Überraschung«, erwiderte Leitner vergnügt.

Gegen elf Uhr gingen Agathe und Leitner die Treppen des modernen Gebäudes der Penkenbahn hinauf. Allein die vielen Glasfronten beeindruckten Agathe.

Am Verkaufsschalter erkundigten sie sich nach Walter Anker, und der Mitarbeiter wies sie zu einem Büro. Spitaler hatte ihnen noch gesagt, dass Anker Seilbahningenieur war und sie ihn vermutlich im Technikraum vor Computerbildschirmen und Schalttafeln antreffen würden.

Nachdem niemand auf ihr Klopfen reagiert hatte, öffnete Leitner vorsichtig die Tür.

Ein Mann saß telefonierend am Schreibtisch und gestikulierte den beiden, in der Tür zu warten, bis er das Gespräch beendet hatte.

»Sie sind hier falsch. Der Zutritt zu diesem Bereich ist für Fahrgäste verboten!«, fuhr der Mann sie an, als er aufgelegt hatte.

»Wir suchen Herrn Walter Anker, sind Sie das?«, fragte Agathe.

»Schon. Und Sie?«

»Der Spitaler Gerhard hat uns zu Ihnen geschickt«, erwiderte Leitner. »Das ist ein alter Freund von mir.«

Ankers Haltung entspannte sich etwas. »Ich kann da nicht weg«, sagte er und wies auf die blinkenden Anzeigen vor sich. »Kommts einmal her.« So recht schien er den beiden Eindringlingen in sein Reich noch immer nicht zu trauen. »Soso, der Gerhard schickt euch also, sagt ihr?«

»Ja, er und auch der Georg.«

Agathe, die den Erstkontakt Leitner überlassen wollte, beobachtete staunend, wie vor der großen Glasscheibe vor Ankers Arbeitsplatz eine riesige gelbe Gondel nach der anderen den Berg hinaufrauschte. Sie machte große Augen, als sie den Seilen und den daran befestigten Gondeln auf ihrem Weg auf den Penken hinterhersah.

»Wo kennts ihr denn den Gerhard her?«, wollte Anker wissen.

Kurz riss Leitner die gemeinsame Historie als Musikanten an, während Anker routiniert einige Handgriffe am Computer erledigte. Dann sagte er: »Wir sind hergekommen, weil wir ein paar Fragen zu eurem Teufellauf haben, den ihr meines Wissens jedes Jahr hier veranstaltet.«

»Jo, da müssts euch aber ein bisserl schicken, weil ich ned die ganze Zeit reden kann. Ich muss da aufpassen, dass alles reibungslos funktioniert.«

»Es geht um einen Mann aus der Oberpfalz, der vorige Woche tot in einem Krampusgewand aus einer Baustellengrube geborgen wurde«, sagte Agathe in geschäftsmäßigem Ton. »Wir müssen beruflich die Umstände seines Todes klären. Es könnte sein, dass der Tote kurz vor seinem Ableben hier im Zillertal gewesen ist.«

Anker hob wie zur Entschuldigung die Arme. »Da dürfts mir jetzt nicht bös sein, aber es kommen Hunderte Besucher zu unserem großen Teufellauf. Da kann ich ned jeden einzelnen kennen.«

»Das kann ich mir gut vorstellen«, sagte Leitner verständnisvoll. »Aber vielleicht können Sie sich an diesen Mann doch erinnern. Er war fast am ganzen Körper tätowiert. Auch im Gesicht.«

Walter Anker sah abwesend zu Boden. Er schien nachzudenken. »Ich glaube schon, dass ich den Mann gesehen habe«, sagte er schließlich. »Der ist mir beim Teufellauf vor ein paar Wochen tatsächlich aufgefallen. War der nicht von der Miesberg Pass aus Bayern?«

»Können Sie uns etwas über ihn erzählen?«, fragte Agathe hoffnungsvoll.

»Jo, ned viel, aber ned da herinnen und ned jetzt. Ich muss arbeiten.« Anker konzentrierte sich wieder auf die elektrischen Anzeigen.

Agathe tauschte kurz einen Blick mit Leitner, dann sagte sie: »Wäre es vielleicht möglich, dass wir uns später kurz treffen? Nach Feierabend?«

Anker seufzte.

Agathe sah ihn bittend an. »Es wäre wirklich wichtig. Wir sind extra deswegen aus der Oberpfalz hergekommen.«

Erst nach einigen Sekunden nickte Anker schließlich. »Wenn ihr unbedingt wollts, können wir uns um sechs kurz im Bienenhäusl treffen. Kennts ihr des?«

Agathe sah Leitner an.

»Das ist drüben an der Ahornbahn?«, fragte er.

Ohne die Frage zu bejahen, sagte Anker: »Dann sehen wir uns um sechse dort. Und jetzt müssts mich entschuldigen. Bei dem Bombenwetter ist selbst an einem Montag Hochbetrieb.«

Agathe und Leitner bedankten sich bei Walter Anker, verließen den Technikraum und schlenderten durch die große Halle der Penkenbahn-Talstation.

»Und was machen wir jetzt bis sechs Uhr?«, fragte Agathe.

»Eigentlich wollte ich mit dir ja noch zu der angekündigten Überraschung fahren«, sagte Leitner mit einem Grinsen. »Aber da wir nun schon einmal hier sind: Warum fahren wir nicht für ein Getränk auf den Berg?«

»Oja!«, stimmte Agathe eifrig zu.

So kam es, dass die Detektive sich Tickets für eine Berg- und eine Talfahrt kauften, eine Gondel bestiegen und diese wenig später an der Bergstation auf tausendsiebenhundertneunzig Höhenmetern wieder verließen.

Leitner und Agathe konnten sich an dem atemberaubenden Panorama kaum sattsehen: weiße Berggipfel und blauer Himmel.

Sie gingen zum Restaurant Bergrast hinüber, das gleich neben der Bergstation lag, kauften sich einen Glühwein und genossen diesen im ersten Stock auf dem Balkon. Als Agathe nach einer guten Stunde ein erstes Hungergefühl verspürte, fuhren beide wieder ins Tal und stiegen ins Auto.

Nach knapp drei Kilometern parkte Leitner vor der Erlebnissennerei Mayrhofen. Als sie den Verkaufsraum betraten, empfing beide würziger Käseduft.

»Du siehst, ich habe keinen Käse erzählt«, sagte Leitner vergnügt, als er Agathes Verblüffung sah.

Meterlang erstreckte sich vor ihnen die Verkaufstheke mit unzähligen Käsesorten. »Wir müssen uns unbedingt ein paar Kostproben für zu Hause mitnehmen!«, sagte Agathe.

»Das werden wir auch. Aber jetzt essen wir erst mal zu Mittag.«

In der Sennereiküche bestellte Agathe auf Leitners Empfehlung dreierlei Knödel – mit Käse, Spinat und Speck. Er selbst entschied sich für das mit Käse überbackene Krustenbrot.

Nachdem sie sich gestärkt hatten, nahmen sie an einer geführten Tour durch die Käserei teil und deckten sich im Anschluss daran mit einer Auswahl an Tiroler Käsesorten ein.

Da es noch lange nicht sechs Uhr war, schlenderten Leitner und Agathe noch durch Mayrhofen. Im Hotel Berghof kehrten sie ein und bestellten Kaffee, Germknödel und Apfelstrudel. Als dieser mit viel Schlagobers serviert wurde, meinte Agathe besorgt: »Diesen Kurztrip nach Österreich werde ich wahrscheinlich mit einem Gürtelloch bezahlen müssen.«

»Wenn du sie genießt, schaden die Kalorien deiner Figur bestimmt nicht«, tat Leitner Agathes Sorge ab und machte sich über seinen Germknödel her.

Nach einem weiteren Spaziergang schlugen die Detektive schließlich den Weg zur Ahornbahn ein, wo sich Walter Anker im Bienenhäusl mit ihnen verabredet hatte.

Sie waren etwa anderthalb Stunden zu früh dran, weswegen sie sich zwei der am Bienenhäusl stehenden Liegestühle mit Fleecedecken schnappten, in denen sie noch etwas relaxen wollten.

Schließlich hielten die beiden Detektive Ausschau nach Walter Anker.

Zum Glück war er pünktlich.

Nach einer kurzen Begrüßung folgten sie dem Seilbahningenieur an einen freien Tisch, auf dessen Sitzbänken Tierfelle gegen die Kälte lagen.

»Was wollts denn genau von mir wissen?«, kam Anker sofort zur Sache.

Jetzt, da sie Zeit hatte, ihn genauer zu betrachten, schätzte Agathe ihn auf Ende zwanzig. Er hatte wettergegerbte Haut und tiefschwarze Augen. Seine Art verriet Agathe, dass er das Feiern und wahrscheinlich auch das Raufen gewohnt war. Es passte zu ihm, dass er Vorsitzender der Zeller Teufel war.

Leitner schilderte noch mal ihren Fall, den sie seit gut einer Woche bearbeiteten.

»Ihr seids aber keine Kriminaler, oder?«, fragte Anker schließlich.

»Nein«, antwortete Leitner wahrheitsgemäß, »wir sind Versicherungsdetektive.«

Anker fing lauthals an zu lachen. »Das Meine wär's ja nicht, für eine Versicherung zu schnüffeln«, sagte er, als er sich beruhigt hatte. »Aber wenn ihr's mögt, dann sei's drum. Wollts was trinken?«

Agathe und Leitner konnten nur nicken, dann war Anker schon aufgestanden und ging zum Ausschank.

Kurz darauf kehrte er mit drei Gläsern Zillertaler zurück.

Die Detektive griffen zu und kosteten das ihnen unbekannte Bier, das sich als ausgesprochen süffig erwies.

»Dieser Spiegler ist hier am Tag vor unserem Teufellauf Anfang des Monats aufgetaucht«, begann Anker endlich zu erzählen. »Er wollte mich sprechen.«

»Weswegen?«, fragte Agathe.

»Er hatte sich in den Kopf gesetzt, am Lauf teilzunehmen.«

»Wie muss ich mir so einen Teufellauf vorstellen?«, hakte sie weiter nach.

Anker machte es sich auf seinem Tierfell bequem und drehte sich eine Zigarette. »Nun, normalerweise wird das Dorf abgesperrt, und dann gehen wir in unseren Kostümen durch die Straßen und auf die Bevölkerung und die Gäste los. Das ist ein Highlight hier bei uns, die Kinder machen sich einen Spaß daraus, uns zu necken und dann wegzulaufen.«

»Klingt gruselig«, meinte Agathe.

»Soll es auch sein«, antwortete Anker.

»Du sagtest, normalerweise«, hakte Leitner nach und wechselte zum Du. »War die Veranstaltung denn heuer nicht normal?«

»Nein. Alle paar Jahre wird sie größer als sonst aufgezogen. Dann sind Vereine und Passen aus allen Bundesländern dabei.«

»Auch aus Bayern?«, wollte Leitner wissen.

»Auch.«

»Du meintest, dass Spiegler unbedingt teilnehmen wollte«, lenkte Agathe das Gespräch auf den Toten zurück. »Durfte er das denn?«

Anker schüttelte den Kopf. »Einerseits sind unsere Gäste ausschließlich Gruppen, keine Einzelpersonen. Es wird vorher viel geprobt und der Ablauf besprochen. Der große Lauf ist ja ein viel größeres Spektakel mit Musik, Feuer-Acts und Choreografie.«

»Aber Spiegler war alleine?«, fragte Agathe interessiert.

»Anfangs schon. Später hatte er noch jemanden dabei, den ich aber nicht kannte.«

»Also einerseits nur Gruppen und andererseits?«, hakte nun Leitner nach.

»Andererseits müssen sich die Vorstellungen der Teilnehmer von dieser Art von Brauchtum überschneiden.«

»Und das war nicht der Fall?« Wieder war es Leitner, der die Frage stellte.

»Nein. Während unserer Unterhaltung habe ich gemerkt, dass er einer von denen ist, die nur den schnellen Effekt suchen. Die die eigentliche Tradition nicht verinnerlicht haben. Schon an seinen vielen Tattoos war ja zu sehen, dass er eher zum Extremen tendiert.«

Agathe rutschte mit geradem Rücken zur Kante der Sitzbank vor. »Das bedeutet, Spiegler kam hier im Zillertal an und hat sich bei der Organisation des Teufellaufes gemeldet, weil er mitmachen wollte. Und dann hast du ihm erklärt, dass das nicht möglich ist?«

»Genauso war es. Seine eigentliche Gruppe, die Miesberg Pass, hatte nämlich für heuer abgesagt. Und Solisten brauchten wir keine.«

»Und wie ging es dann weiter?«

»Dann fand der Teufellauf statt.«

»Ist dir Spiegler währenddessen aufgefallen?«, wollte Leitner wissen.

»Jo, das ist er. Auf dem Festplatz, wo auch das Gauderfest abgehalten wird, herrschte ein ziemlicher Trubel, aber ein Einzelner mit Gewand ist dann doch hervorgestochen.«

»Wie meinst du das?«, fragte Agathe.

»Na, alle anderen rotten sich ja normalerweise in ihren eigenen Gruppen zusammen. Da fällt ein Einzelgänger nach gewisser Zeit schon auf. Außerdem war seine Larve viel zu blutrünstig für unsere Veranstaltung. Als Ausrichter des Teufellaufs habe ich immer viel zu tun, trotzdem habe ich mitbekommen, wie er Zuschauer belästigt hat.«

»Gehört das nicht zu euren Aufgaben?«, fragte Agathe vorsichtig.

»Im Rahmen unserer Veranstaltung, ja. Aber der Spiegler hat das Publikum erschreckt, während eine andere Gruppe ihren Auftritt hatte. Das macht man einfach nicht. Ich habe unsere Security hingeschickt, und daraufhin hat sich die Lage etwas beruhigt.«

Ein dem Dialekt nach Einheimischer schlug Anker von hinten auf die Schulter und besprach in wenigen Worten, deren kehlige Laute Agathe kaum verstand, die Reparatur eines Autoanhängers. Schnell schenkte sie der kurzen Ablenkung keine Aufmerksamkeit mehr, sondern überlegte sich ihre nächste Frage.

»Ist Spiegler dann verschwunden?«, fragte sie, als der Mann weitergegangen war.

Anker schüttelte den Kopf. »Ich glaube nicht. Aber sicher bin ich mir nicht.«

»Du hast vorhin erwähnt, dass Spiegler am Tag des Laufes noch jemanden dabeigehabt hat. War das ein Einheimischer oder ein Fremder?«, versuchte Agathe, Anker noch mehr Details zu entlocken.

»Ich habe keinen blassen Schimmer.«

»Aber es war ein Mann?«, wollte Leitner wissen.

»Es war schon dunkel.« Anker zuckte mit den Schultern. »Die Person trug eine Wintermütze und war relativ weit weg. Es hätte auch eine Frau sein können.«

»Wie kommst du dann darauf, dass diese Person zu Spiegler gehört hat?«, fragte Agathe nach.

»Na, weil sie ständig neben ihm gestanden ist.« Anker seufzte leicht genervt.

»Und wann oder wie sind die beiden verschwunden?«

Anker nahm einen Schluck Bier, atmete kurz durch. »Ich weiß es nicht. Irgendwann habe ich sie dann nicht mehr gesehen. Aber es war auch nicht so, dass ich jetzt den ganzen Abend nur auf dieses Pärchen geachtet hätte. Ich habe mich halt kurz geärgert, weil er eine zweite Show neben der eigentlichen machen wollte. Wie das dann vorbei war, habe ich den Störenfried noch eine Zeit lang im Auge behalten. Es war mir aber nach einer Weile auch nicht mehr so wichtig, ich sage es euch, wie es ist.« Damit leerte er sein Bierglas und stand auf. Ein deutliches Zeichen, dass für ihn das Gespräch zu Ende war.

»Was trug die Person, die Spiegler begleitet hat, sonst noch?«, fragte Agathe schnell.

»Winterhose, Winterjacke, Wintermütze.« Anker verdrehte die Augen. »Und jetzt machts es guad! Servus.«

»Was bekommst du denn noch für das Zillertaler?«, rief Leitner ihm hinterher.

»Nix! Dafür sagst dem Spitaler einen schönen Gruß, wenn du ihn siehst.«

Leitner und Agathe bestellten sich noch je ein kleines Bier, erhoben sich aber und stellten sich an einen der Stehtische neben einem Heizpilz.

»Und nun?«, meinte Agathe.

»Tja«, Leitner überlegte, »ich denke, hier haben wir alles herausgefunden, was herauszufinden war. Wir können ja nicht alle Teufel des Zillertals befragen, ob Spiegler ihnen aufgefallen ist.«

»Nein, das können wir wohl schlecht machen.« Agathe trank die Hälfte ihres Bieres aus und sagte dann: »Bei der Beschreibung von Anker könnte jeder diese Begleitung von Spiegler gewesen sein. Vielleicht war es sogar jemand aus der Oberpfalz.«

»Das glaube ich nicht. Der Anker hat doch vorhin gesagt, dass Spiegler allein zu ihm gekommen ist.«

Agathe nahm den Einwand nickend zur Kenntnis und fuhr fort: »Oder es kann jede x-beliebige Person sein, die Spiegler hier aufgerissen hat. Das fiel ihm ja, was man so hört, nicht wirklich schwer. Und in einem Tourismusort zu Beginn der Hochsaison dürfte es für ihn noch leichter als sonst gewesen sein.«

Leitner trank sein Bier aus und sagte dann: »Lass uns jetzt zum Spitaler Gerhard zurückfahren. Dort essen wir zu Abend, und morgen früh machen wir uns wieder auf den Weg nach Schwandorf.«

»Guter Plan«, stimmte Agathe zu und richtete ihren Blick nochmals zu den Bergen vor dem dunklen Abendhimmel. »Aber irgendwie auch schade. Ich glaube, hier in der Gegend könnte ich es noch eine Zeit lang aushalten.«

Leitner lächelte. Es freute ihn, dass seine Kollegin auch die angenehme Seite ihres Ausflugs wahrgenommen hatte.

Zurück auf dem Zellberg gingen Leitner und Agathe sofort

ins Stüberl. Alle Tische waren besetzt, der Lärmpegel war hoch.

»Hockts euch an den Stammtisch!«, sagte Gerhard Spitaler und zeigte auf den Tisch gegenüber der Schänke. Zu den schon dort Sitzenden rief er lachend: »Das sind Freunde aus Bayern, die passen schon daher.«

»Zumindest einer von uns beiden kommt aus Bayern«, meinte Agathe, während sie sich an den Tisch zwängte. »Und ich bin es nicht.«

Ihr Tischnachbar lächelte, während Spitaler von hinter der Theke verkündete: »Der Gerhard spielt nachher auf, da werdets Augen und Ohren machen!«

Leitner bestellte genauso wie Agathe ein weiteres Bier an diesem Abend und überflog die Speisekarte. Der Nachmittagsschoppen an der Bergbahn hatte beide Detektive ziemlich hungrig gemacht. Schließlich entschied sich Leitner für einen Bergsteigerteller und Agathe für ein klassisches Schnitzel Wiener Art. In den nächsten Stunden dachten sie nicht mehr über ihren Fall nach, sondern genossen die unterhaltsamen Tischgespräche.

Nachdem Gerhard Spitaler und sein Sohn auf der kleinen Bühne das erste Set des Abends gespielt hatten, nahm der Wirt das Mikrofon zur Hand. »Liebe Gäste, ich hoffe, es geht euch gut in unserem Zellbergstüberl. Habts einen Spaß?«

Das Publikum beantwortete ihm seine Frage mit frenetischem Applaus. Als dieser verebbt war, fuhr Spitaler fort: »Es isch mir heute ein ganz besonderes Vergnügen, euch einen langjährigen Freund unseres Hauses vorzustellen. Bei uns isch, angereist aus der Oberpfalz, der unvergleichliche Gerhard Leitner!«

In das wieder einsetzende Klatschen stimmte auch Agathe mit ein.

»Komm zu mir vor, Gerhard, oder bischt auf einmal schüchtern geworden?«, neckte Spitaler seinen Kollegen.

Leitner quetschte sich an seinen Sitznachbarn vorbei, stieg auf die Bühne und stellte sich neben Vater und Sohn Spitaler.

»Weil ich weiß, dass du dein Hörndl dabeihascht, täte ich vorschlagen, dass du es jetzt holscht«, sagte der Senior. »In der Zwischenzeit werden wir beide euch, liebe Gäste, noch mit einem klassischen Zillertaler Lied unterhalten. Hier kommt ›Zellberg Buam – Tirolerzeit‹!«

Leitner tat, wie ihm geheißen. Nachdem die letzten Töne des Lieds verklungen waren, stellte er sich zu Vater und Sohn und stimmte fehlerlos in das nächste Stück mit ein.

Sie musizierten eine knappe Stunde, dann legten sie ihre Instrumente beiseite.

»Machst du uns dann die Rechnung fertig?«, bat Leitner Spitaler. »Wir wollen morgen früh zeitig aufbrechen.«

»Natürlich, ich richt's euch her.« Der Wirt nickte lächelnd. »Aber jetzt genießts noch ein bisserl den wunderbaren Abend.«

Nachdem Leitner und Agathe sich noch eine ganze Weile mit ihren Nachbarn unterhalten hatten, verabschiedeten sich nicht nur diese. Es wurde etwas leerer im Stüberl.

Agathe und Leitner beglichen die Rechnung und zogen sich in ihr Zimmer zurück.

»Das kommt mir aber wenig vor, was wir gerade bezahlt haben«, meinte Agathe. »Für zwei Übernachtungen, Frühstück, Brotzeiten, Getränke …«

»Das war der Musikantenfreundschaftspreis.«

»Echt jetzt?« Agathe grinste. »Finde ich jedenfalls klasse vom Gerhard. Ein äußerst angenehmer Zeitgenosse.«

Während Agathe Pulli und T-Shirt auszog, entledigte sich Leitner seiner Jeans und, auf dem Bett sitzend, seiner Socken. Auch Agathe schlüpfte aus ihren Hosen und legte sie über einen Stuhl. Als sie, nur noch in BH und Slip, sah, dass Leitner sich die Bettdecke über die Hüften zog, fragte sie: »Frierst du etwa? Ist doch gar nicht so kalt hier.«

»Natürlich friere ich nicht.«

Sie sah ihn aus frech blitzenden Augen an, öffnete den BH und ließ ihn zu Boden fallen. Als sie langsam die Decke von Leitner zog, ging sein Atem hörbar schwer.

Er stützte sich rücklings auf die Ellbogen und verfolgte gebannt, wie Agathe sich ihre Unterhose auszog.

»Ich denke, wir beide könnten jetzt eine heiße Dusche gebrauchen, meinst du nicht?«, sagte sie keck.

Im Halbdunkel des Zimmers beobachtete Leitner, wie sie die Badtür öffnete und das Licht einschaltete, das, als sie sich zu ihm umdrehte, ihre wohlgeformten Brüste beleuchtete und ein feines Flimmern auf ihre Haut zauberte.

Langsam erhob er sich vom Bett und zog sich mit einigen Mühen seinen Slip aus. Auch das T-Shirt fiel zu Boden, und als er nah vor Agathe stand und den sehnenden Blick in ihren Augen sah, war er froh, dass der Lärmpegel in der Stube unter ihnen trotz der überschaubaren Anzahl der Gäste noch beträchtlich war.

27

Die Morgensonne weckte Leitner. Noch ein wenig verschlafen blickte er durch das Fenster. Das Panorama mit den sonnenerhellten weißen Gipfeln und den noch im Morgenschatten liegenden Berghängen raubte ihm den Atem. Als er ins Badezimmer ging, versuchte er, Agathe nicht zu wecken.

Ein paar Minuten später kehrte er zurück. Agathe richtete sich gerade im Bett auf. Ihr Haar war zerzaust.

»Na, endlich. Ich warte schon seit Ewigkeiten darauf, dass das Bad endlich frei ist«, sagte sie mit belegter Stimme.

Die Detektive suchten ihr weniges Gepäck zusammen und verließen das Zellbergstüberl wie am Vorabend mit Gerhard Spitaler abgesprochen durch eine Nebentür, die von außen nicht zu öffnen war.

Im Tal hielten sie an einer Bäckerei und kauften Kaffee und Proviant für die Heimreise, die sie gegen acht Uhr endgültig antraten. Keiner von beiden versuchte, die Ereignisse der letzten Nacht zu thematisieren. Seit sie die gemeinsame Wohnung bezogen hatten, kam es eben in unregelmäßigen Abständen manchmal dazu, dass sie einander nicht widerstehen konnten. Aber um den Status quo ihrer Beziehung nicht grundsätzlich zu verschieben, genossen beide noch die angenehmen Berührungen vom Vortag und beschäftigten sich ansonsten nicht weiter damit.

»Ich weiß nicht, was ich davon halten soll«, sagte Leitner, als sie schon wieder auf dem oberbayerischen Teil der A 93 waren. »Von dieser Begleitung vom Spiegler.«

»Es könnte doch auch nur ein anderer Tourist gewesen sein.«

»Stimmt«, meinte Leitner. »Aber er hätte doch wissen müssen, dass man beim Teufellauf nur als Gruppe mitmachen kann. Dann wäre es sinnvoll gewesen, wenn er jemanden aus der Oberpfalz dabeigehabt hätte.«

»Zwei Leute sind aber auch noch keine Gruppe«, wandte Agathe ein.
»Nein, das freilich nicht …«
»Wer aus der Oberpfalz würde denn rein hypothetisch als Begleitung in Frage kommen?«
Leitner dachte kurz nach, bevor er sagte: »Kim Wind können wir, denke ich, ausschließen.«
»Das glaube ich auch«, ging Agathe konform. »Jochen Menner besitzt ein Teufelskostüm, sodass wir annehmen können, dass er es zu so einer Gelegenheit auch getragen hätte, aber laut Anker war die Person ganz normal gekleidet. Für mich scheidet der auch aus.«
»Wen haben wir dann noch im Angebot?«, stellte Leitner die rhetorische Frage.
»Dass es Manfred Höcherl war, halte ich ebenfalls für unwahrscheinlich. Allerdings sagte Anker, dass es sich auch um eine Frau gehandelt haben könnte.«
»Anna Höcherl?« Leitner ließ die Idee etwas sacken. »Möglich wäre es. Vielleicht hatte Spiegler sie zum Mitfahren überredet.«
»Oder es war jemand anders, der sich in der Szene ebenfalls sehr gut auskennt. Und dich seit Beginn unserer Ermittlungen mit Informationen versorgt hat.«
»Beate?« Bestürzt sah Leitner sie an. »Das ist doch nicht dein Ernst.«
»Doch, Gerhard, ich ziehe es in Betracht.«
»Ich bitte dich! Beate hat uns … also, sie hat mir doch alles über Spiegler erzählt.«
»Eben«, meinte Agathe trocken. »Sie hat bei dir einen Nerv getroffen und wusste, dass sie dir alles an Informationen zukommen lassen kann. Ob es nun stimmen mochte oder nicht.«
Leitner musste diese Verdächtigung erst verarbeiten. Nach etlichen schweigend zurückgelegten Kilometern schüttelte er entschlossen den Kopf. »Aber alles, was ich von ihr erfahren habe, war korrekt, Agathe. Spieglers Beziehung zu

Anna Höcherl, seine Feindschaft mit ihrem Bruder. Sogar die Geschichte mit Jochen Menner, alles stimmte.«

Agathe nickte. »Sie wusste das alles, weil sie selbst mit Spiegler liiert war. Dafür, dass sie die Beziehung schon vor Längerem abgebrochen hat, haben wir nur ihr Wort.«

Leitner versuchte, emotionslos zu bleiben und die Informationen, die er und seine Kollegin bislang zusammengetragen hatten, in Gedanken neutral zu bewerten. Wieder versank er in Schweigen.

Kurz nach halb elf ließen sie Regensburg hinter sich. Als Leitner bei Klardorf von der A 93 abfuhr und sich Schwandorfs Innenstadt über den Kreisel von Süden her näherte, klingelte Agathes Telefon.

»Helga, grüß dich!«, sagte sie, als sie ranging. Sie nickte und brummte mehrmals, dann sagte sie: »Okay … okay. Das trifft sich gut. Wir sind sowieso unterwegs, dann machen wir einfach gleich einen Abstecher zur Baustelle.« Sie legte auf.

»Was wollte deine neue Freundin?«, fragte Leitner.

»Wir sollen mal kurz zur Friedrich-Ebert-Straße schauen. Auf der Baustelle tut sich was.«

Leitner nickte. »Okay. Ich stelle den Wagen zu Hause ab, dann gehen wir das Stück zu Fuß.«

Es war bereits nach elf, als Agathe und Leitner zusammen mit einigen anderen Schaulustigen an der Absperrung standen. Dort, wo schließlich das kaputte Rohr entdeckt worden war, stand Arno Bögl mit zwei Bauarbeitern. Man grüßte sich gegenseitig.

»Na, wie läuft's da unten?«, fragte Agathe.

»Wahrscheinlich schaffen wir es heute noch, das neue Rohr einzusetzen und die Baustelle wieder zuzuschaufeln«, gab Bögl zurück und sah schon wieder in die Grube.

Agathe wandte sich zu Leitner. »Genau heute vor einer Woche hat man frühmorgens den Teufel aus der Grube geborgen«, flüsterte sie. »Das bedeutet, dass die Bauarbeiten sich durch den Fund der Leiche eine Woche hingezogen haben.«

»Das Pony! Oma, schau, da drüben ist das Pony!«, rief plötzlich eine Kinderstimme.

Agathe sah auf und erkannte Helga mit ihrem Enkelsohn Paul, die auf sie zukamen.

»Da ist das Pony, Oma! Und der Frosch, der wohnt da. Und die Giraffe auch!« Paul brabbelte so vergnügt und ohne Unterlass wie bei ihrer ersten Begegnung.

Agathe zog sich ihre Mütze vom Kopf und ging vor Paul in die Hocke. Als sie ihr Spiel vom letzten Mal wiederholte und ihm unter Wiehern ihre Haare ins Gesicht fliegen ließ, brach Paul in Gelächter aus.

Nach ein paar Minuten stand Agathe wieder auf, und Paul begann, weiter vor sich hin zu quatschen. »Und dann kommt der Panther, und dann kommt die Kuh, aber die Kuh ist krank, also muss sich die Kuh hinlegen, aber der Panther, der frisst sie dann.«

Leitner, der so einen ununterbrochenen Wortfluss nicht gewohnt war, blickte zu den beiden Frauen. »Er kennt ja jede Menge Tiere.«

»Er hat daheim ein Tierbuch«, sagte Helga und deutete zu einem Haus. »Da wohnt meine Tochter Amelie mit ihrer Familie. Der Paul hockt oft stundenlang in seinem Kinderzimmer und schaut sich nur dieses Buch an.«

»Was ist denn der hier für ein Tier?«, fragte Agathe den Bub freundlich und deutete dabei auf Leitner.

Paul besah sich den ihm Unbekannten, dann zog er einen Schmollmund und sagte einsilbig: »Pfau.«

Die Frauen kicherten. Offenbar hatte Paul in ihren Augen Leitner mit seinen schulterlangen Haaren recht treffend beschrieben.

»Da kommt ein Haifisch! Und noch ein Haifisch!«, rief Paul plötzlich erregt, als zwei Streifenbeamte auf der Baustelle nach dem Rechten sahen.

»Gehst du jetzt zum Stammtisch?«, fragte Agathe Helga.

»Ich bin gerade auf dem Weg dorthin. Es wird zwar der Konstanze und der Martha nicht schmecken, dass der Paul schon wieder dabei ist, aber das ist mir wurscht.«

»Und recht hast du«, pflichtete Agathe ihr bei.

»Kommst du mit?«, wollte Helga wissen.

Agathe drehte sich zu Leitner, der sofort abwinkte: »Geh nur. Ich hau mich nach der Fahrt erst mal eine Runde aufs Ohr.«

»Also dann. Auf geht's«, meinte Helga und hatte Mühe, ihren Enkelsohn von der aufregenden Baustelle loszueisen.

Am frühen Nachmittag – Agathe hörte dem Klatsch und Tratsch der Kaffeedamen schon eine Zeit lang angeregt zu – klingelte ihr Telefon.

»Gerhard, was gibt's denn?«

»Willst du dich noch umziehen?«

»Weil?«

»Uns die Wendell sehen will. So schnell es geht. In Regensburg.«

Agathes Stimmungsbarometer fiel drastisch. »Muss das sein?«

»Scheint dringend zu sein«, antwortete Leitner.

»Na, für die reicht meine Garderobe aus.«

»Wo bist du? Ich hol dich ab.«

»Im Café Schuierer. Gib mir fünf Minuten. Ich muss noch zahlen, dann gehe ich über die Baustelle vor zum Wendelinplatz. Sammle mich da ein, wir müssen ja auf die Autobahn«, sagte Agathe und legte dann auf.

»Ach, den jungen Leuten pressiert es immer so arg«, seufzte Konstanze mit Blick auf sie. »Schon lange her, dass wir so waren.«

»So hektisch? Da hätten uns die Erzieherinnen was Schönes erzählt. Und erst die Eltern. Nein, *so* waren wir ganz bestimmt nicht«, ließ sich Martha vernehmen.

»Stimmt«, sagte Helga trocken. »Wir waren noch schlimmer.«

»Ich weiß wirklich nicht, was du meinst, Helga«, reagierte Martha verstockt.

Agathe beglich ihre Rechnung und verabschiedete sich. Die Damen würden ihre Fehden diesmal ohne sie austragen müssen.

Auf dem Weg zum Wendelinplatz warf sie nochmals einen Blick auf die Baugrube. Kein Arbeiter weit und breit, obwohl es erst halb drei war. Seltsam, dachte sie.

Als sie ein kurzes Hupen vernahm, drehte sie sich um. Leitner hatte ihren BMW genommen und wartete mit eingeschalteten Warnblinkern am Seitenstreifen des Wendelinplatzes.

Agathe kletterte auf den Beifahrersitz, und Leitner bog nach rechts ab zur Adenauerbrücke. Als sie nach einigen Kilometern auf die A 93 fuhren, sagte Agathe missmutig: »Das hätte unserer Hochwohlgeborenen auch etwas früher einfallen können.«

Leitner kicherte kurz. »Das ist ihr leider auch früher eingefallen.«

»Verstehe ich nicht.«

»Sie hat uns gestern Abend schon eine E-Mail geschrieben, in der sie uns zu einem persönlichen Gespräch zum Zwischenstand unserer Ermittlungen gebeten hat.«

»Für wann?«

»Heute Vormittag.«

»Ach du dickes Ei«, meinte Agathe. »Wann kam die E-Mail genau?«

»Gestern Abend, lange nach Büroschluss.«

»Was haben wir zu dem Zeitpunkt noch mal gemacht?«

Leitner bedachte Agathe mit einem scharfen Blick. »*Ich* weiß schon noch, was wir gemacht haben. Auf jeden Fall hat keiner von uns seine E-Mails gecheckt.«

Agathe grinste. »Und als du vorhin zu Hause warst, hast du wahrscheinlich auch nicht sofort in deinen E-Mail-Eingang geschaut, oder?«

»Nein. Ich habe das gemacht, was ich vorhatte.«

»Hast dich aufs Ohr gehauen und geratzt?«

»Genau. Bis gerade eben, als die Wendell mich geweckt hat, indem sie auf meinem Handy Sturm geläutet hat. Dann habe ich dich sofort angerufen.«

Agathe atmete tief durch. »Das war natürlich sehr nachlässig von uns beiden.« Nach einer Pause fügte sie hinzu: »Aber wenn ich noch mal die Wahl hätte zwischen dem, was gestern Abend passiert ist, und dem Checken von E-Mails, würde ich mich für …«

»Ja?«, fragte Leitner.

»… für die E-Mails entscheiden«, beendete Agathe den Satz und brach in schmutziges Gelächter aus.

Im Bürogebäude der Jacortia-Versicherung im Regensburger Westen wechselten Agathe und Leitner bis zu ihrem Eintreffen auf der Chefetage im vierten Stockwerk kein Wort. Die sprichwörtliche Eiseskälte, die im Umkreis von Wendell herrschte, ließ sie verstummen.

Als Agathe und Leitner an Wendells Sekretärin vorbei zur Bürotür gehen wollten, hielt diese sie auf.

»Frau Wendell ist noch im Gespräch«, meinte sie brüsk.

Gegen ihren Willen musste Agathe grinsen. Offenbar ähnelten sich nicht nur Hund und Herrchen, sondern auch Sekretärin und Chefin.

»Aber sie hat uns unverzüglich einbestellt«, sagte Agathe höflich.

»Das ist korrekt, allerdings war der Termin bereits für heute Vormittag um halb elf anberaumt. Jetzt müssen Sie warten, bis der Terminplan der Chefin es erlaubt, Sie dazwischenzuschieben.«

Die Detektive gingen zur ledernen Wartecouch, die dem Schreibtisch der Sekretärin gegenüberstand, nahmen synchron Platz und verschränkten ebenso synchron die Arme.

Beiden war klar, dass das Warten eigentlich eine Disziplinarmaßnahme dafür war, dass sie ihre E-Mail nicht rechtzeitig gelesen und deshalb einen Termin mit der Vorgesetzten nicht eingehalten hatten.

Die Minuten verstrichen, und Agathe und Leitner ertrugen stumm ihre Strafe. Es war ein unausgesprochenes Gesetz, sich vor Chris Wendell – oder ihrer Sekretärin – keine Blöße zu geben.

Nach anderthalb Stunden rief Wendell sie endlich in ihr Büro.

»Halten Sie es für möglich, dass Sie in Zukunft auf schriftliche Aufforderungen von mir reagieren«, blaffte sie sie zur Begrüßung an, »oder stellt das für Sie ein unüberwindbares Problem dar?«

Agathe und Leitner atmeten tief durch.

»Ihre Mail ist uns durch die Lappen gerutscht, Frau Wendell, das ist uns bewusst«, sagte Agathe mit erhobenem Kopf. »Es tut uns leid.«

»Vergessen Sie's«, erwiderte Wendell überraschend. »Kann ja mal vorkommen. Und wir haben Wichtigeres zu besprechen.«

Die Detektive sahen sich verunsichert an.

»Nachdem Sie bestimmt auch keinen Bericht geschrieben haben«, fuhr Wendell fort, »setzen Sie mich bitte über den aktuellen Ermittlungsstand in Kenntnis.«

Also begann Agathe, von ihren Befragungen und den sich daraus ergebenden Spekulationen zu berichten.

Wendell hörte regungslos zu. »Sie haben also noch nicht herausgefunden, wer für den Rohrschaden verantwortlich ist«, fasste sie schließlich zusammen. »Sie wissen noch nicht einmal, ob das Rohr an sich defekt war oder der Mörder von Harry Spiegler den Schaden verursacht hat, richtig?«

»Na ja«, antwortete Leitner zögerlich, »wir –«

»Wir müssen uns beeilen«, fiel Wendell ihm ins Wort. »Was im Klartext heißt: *Sie* müssen sich beeilen. Mit jedem Tag, an dem auf der Baustelle nichts weitergeht, erhöht sich die Versicherungssumme. So weit können Sie mir folgen?«

»Freilich«, sagte Leitner ärgerlich. »Aber die Bauarbeiten sollten heute zu einem Ende kommen. Das hat der Bauleiter erst vorhin verkündet.«

»Mag schon sein, aber gerade hat er mir am Telefon gesagt, dass seine Firma es frühestens morgen Vormittag schafft«, sagte Wendell, und der wütende Unterton in ihrer Stimme war nicht zu überhören.

Agathe nickte. »Als du mich gerade abgeholt hast, war noch nichts fertig, Gerhard.« Sie wandte sich an Wendell: »Was sollen wir also Ihrer Meinung nach jetzt tun?«

»Das, was Sie ursprünglich schon lange hätten tun sollen. Finden Sie die genauen Umstände des Rohrschadens heraus und halten Sie die Zahlungen unseres Hauses so gering wie möglich. Am besten, Sie verhindern sie ganz. Und morgen früh um neun Uhr habe ich Ihren schriftlichen Bericht mit Ergebnissen in meinem E-Mail-Fach, habe ich mich klar genug ausgedrückt?«

Damit entließ Wendell die Detektive, die sich missmutig verabschiedeten, an der Sekretärin vorbeigingen und sich wieder zu ihrem Wagen begaben.

Zurück auf der Autobahn brach Leitner als Erster das Schweigen. »Weißt du, was mir an dieser Frau am allermeisten stinkt?«

Agathe hatte aus Daumen, Zeige- und Mittelfinger eine dreiseitige Pyramide geformt, an deren Grundfläche ihre rechte Wange lag. Während ihr Kiefer auf dem Daumen auflag und ihr Zeigefinger an der Schläfe ruhte, knabberte sie am Mittelfinger. Den nahm sie auch nicht aus dem Mund, als sie antwortete: »Dass sie recht mit ihrem Anpfiff hat?«

»Genau.«

»Geht mir genauso«, meinte Agathe und blieb in Denkerpose. »Wir kennen ja noch nicht mal die Todesursache von Harry Spiegler. Diesmal war uns die Kripo leider keine Hilfe.«

»Wohl wahr«, brummte Leitner und überholte eine Lkw-Kolonne. »Aber das ist genau genommen auch nicht spielentscheidend, oder?«

»Das nicht«, stimmte Agathe zu. »Aber ich hatte gehofft, es würde uns weiterhelfen, den Mörder zu finden und damit auch denjenigen, der unsere Versicherung vom Haken befreien könnte.«

»Tja«, machte Leitner nur.

Kurz vor Schwandorf fragte er: »Sag mal, als wir heute Vormittag an der Baustelle standen, hat der Bögl da nicht eindeutig gesagt, dass sie das Loch heute noch zuschütten wollen? Oder leide ich jetzt schon an Halluzinationen?«

»Nein, das habe ich auch so verstanden. Ich stand daneben.«

»Na, eben. Das ist doch nicht unsere Schuld, wenn die Baufirma nicht fertig wird.«

Agathe murmelte: »Nein, eigentlich nicht. Aber das werden die Jungs und Mädels von unserer Rechtsabteilung schon so auseinanderklamüsern, dass die die überschüssigen Tage dann am Schluss rausrechnen. Unser Job ist ja schon nicht immer der einfachste, aber mit den Juristen möchte ich nicht einen Tag tauschen.«

»Ich auch nicht.« Leitner lachte auf.

Die Fahrt ging weiter, und auf Höhe Teublitz sagte er: »Aber irgendwie würde ich schon gerne wissen, warum sich die Arbeiten verzögern. Meinst du, deine Klatschtanten könnten etwas darüber wissen?«

»Heute Mittag, als wir beieinandersaßen, war nicht davon die Rede. Aber das ist gar keine so dumme Idee.« Agathe zückte ihr Handy. »Ich rufe mal die Helga an. Wenn in Schwandorf jemand den Grund für die Verzögerung weiß, dann eine der vier Grazien.« In ihren Kontakten suchte sie nach Helga Moritz' Nummer und tippte den Eintrag an.

»Guten Abend, Helga!«, rief sie kurz darauf. »Agathe hier. Ich wollte dich fragen, ob du … – Was? Jetzt komm mal ein bisschen runter!« Ihr Tonfall war besorgter geworden. »Langsam, Helga! Wer?«, fragte sie. Und nach einer Pause: »Seit wann denn?«

Aus dem Handy drangen Schluchzer und Wortfetzen.

»Hast du schon mit der Polizei telefoniert? – Nein? Okay, dann komme ich jetzt kurz bei dir vorbei.«

Sie wartete Helgas Antwort ab. »Dann treffen wir uns bei deiner Tochter, gibst du mir die genaue Adresse?«, sagte sie schließlich. »Natürlich, ich werde euch bei dem Gespräch mit der Polizei helfen, ich kenne die Abläufe noch von früher. Aber mach dir keine Sorgen, der taucht hundertprozentig bald wieder auf.«

Weitere Schluchzer erfüllten den Innenraum des Wagens.

»Wir sind schon fast in Schwandorf. Ich bin gleich bei dir, okay?« Damit legte Agathe auf.

»Was ist denn passiert, um Gottes willen?«, fragte Leitner ernst.

»Paul ist verschwunden.«

»Paul?«

»Helgas Enkel. Du hast ihn vorhin kennengelernt.«

Es dauerte nur kurz, bis es bei Leitner klick machte. »Ach, der Lausbub?«

»Genau der. Die Helga ist völlig fertig.«

»Kann ich mir denken. Wo wohnt die?«

»Wir fahren nicht zu Helga, sondern zu ihrer Tochter Amelie. Zum Wendelinplatz.«

»In Ordnung«, sagte Leitner. »Aber bestimmt taucht er wieder auf. Wenn ich da an meine Nichte denke, die war früher nicht zu bremsen, ist immer mal wieder abgehauen.«

»Ja, in dem Alter ist das wohl nichts Ungewöhnliches«, sagte Agathe abwesend.

»Und eine Phantasie hatte die Julia … nicht zu fassen. Genau wie der Paul. Der hat ja heute seine kleine Gosche auch nicht halten können. Kinder großzuziehen ist bestimmt kein Zuckerschlecken.«

»Nein … kein Zuckerschlecken …«

Leitner hörte an Agathes Stimme, dass tief in ihrem Inneren etwas an ihr nagte. Sie näherten sich der Ausfahrt Schwandorf-Mitte, und er setzte den Blinker rechts.

»Was hast du da eben gesagt?«, schoss es plötzlich aus Agathe heraus.

»Bitte was?«

»Das gerade eben!«

Überrumpelt stammelte Leitner: »Ähm ... dass die Julia mit fünf sehr phantasiereich war?«

»Nein, das danach!«

»Dass Kindererziehung nicht einfach ist?«

»Genau. Es ist kein Zuckerschlecken!«

Höflich räusperte sich Leitner, bevor er sagte: »Entschuldige, aber ich kann dir nicht ganz folgen. Worauf willst –«

»Bleib weiter auf der Straße, Gerhard.«

»Aber wieso? Die Helga wartet doch auf dich am Wendelinplatz, da muss ich hier runter.«

»Helga muss sich gedulden. Und ich werde dir gleich alles erklären. Von wegen Phantasie ...«

Leitner ließ den Blinkhebel auf Nullstellung zurückschnappen und blieb auf der rechten Fahrspur, was ihm wütendes Gehupe des Wagens hinter ihm einbrachte.

Agathe riss die Mittelkonsole auf und kramte hektisch darin herum.

»Was suchst du?«

»Hustenbonbons! Ich brauche Hustenbonbons.«

»Ich glaube, in deiner Tür im Seitenfach sind welche.«

Während Agathe die Bonbontüte in ihre Manteltasche steckte, trat Leitner auf ihr Geheiß hin aufs Gaspedal. Dann erklärte sie ihm, was die Planänderung ausgelöst hatte, und Leitner konnte nicht umhin, vor Grauen und Ekel seine Miene zu verziehen.

28

Nur wenige Minuten später stieg Agathe an ihrem Ziel aus dem BMW und betraute Leitner mit zwei höchst dringenden Aufträgen. Mit durchdrehenden Reifen fuhr ihr Kollege davon.

Agathe hoffte inständig, dass es noch nicht zu spät war. Obwohl sie keiner Kirche angehörte und auch sonst nicht viel von Gottesgläubigkeit hielt, schickte sie ein schnelles Stoßgebet in den Nachthimmel, bevor sie beherzten Schrittes die Großbaustelle zwischen Haselbach, Irlbach und Neukirchen betrat.

Sie war zum ersten Mal hier, sodass sie sich erst einmal zurechtfinden musste. Nur langsam gewöhnten sich ihre Augen an die Dunkelheit. Gruben kristallisierten sich heraus, dann erkannte Agathe erste Anzeichen dafür, dass bald Hallenwände hochgezogen werden würden.

Vorsichtig ging sie über das unwegsame Gelände, bis sie mit dem linken Fuß an etwas hängen blieb. Es schepperte laut.

»Scheiße, Mann!«, fluchte Agathe und rieb sich den Fußrücken. Sie hatte eine rostige Betonstahlmatte übersehen, deren äußerste Spitze sich durch das Leder ihres linken Schuhs gebohrt hatte.

Angsterfüllt sah sie sich um.

Doch nichts war zu hören.

In etwa fünfzig Metern Entfernung entdeckte sie einen schwachen Lichtschein. Hochkonzentriert, damit sie ja kein zweites Mal straucheln würde, näherte sich Agathe einem Baucontainer, aus dem das Licht nach draußen fiel, und schlich zu einem seiner Fenster.

Gebückt spähte sie ins Innere. Jalousien versperrten ihr die Sicht.

Agathe hatte keine Chance.

Wie aus dem Nichts wurde ihr Gesicht mit lautem Donnern gegen die blecherne Außenwand des Containers gestoßen. Sie konnte nur ein kurzes Stöhnen von sich geben, dann sank sie in die Knie, war zu keinerlei Gegenwehr imstande.

Jemand griff ihr von hinten unter den Arm und legte seine Hand auf ihren Hinterkopf. Sie keuchte vor Schmerz, als sie emporgerissen wurde.

»Steh auf, na komm! Rein da!« Die männliche Stimme klang völlig unaufgeregt.

In Agathes Magengegend regte sich Panik. Sie stolperte vor dem Mann her, der sie schroff über die Türschwelle des Bürocontainers schubste. Im Inneren presste er ihren Oberkörper nach vorne, sodass sie mit dem Gesicht auf einer Tischplatte aufschlug. Agathe atmete gepresst, um vor Schmerz nicht ohnmächtig zu werden.

Ohne etwas dagegen tun zu können, registrierte sie, dass der Angreifer ihre Hände mit einer Schnur zusammenband, sie dann an den Schultern packte und zu Boden warf.

Erst nach einigen Sekunden konnte Agathe wieder klar sehen. In ihrem Kopf war dichter weißer Nebel, dennoch gelang es ihr, sich aufzusetzen und sich mit dem Rücken gegen die Containerwand zu lehnen.

Erst jetzt merkte sie, dass das in ihrem Mund Blut war. Sie hatte es für ihre Schmerzenstränen gehalten, aber der metallene Geschmack war eindeutig. Sie musste verletzt sein.

Agathe drehte den Kopf zu dem Mann, der dafür verantwortlich war.

Arno Bögl steckte sich mit einem Wegwerffeuerzeug eine Zigarette an, während er sie ohne jede Gefühlsregung ansah.

»Wo ist Paul?«, presste Agathe hervor.

Bögl stieß den blauen Dunst der Kippe durch seine Nasenlöcher aus.

»Wo ist er?«

Ihr Gegenüber ließ sich zu keiner Antwort herab.

»Er … ist doch erst fünf«, sagte Agathe zitternd und merkte jetzt, wie ihr die Tränen die Wangen hinunterliefen. Als sie Arno Bögls Blick folgte, erkannte sie in der Ecke des Containers ein Bündel aus alten Decken.

»Nein«, keuchte sie, dann sah sie, dass sich etwas in der Mitte des Bündels bewegte.

Neue Kräfte wurden in Agathe wach. Trotz der starken Schmerzen schüttelte sie ihren Kopf. Sie spuckte aus, eine Mischung aus Blut, Tränen und Rotz, womit sie kurzfristig ihre Schmerzrezeptoren überlastete und so zusätzliches Adrenalin freisetzte. Sie wusste, dass diese Überwindung ihrer körperlichen Schwächen nicht von langer Dauer sein würde, aber im Augenblick half es ihr, sich zu konzentrieren. »Es wird nicht funktionieren«, sagte sie mit fester Stimme.

Bögl zog wieder an der Zigarette.

»Damit können Sie nicht davonkommen. Es ist vorbei.«

Er sah Agathe in die Augen. Aus seinem Blick sprach Gleichgültigkeit.

»Ich werde es zu Ende bringen«, erwiderte er in widerwärtig emotionslosem Ton.

Wieder rann Agathe Blut in den Mund, wieder schüttelte sie den Kopf, und wieder spuckte sie aus. Fieberhaft überlegte sie, was sie als Nächstes sagen sollte.

Als ein leises Lachen ertönte, riss Agathe ihren Kopf zu dem Deckenbündel, aus dem ein Gesicht auftauchte.

»Pony!«, sagte Paul.

Agathes Atem kam nun stoßartig. *Der Junge lebte!*

Sie nickte, gab ein kurzes Pferdewiehern von sich und ließ die Haare fliegen.

Paul lachte lauter, doch etwas schien nicht mit ihm zu stimmen.

Agathe sah wieder Bögl an, und als sich ihre Blicke trafen, sagte sie: »Ich flehe Sie an, um Himmels willen. Ich weiß, dass Sie kein Kind zeugen können.«

Bögl durchfuhr ein Ruck.

Von fern hörte Agathe einen Wagen heranpreschen.

»Und jetzt beweisen Sie mir bitte, dass Sie auch keines töten können.«

29

Als würde man ihr jedes Haar ihres Körpers einzeln ausreißen, spürte Agathe unter Schmerzen jede kostbare Sekunde, die verstrich. Ihre Augen huschten fieberhaft von Paul zu Bögl und wieder zurück.

»Bitte«, versuchte sie es erneut. »Ich bin nicht die Einzige, die weiß, was Sie getan haben. Machen Sie es nicht noch schlimmer!«

Die Glut von Bögls Zigarette wanderte mit nur einem Zug einen Zentimeter näher zum Filter.

Agathe stemmte sich gegen die Wand und versuchte, an ihr hochzurutschen. Vergeblich.

Bögl kam zu ihr und zerrte sie an ihrer Jacke auf die Beine. Sie standen keinen halben Meter voneinander entfernt.

»Befreien Sie meine Hände«, wies Agathe ihn mit Endgültigkeit in der Stimme an. »Ich habe etwas für Paul dabei.«

Bögl zögerte, drehte Agathe aber dann so, dass ihr Rücken zu ihm zeigte.

Sie hörte das metallische Klicken eines Klappmessers und hielt den Atem an. Mit einem Ruck wurden die Fesseln an ihren Händen durchgeschnitten.

Agathe rannte zu dem Deckenbündel, setzte Paul auf und lehnte ihn an die Wand. Als sie ihm mehrere Ohrfeigen gab, öffnete der Junge die Augen und sah sie mit trübem Blick an.

Agathe lief zum Wasserhahn des Bürocontainers und ließ ein auf dem Becken stehendes Glas volllaufen. Sie schenkte Bögl keine Millisekunde Aufmerksamkeit, zog stattdessen aus ihrer Jackentasche die Tüte mit den Hustenbonbons aus dem Wagen. Als sie auf einem Regal an der Wand einen Hammer entdeckte, schnappte sie ihn sich, zerstieß die Bonbons in der Tüte, schüttete die Brösel in das Wasserglas und rührte mit dem Finger um. Schließlich ging sie neben Paul in die Hocke und flößte ihm so viel wie möglich von der Mischung ein.

Der Junge hustete, weil er sich verschluckt hatte, trank aber instinktiv weiter

Vor dem Container knirschten bremsende Reifen auf Kies. Paul schluckte gerade den letzten Rest des mit den Bonbons versetzten Wassers hinunter, als sich die Tür öffnete.

»Agathe!«, rief Leitner und rannte zu ihr. »Was ist mit ihm?«

»Schnell«, sagte Agathe. »Hast du es dabei?«

»Selbstverständlich!« Leitner zog ein Päckchen Traubenzucker hervor und öffnete behände die Verpackung.

»Her damit«, flüsterte Agathe, zerbrach die Plättchen in kleinere Stücke und steckte sie eins nach dem anderen Paul in den Mund.

Dessen Lebensgeister schienen zu erwachen, er lutschte den Traubenzucker und verzog das Gesicht.

Als Leitner sah, dass die größte Gefahr anscheinend abgewendet war, drehte er sich zu Arno Bögl.

»Du kriegst lebenslänglich, mein Freund. Mit anschließender Sicherheitsverwahrung«, sagte er, und Agathe hörte an seiner Stimme, dass Leitner nicht übel Lust gehabt hätte, die Wirkweise des Hammers oder eines vergleichbaren Werkzeugs an Bögls Schädel auszuprobieren.

Bögl reagierte nicht. Ohne jede Körperspannung stand er inmitten des Bürocontainers und sah zu, wie Agathe und Leitner sich wieder um den Jungen kümmerten.

»Ich … ich habe es doch nur für die Familie getan«, stotterte er plötzlich.

»Du wirst nie zu unserer Familie gehören!«

Agathe sah sich um. Leitner hatte auch seine zweite Mission erfolgreich erfüllt und Henriette mitgebracht.

Bögls Verlobte trug weite Umstandshosen und nur eine Strickjacke über ihrem Sweatshirt. Sie ging auf Bögl zu, der zu zittern begann.

»Henriette, bitte … ich …«

Weiter kam Bögl nicht. Henriettes Hand klatschte auf seine Wange. Er stolperte rücklings und hielt sich vor Schmerz das linke Ohr, fiel erst über einen Bürostuhl, ging dann zu Boden und rührte sich nicht mehr.

Agathe wandte sich wieder Paul zu, der sie nun mit deutlich klarerem Blick anschaute. Ihr wurde heiß und kalt, als sie ein Lächeln auf seinen Lippen bemerkte, und sie steckte noch ein Traubenzuckerplättchen in seinen Mund.

Paul schob es umgehend mit der Zunge in die Backe und meinte schmatzend: »Mach noch mal das Pony!«

Als Agathe wieherte und ihre Haare um sein Gesicht fliegen ließ, war der Junge nicht mehr zu halten.

»Hast du auch die Polizei und den Notarzt verständigt?«, fragte sie währenddessen Leitner leise.

»Aber klar, die müssten jeden Augenblick hier sein.«

Agathe lächelte. Diese Nachricht hatte sie hören wollen.

30

Der Notarzt kümmerte sich sofort um Paul. Auch Helga Moritz war schon informiert. Sie war vor Erleichterung am Telefon fast ohnmächtig geworden, aber dann sofort mit ihrer Tochter Amelie zur Baustelle gekommen. Beide durften im Sanka mit ins Krankenhaus fahren, wo Paul weiterbehandelt werden sollte.

Ein zweiter Wagen, den die Sanitäter angefordert hatten, würde die schwangere Henriette ebenfalls ins Krankenhaus bringen, um dort sicherzustellen, dass das Baby die Aufregung gut verkraftet hatte. Arno Bögl war von Polizeibeamten schon gefesselt und in die Untersuchungshaft gebracht worden.

Leitner, Agathe, Henriette und Kriminalhauptkommissar Deckert warteten nun im Baucontainer auf das Eintreffen des zweiten Krankenwagens.

»Ein paar Antworten sind Sie beide uns aber schon noch schuldig«, begann Deckert und setzte sich zu den anderen auf einen der Bürostühle. »Mich würde brennend interessieren, woher Sie wussten, dass der kleine Paul ausgerechnet auf dieser Baustelle war.«

Alle Augen im Raum waren auf Agathe gerichtet, als sie zu erklären begann.

»Ich weiß nicht, ob Ihnen meine Erklärung genügt. Aber auf unserer Fahrt von Regensburg nach Hause formte sich auf einmal eine Theorie in meinem Kopf, die alle Ungereimtheiten dieses außergewöhnlichen Falles erklären konnte.«

»Aha?«

»Ja, wegen des Zuckers!«

»Zucker?«, fragte der Kommissar verständnislos.

Leitner, dem Agathe auf der kurzen Fahrt von Schwandorf-Nord nach Haselbach ihre Theorie erzählt hatte, grinste den Kriminalbeamten an. »Keine Sorge, ich hab's zuerst auch nicht kapiert.«

»Als ich mit Helga Moritz telefoniert habe und sie mir sagte, dass ihr Enkel verschwunden sei, hat sich in meinem Kopf etwas in Gang gesetzt«, fuhr Agathe fort. »Und dann hat Gerhard etwas gesagt, das die bisher chaotischen Gedanken logisch miteinander verband.«

»Und was war das, Herr Leitner?«, fragte Deckert.

»Ich habe nur gesagt, dass Kindererziehung wahrlich kein Zuckerschlecken ist.«

Agathe nickte. »Bei ›Zucker‹ hat es klick bei mir gemacht. Ich musste daran denken, dass Sie, Herr Kommissar, und auch Ihre Kollegen von der Gerichtsmedizin in Erlangen noch immer nicht die genaue Todesursache von Harry Spiegler feststellen konnten.«

»Stimmt.«

»Die Todesursache war also unbekannt«, sagte Agathe. »Aber bei einem solch relativ jungen Mann wie ihm hätte man doch normalerweise auf eine auffällige Ursache für sein Ableben stoßen müssen. Gehirnschlag, Herzstillstand, irgend so was in der Art. Stattdessen: Todesursache unbekannt. Also habe ich mich an meine Zeit bei der Polizei in Hamburg erinnert.«

»Richtig, wir waren ja mal Kollegen«, warf Deckert ein.

»Ich habe es zwar nie zur Kripo geschafft, sondern bin in Hamburg Streife gefahren, aber trotzdem habe ich bis heute einen Fall nicht vergessen, von dem uns während des gerichtsmedizinischen Teils der Ausbildung unser Dozent erzählt hatte. Es ging um einen polnischen Krankenpfleger, der deutschlandweit neun Menschen mit einer Überdosis Insulin getötet haben sollte.«

Deckert kratzte sich nachdenklich am Kopf. »Insulin als Mordwaffe? Das wäre wirklich heimtückisch.«

»Jeder weiß, dass Patienten mit Diabetes nach den Hauptmahlzeiten oder nach einem Stück Kuchen ihren Blutzucker messen und sich gegebenenfalls Insulin spritzen müssen, weil ihr Körper davon nicht genug produziert. Heutzutage geht das mit einem Insulin-Pen im Nu.«

»Insulin kann im Körper höchstens noch ein paar Tage nach Eintreten des Todes nachgewiesen werden«, übernahm Leitner. »Bei einer Leiche, die schon einige Wochen vor sich hin fault – bei Spiegler waren es immerhin mindestens zwei! –, ist nichts mehr davon übrig.«

»Weshalb Ihre Jungs von der Gerichtsmedizin nichts Außergewöhnliches an Spiegler feststellen konnten.« Agathe grinste. »Außer seinem Tod. Wenn es aber nun stimmte, dass Spiegler durch eine tödliche Dosis Insulin gestorben war, musste der Mörder irgendwie an Insulin gekommen sein, und das kann man nicht einfach so in der Apotheke kaufen.«

»Und das führte Sie zu Arno Bögl?«

Agathe nickte. »Es gab sogar Hinweise darauf. Bei unserem ersten Besuch in der Firma wollte er keine normalen Brötchen essen. Diabetiker stehen mit Weißmehl nämlich auf Kriegsfuß.«

»Ebenso wie mit Nudeln«, warf Leitner ein. »Über die sich Arno Bögl mit dir, Henriette, auf eurer Weihnachtsfeier gestritten hat.«

Die schwangere Verlobte verfolgte die Ausführungen der Detektive apathisch.

»Und dann war da noch dieser seltsame medizinische Geruch, den ich in diesem Container wahrgenommen hatte, als ich Bögl zum zweiten Mal hier befragte. Das war der Geruch von Insulin, das sich Bögl kurz vor meiner Ankunft gespritzt haben muss.«

Deckert hing eine Sekunde seinen Gedanken nach. »Schön und gut«, sagte er dann. »Sie haben also geschlussfolgert, dass Bögl Diabetiker ist und sich Insulin spritzen muss. Aber was führte Sie dann zu Paul und dieser Baustelle?«

Agathe lachte geringschätzig. »Meiner Erfahrung nach sind die Menschen ziemlich einfallslos und neigen dazu, Dinge immer wieder auf die gleiche Art zu tun.«

Deckert zog anerkennend die Augenbrauen nach oben. »Sie dachten also, wenn Bögl wirklich der Mörder von Harry Spiegler ist, ihn mit Insulin getötet und dann in der Baustelle an der Friedrich-Ebert-Straße vergraben hat, würde er bei einem zweiten Mord …«

»… wahrscheinlich dem gleichen Muster folgen. Richtig.«

Henriette seufzte einige Mal tief. Aber als Agathe zu ihr ging, um sie zu trösten, lehnte sie ab: »Es passt schon.«

Deckert sah auf die Armbanduhr. »Es kann nicht mehr lange dauern, Frau Felgentreu, bis der Krankenwagen für Sie eintrifft.« Dann wandte er sich zu Agathe: »Und als Pauls Großmutter Ihnen erzählte, dass Paul verschwunden sei, vermuteten Sie dahinter Arno Bögl?«

»Es war eher ein Schuss ins Blaue. Aber wenn er der Entführer wäre, bräuchte er natürlich Ruhe, um das Kind umzubringen. Das konnte er ja schlecht zu Hause in der gemeinschaftlichen Wohnung vor den Augen seiner Verlobten tun. Am logischsten erschien es mir, dass er sich dafür einen Platz aussuchen würde, wo er nahezu sicher sein konnte, dass er ungestört blieb. Eine über den Winter stillgelegte Baustelle mitten in der Pampa wäre dafür der perfekte Platz.«

Deckert machte ein Gesicht, als würde ein Schaudern über seinen Rücken jagen. »Bögl entführte also Paul, brachte ihn hierher und verabreichte ihm eine tödliche Dosis Insulin?«, fasste er zusammen.

»So war es.«

»Und die Hustenbonbons?«

»Wenn man zu viel Insulin im Blut hat, muss man Zucker in jeder erdenklichen Form zu sich nehmen, um dessen Wirkung zu neutralisieren.« Agathe atmete tief durch und dachte an den kleinen Paul, der so knapp dem Tod entronnen war. »Dem Himmel sei Dank bin ich nicht zu spät gekommen. Die Hustenbonbons waren nur ein Notbehelf, weil es das einzige Zuckerhaltige in unserem Auto war. Aber sie haben ihre Aufgabe erledigt, bis Gerhard mit dem Traubenzucker aufkreuzte, den ich ihm aufgetragen hatte zu besorgen.«

»Und damit haben Sie und auch Sie, Herr Leitner, dem jungen Mann das Leben gerettet.« Deckert lächelte.

Leitner und Agathe sahen sich verlegen an, während Henriette sich instinktiv beide Hände auf ihren Bauch legte, in dem neues Leben wuchs.

»Der Arzt hat mir versichert, dass Paul keine bleibenden Schäden davontragen wird«, fügte der Kommissar noch hinzu. »Er wird bestimmt ein putzmunterer junger Mann werden.«

»Woran die resolute Oma auf jeden Fall ihren Anteil haben dürfte«, schmunzelte Agathe.

»Aber erklären Sie mir doch bitte noch eins«, sagte Deckert nach einer kurzen Pause. »Warum hat Bögl Paul überhaupt entführt und wollte ihn aus dem Weg räumen?«

Agathe setzte eine triumphierende Miene auf. »Ganz einfach, weil Paul Arno Bögl beobachtet hatte!«

»Wobei?«

»Als er Harry Spieglers Leiche in der Baustelle an der Friedrich-Ebert-Straße kurz vor deren Fertigstellung vergrub. Würden Sie Paul besser kennen, wüssten Sie, dass er redet wie ein Wasserfall. Und wie es eben mit Fünfjährigen so ist, spielt man am Anfang das Spiel mit, schaltet aber irgendwann einfach ab, weil einem das unzusammenhängende Geschnatter dann doch ein wenig auf den Geist geht. Wie nanntest du das bei deiner Nichte, Gerhard?«

»Ich sagte, sie hatte in dem Alter jede Menge Phantasie.«

»Phantasie. Genau. Nur, dass es bei Paul keine Phantasie war. Sicher, sein Gebrabbel konnte einem durchaus auf die Nerven gehen, aber der kleine Knabe hat auch eine außergewöhnliche Auffassungsgabe. Seit er ein Tierbuch geschenkt bekommen hat, gibt er fast allen Menschen, denen er begegnet, Tiernamen. Und die sind durchaus zutreffend. Ich bin für ihn wegen meines Pferdeschwanzes das Pony, der Besitzer vom Café Brunner der Igelmann. Jeder kennt in Schwandorf seine Stachelfrisur. Seine Oma mit ihrem langen Hals ist die Giraffe, sein Vater mit dem Dreitagebart das Stachelschwein. Aber in meinem Beisein hat er auch mehrmals von anderen Tieren gesprochen, nämlich vom Panther und der Kuh.«

Kriminalhauptkommissar Deckert zog seine Stirn in Falten. »Die Kuh … war Harry Spiegler?«

»Logisch. Er trug sein Teufelsgewand aus Tierfellen und hatte zwei Hörner auf dem Kopf.«

»Und der Panther ...«

»War eindeutig Arno Bögl, der stets seinen Arbeitsoverall trägt, der so schwarz ist wie der Panther in Pauls Buch.«

»Unglaublich«, hauchte Henriette.

»Aber wie konnte Paul denn sehen, wie Bögl Spiegler vergrub?«, wollte Deckert wissen.

»Ganz einfach.« Agathe machte eine kurze Pause. »Von seinem Kinderzimmer aus. Mit seinen Eltern wohnt er gleich am Wendelinplatz. Kleine Kinder wachen öfter nachts auf, und wenn sie dann noch das Scheppern von Kuhglocken hören, kennt ihre Neugierde vermutlich keine Grenzen. Er muss in der Nacht, bevor die Straßendecke der Friederich-Ebert-Straße an der betreffenden Stelle geschlossen wurde, gesehen haben, wie der Panther die Kuh zur Baugrube geschleppt hat. Was einige Zeit gedauert haben dürfte, denn die Felle sind ziemlich schwer.«

»Allerdings«, merkte Leitner beiläufig an. »Ich habe schon mal in so einem Kostüm dringesteckt.«

»Und weil ein Fünfjähriger noch nicht einschätzen kann, ob so ein Vorgang ein Verbrechen ist, hat er nichts davon gesagt«, schlussfolgerte Deckert.

»Im Gegenteil«, widersprach Agathe. »Er hat *ständig* davon gesprochen, aber niemand hat ihm zugehört, weil jeder es nur für das sinnbefreite Geplapper eines Kindes hielt.«

»Aber wie hat Arno Bögl herausgefunden, dass der kleine Mann ein Zeuge seiner Tat und damit eine Gefahr für ihn war?«, fragte Deckert.

»Simpel. Indem er ihm als Einziger zugehört hat. Erst heute Vormittag stand Paul zusammen mit seiner Oma und uns an der Baustelle und erzählte wieder, was er gesehen hatte. Da Bögl früher mit Helga Moritz' erster Tochter liiert war, wusste er wahrscheinlich, wo ihre Schwester Amelie wohnte, und ihm wurde schlagartig klar, dass er beobachtet worden war. Und das, nachdem sein Plan nicht aufgegangen war. Er war ja davon ausgegangen, dass mindestens die nächsten dreißig Jahre niemand auf die Idee kommen würde, die Schwandorfer Hauptstraße wieder aufzureißen.«

Kommissar Deckert sortierte in Gedanken alles Gehörte. »Sie haben vorhin erwähnt, dass Menschen ihre Handlungen nicht oft variieren. Was bedeuten würde, dass Bögl Paul auf dieser Baustelle verscharren wollte. Ein abgelegenes Firmengelände, einfach genial.«

»Es tut mir leid, Herr Kommissar, aber da muss ich Ihnen widersprechen«, wandte Agathe ein. »Das wäre nicht genial, sondern im Gegenteil ziemlich riskant gewesen.«

»Und wieso?«

Agathe stellte ihre Ellbogen auf ihre Oberschenkel und stützte ihren Kopf in beide Hände. »Na, weil hier noch gebaut wird. Zwar hat man die Baustelle in den letzten Tagen für die Überwinterung präpariert, aber im Frühjahr gehen die Arbeiten weiter. Die Wahrscheinlichkeit, dass einer der Bauarbeiter aus Versehen die Leiche des Jungen ausgraben würde, war für Bögl zu hoch.«

»Und wo wollte er sie dann entsorgen?«

»Im Grab von Spiegler. In der Baustelle in der Friedrich-Ebert-Straße.«

»Überlegen Sie mal«, meldete sich Leitner nun zu Wort. »So blöd war die Wahl von Bögl nicht, was das Versteck von Spieglers Leiche betrifft. Die letzten größeren Bauarbeiten an der Friedrich-Ebert-Straße liegen meines Wissens schon fast siebzig Jahre zurück. Was bedeutet, dass die Leiche für Jahrzehnte auf Nimmerwiedersehen verschwunden wäre. Dass das mit dem kaputten Wasserrohr passierte, war schlichtweg Pech.«

»Ja schon, aber –«

Nun war wieder Agathe an der Reihe: »Wenn die Reparaturarbeiten endgültig abgeschlossen sind, wird in der Baugrube mit hundertprozentiger Sicherheit niemand mehr nach einer weiteren Leiche suchen. Und ein weiterer Wasserschaden ist ebenfalls extrem unwahrscheinlich.«

»Dann wollte Bögl den Jungen in exakt das gleiche Grab

legen, das kurz zuvor noch Harry Spieglers letzte Ruhestätte hätte sein sollen«, murmelte der Kriminalbeamte.

»Und du leidest keineswegs an Halluzinationen, wie du nach unserem Besuch bei der Chefin vermutet hast«, sagte Agathe zu Leitner. »Bögl *hat* gesagt, dass er die Straßendecke heute wieder schließen wollte.«

»Nur wegen Plappermaul Paul wurde die Baustelle heute nicht fertig«, spann Leitner den Faden weiter, »weil Bögl improvisieren musste, um den Jungen loszuwerden.«

»Genau«, stimmte Agathe zu. »Bögl hatte bemerkt, dass er ihn als Mörder enttarnen konnte. Daraufhin entschloss er sich, Paul aus dem Weg zu räumen und als Versteck für dessen Leiche die frische Baustelle zu verwenden. Also rief er – ganz der kommunikative und an Lösungen interessierte Geschäftsmann – bei unserer Chefin an und kündigte an, dass sich die Schließung der Straßendecke noch um einen Tag verzögern würde.«

Leitner nickte. »Was uns bei der Wendell aussehen ließ, als wären wir die letzten Idioten.«

»Aber es verschaffte Bögl ein, wie er glaubte, sicheres Versteck für einen unerwünschten Zeugen.«

Alle Anwesenden brauchten einen kurzen Moment, um die Tragweite des Gehörten zu realisieren. Leitner stand auf und hockte sich auf den Bürotisch. Agathe berührte leicht die Pflaster an ihrer Nase, um zu überprüfen, ob noch Blut heraussickerte. Deckert verschränkte die Arme hinter dem Kopf, und Henriette starrte regungslos ins Leere. »Oh mein Gott …«, sagte sie nach einer Weile.

Der Kriminalhauptkommissar nahm die Arme wieder herunter. »Jetzt fehlt mir eigentlich nur noch eines«, sagte er. »Das Motiv. Warum hat Arno Bögl Harry Spiegler getötet?«

Agathe blickte zufrieden ihren Zeigefinger an, an dem kein frisches Blut klebte, dann den Kommissar. »Und an dieser Stelle kommen Sie«, sie deutete mit dem sauberen Finger an Deckert vorbei auf Henriette, »ins Spiel, nicht wahr, meine Liebe?«

31

Henriette senkte ihren Kopf.

»Ich denke, es ist kein allzu großes Geheimnis«, begann Agathe, »wenn ich sage, dass Sie Männer schon immer … mochten.«

Die Juniorchefin von Schwandorf Hoch Tief sah kurz auf.

»Ich mache Ihnen keine Vorwürfe. Aber Ihr Verlobter, der schon, oder?«

Wieder sank der Kopf der Bauunternehmerstochter nach unten.

Agathe wandte sich an Deckert. »Nachdem sich der Verdacht in meinem Kopf festgesetzt hatte, dass Arno Bögl hinter dem Mord steckte, fragte ich mich natürlich genau wie Sie gerade eben, was ihn wohl dazu veranlasst haben könnte. Und dann kamen mir ein, zwei Momente in den Sinn, die mich auf die richtige Spur brachten.« Sie drehte sich wieder zu Henriette. »Gerhard hat mir erzählt, dass Sie und Ihr Verlobter sich in den letzten Wochen häufig gestritten haben sollen. Auf dieser Baustelle hat er selbst eine Auseinandersetzung miterlebt, und auf der Weihnachtsfeier war ich auch dabei, als Sie sich über die Beilagen von Arnos Gans gezofft haben. Außerdem hat uns ein Mitarbeiter weitere heikle Situationen zwischen Ihnen geschildert.«

»Schön und gut«, warf der Kommissar ein, »aber eine Schwangerschaft verändert vieles für ein Paar.«

»Sicherlich. Aber Streit vor der gesamten Belegschaft? Da würde man doch normalerweise alles tun, um den Schein zu wahren.«

Deckert presste nachdenklich die Lippen aufeinander.

»Vielleicht passiert das einmal, und dann ist es das Thema der Woche in der Belegschaft«, fuhr Agathe fort. »Aber eben nur eine Woche lang, weil dann alles wieder seinen normalen Gang geht. Bei Ihnen beiden gehörten die Streitigkeiten aber plötzlich zu einer neuen Normalität.« Agathe ging zu Henriette, rollte einen Bürostuhl neben sie, nahm Platz und legte ihr eine Hand auf die Schulter. »Wissen Sie, was das Schöne an einem Frauenstammtisch ist, Herr Kommissar?«, fragte sie Deckert unvermittelt.

Verdutzt sah er sie an. »Nun … äh …«

»Der Tratsch. Der Klatsch. Das Sich-über-andere-das-Maul-Zerreißen.«

Deckert blickte zu Leitner, der entschuldigend die Hände hob.

»Ihr Männer könnt das natürlich nicht nachvollziehen«, sagte Agathe, »aber diesem Gequatsche liegt etwas zutiefst Ausgleichendes und Gerechtes zugrunde. Es kommt nämlich jeder mal dran.«

Weder Leitner noch Deckert machten Anstalten, Agathe zu unterbrechen. Anscheinend hielten sie es nicht für sinnvoll.

Sie lachte einmal kurz auf. »Es war an einem Tag, als bei unserem Treffen wieder mal eine der Damen fehlte. Diesmal war es Helga. Wenn man nicht erscheint, muss man damit rechnen, dass einen die anderen in der Luft filetieren. Und genau das passierte. Das Gespräch drehte sich um sie und ihre Töchter. Dabei wurde auch erwähnt, dass Arno Bögl vor längerer Zeit mit Helgas älterer Tochter Iris zusammen war. Und wie das bei einem Kaffeekränzchen halt so ist, wurde unter mehr oder minder vorgehaltener Hand auch erzählt, dass diese unfruchtbar sei, woran die Beziehung zerbrochen wäre. Meine Kaffeedamen waren fast einhellig der Meinung, dass Iris aus Herzschmerz schließlich nach Neuseeland ausgewandert ist.« Agathe stand auf, ging zu Deckert und sah ihm in die Augen. »Mit diesen Hintergrundinfos ergab für mich plötzlich alles einen Sinn. Der Fall war zu lösen. Aber nur unter einer Bedingung.«

»Und zwar?«, fragte der Kriminalbeamte.

»Wenn man die Kinderlosigkeit nicht Iris Moritz, sondern Arno Bögl zuschrieb.«

Henriette hatte ihr Gesicht nun in ihren Händen verborgen und schluchzte haltlos.

»Malen Sie sich die Situation mal aus«, forderte Agathe den Kommissar auf, »wenn Arno Bögl unfähig wäre, ein Kind zu zeugen. Dann würde das doch bedeuten, dass das Kind in Henriette Felgentreus Bauch nicht von ihm stammen konnte. Ich vermute es hier nur, bin mir aber sehr sicher, dass Bögl über seine Sterilität Bescheid weiß, aber dieses Geheimnis nicht mit seiner Verlobten teilte. Schließlich erwartete der Seniorchef aller Wahrscheinlichkeit nach einen Nachfolger. Enkel, so meine Theorie, sind für die Felgentreus unerlässlich, weshalb niemand von Bögls Unfruchtbarkeit erfahren durfte, bevor nicht die Hochzeitsglocken geläutet hatten.« Agathe atmete tief durch. »Und nun stellen Sie sich die ›Freude‹ von Bögl vor, als seine Verlobte ihm verkündete, schwanger zu sein.«

Die beiden Männer richteten ihre Blicke auf Henriette, dann fuhr der Kriminalhauptkommissar zu Agathe herum. »Dann ist das Kind von … von Harry Spiegler!«

Agathe nickte. Deckert stieß einen Pfiff aus.

»Ich hätte mich nie mit ihm einlassen sollen!« Henriette schluchzte zweimal kurz auf, dann sah sie nach Hilfe suchend in die Runde. »Aber …«, stammelte sie, »ich habe doch nur … Es war doch …«

»Sie waren einfach neugierig auf Spiegler, und das ist sogar verständlich.« Agathes Stimme wurde sanft: »Wie alt sind Sie? Zweiundzwanzig?«

Die Juniorchefin nickte.

»In dem Alter will man alles ausprobieren, auch Männer in Spieglers Alter. Die sind vermutlich eine wohltuende Abwechslung zu den immer noch halb in der Pubertät steckenden Gleichaltrigen. Außerdem, ein Typ mit einem schlechten Ruf, einer, der nach Abenteuer riecht, einer mit animalischer Ausstrahlung und sonstigen farbigen … Eigenschaften. Also, ich kann's verstehen.«

Henriette schluckte sichtbar.

»Jedenfalls stelle ich mir vor, dass Ihre Eltern Sie gedrängt haben, bald zu heiraten. Ihr ausschweifendes Leben hat ihnen sicher nicht behagt. Und dann tauchte Arno Bögl plötzlich auf der Bildfläche auf. Wer hat ihn als Ihren Ehemann ausgesucht? Sie?«

Kopfschütteln.

»Ihr Vater?«

Nicken.

»Na, wunderbar. Sie haben also von der Familie die komplette Kopfwäsche verpasst bekommen, bestehend aus Vorwürfen für das ausschweifende Leben, das mangelnde Bewusstsein für die Familienehre und das Geschäft und aus den Vorzügen eines soliden Partners wie Arno Bögl. Kommt das in etwa hin?«

»Nein, das kommt nicht in etwa hin«, sagte Henriette bitter. »Das trifft es im Gegenteil genau auf den Kopf.«

Agathe lachte kurz auf, bevor sie die Situation für die beiden Männer veranschaulichte. »Bögl ist der perfekte Schwiegersohn für Albert und Regina, und die Tochter wird sich schon irgendwann in ihr Schicksal dreinfinden. Es ist ja wohl klar, was danach passierte, oder?«

Leitner und der Kommissar hatten ihre Rolle als Publikum akzeptiert und forderten Agathe still auf, ihnen die Antwort selbst zu verkünden.

»Es ist, wie wenn man mit dem Rauchen aufhört. Oder kurz vor einer Diät steht. Das Erste, was man tut, wenn man den Termin dafür weiß: Man qualmt zwei ganze Schachteln weg. Man gibt sich einer Fressattacke hin, dass sich selbst die alten Römer für die Völlerei geschämt hätten. Und so haben Sie, Henriette, als der Verlobungsring schon an Ihrem Finger steckte, sich gedacht: ›Ich nehme jetzt noch mal alles mit, was ich kriegen kann, bevor es für immer vorbei ist‹, und sind mit Spiegler in die Kiste gehüpft, obwohl Sie bestimmt schon einiges über ihn gehört hatten.«

Deckert zog sein Handy aus der Brusttasche und fragte nach, wie lange der zweite Rettungswagen denn noch brauchen würde. »Gab einen Verkehrsunfall, der Priorität hatte. Sie sind gleich hier«, verkündete er nach dem Telefonat.

Henriette schien zu merken, dass es jetzt an ihr war, zur Aufklärung des Falles etwas beizutragen. »Ich habe mich wahnsinnig über die Schwangerschaft gefreut«, sagte sie schließlich. »Aber Sie haben recht, natürlich habe ich im ersten Moment gedacht, mein Leben sei vorbei, als mich mein Vater vor vollendete Tatsachen gestellt hat.«

»Mochten Sie Arno Bögl?«

»Er war mir nicht zuwider. Vielleicht ein bisschen zu brav, aber nicht zuwider. Ich hätte mich schon mit ihm als Mann anfreunden können. Darum fand ich es ja auch toll, ein Kind von ihm zu bekommen. Das wäre doch ein schöner Start in unsere gemeinsame Zukunft gewesen.«

»Aber dann kam alles anders«, murmelte Agathe.

»Das kann man so sagen.« Die Bitterkeit in der Stimme der jungen Frau war fast greifbar. »Als ich ihm sagte, dass ich von ihm schwanger sei, sah er aus, als bräche eine Welt für ihn zusammen.«

»Verständlich«, warf der Kommissar ein. »Ein anderer schwängert seine Verlobte, bevor er die Firma übernehmen konnte.«

»Das habe ich damals nicht überrissen«, gab Henriette zu, die jetzt über sich wie über eine andere, fremde Person sprach. »Arnos Laune verschlechterte sich in den folgenden Tagen zusehends, und ich saß da mit dem Ungeborenen im Leib und wusste nicht, was los ist. Ich habe ihn mit Fragen bombardiert, ihm gedroht, ihn gebeten und angebettelt, aber ich habe den Grund nicht erfahren.«

»Wie ging es dann weiter?«, fragte Agathe.

»Ich bin zu meinem Vater gegangen und habe ihm erzählt, wie sein ach so perfekter Schwiegersohn mich behandelt. Daraufhin hat er den Arno in die Mangel genommen.«

»Und das hat funktioniert?« Leitner wirkte ungläubig.

»Du kennst doch meinen Vater, Gerhard. Wenn der sich jemanden vornimmt, kann derjenige sich auf etwas einstellen.«

»Dann kam also irgendwann raus, dass Arno zeugungsunfähig ist?«, hakte Agathe nach.

Henriette nickte. »Er hat es mir nach dem Gespräch mit meinem Vater gesagt. Auf der einen Seite war ich erleichtert, weil ich endlich Bescheid wusste, warum er sich so verhielt.«

»Aber auf der anderen Seite gingen die Probleme damit erst richtig los, nicht wahr?« Agathe betrachtete sie mitfühlend.

»Klar. Sowohl mein Vater als auch Arno wollten wissen, wer der tatsächliche Vater des Kindes ist, und für die Zeit kam nur Harry in Frage.«

»Das haben Sie ihnen einfach so verraten?«

Henriette hob kraftlos die Schultern. »Irgendwann konnte ich einfach nicht mehr. Beide, mein Vater und Arno, haben mich davon überzeugt, dass es absolut notwendig wäre, ihnen den Namen zu sagen, damit sie die Sache in aller Stille regeln könnten.«

»Wobei Ihr Vater dabei wahrscheinlich im Sinn hatte, Spiegler mit einem Batzen Geld mundtot zu machen.«

Henriette nickte.

»Aber stattdessen?«, forderte der Hauptkommissar sie zum Weiterreden auf.

»Stattdessen verschwand Harry von einem Tag auf den anderen. Arno sagte, er habe ihn mit irgendeiner fingierten geschäftlichen Aktion dazu gebracht, Deutschland zu verlassen, und ich habe nicht weiter nachgefragt. Und zwei Wochen später ist Harry aus seinem Grab auferstanden.«

Der Kommissar sah Agathe an, die in Gedanken versunken schien. »Jetzt sagen Sie mir nicht, dass Sie keine Theorie dafür haben, wie Arno Bögl den Mord begangen hat.«

Sie grinste ihn an. »Natürlich habe ich die.« Zu Henriette gewandt sagte sie: »Ihr Zukünftiger hat Sie übrigens nicht vollends angelogen. Harry Spiegler war in der Tat im Ausland. Auf Ihrer Weihnachtsfeier haben wir erfahren, dass Ihre Firma auch Projekte in anderen Ländern betreut. Unter anderem in Österreich?«

Die Schwangere nickte.

»Ich vermute, dass Bögl Spiegler ins Zillertal bestellt hat, vorgeblich im Namen einer Ihrer Unterfirmen. Wahrscheinlich mit dem Versprechen einer hohen Bezahlung. Jeder Bauarbeiter in Schwandorf wusste, dass Tirol Spieglers Wunschheimat war. Bögl fuhr also an jenem Tag nach Tirol, wo er unter falschem Namen ein Vorstellungsgespräch mit Spiegler vereinbart hatte. Spiegler tauchte dort auf und war vermutlich überrascht, Arno Bögl anzutreffen. Wie auch immer, die Männer wurden wahrscheinlich handelseinig, und ich tippe sogar darauf, dass Bögl ursprünglich vorhatte, Spiegler abends auf ein Glas einzuladen.«

»Ursprünglich, weil es dazu nicht kam?«, wollte Deckert wissen.

»Ja, weil es anders kam als von Bögl geplant. Zu dieser Zeit fand in Zell nämlich der große Teufellauf statt, an welchem Spiegler unbedingt teilnehmen wollte. Statt Bögl war es nun er, der seinen neuen Chef zu einem launigen Abend einlud. Bögl nahm die Einladung an, wusste aber bestimmt nicht, dass Spiegler in seinem Teufelsgewand erscheinen würde.«

»Aber Bögl hatte in jedem Fall vor, Spiegler im Zillertal eine Überdosis Insulin zu verabreichen?«, hakte Deckert nach.

»Daran besteht kein Zweifel«, sagte Agathe. »Für Bögl gestaltete es sich so zunächst sogar einfacher, sein Vorhaben in die Tat umzusetzen. Denn beim wilden Teufellauf, vom Tanzen aufgeheizt und bestimmt nicht nüchtern, dürfte Spiegler den Stich mit der Mininadel nicht gespürt haben. Dann kam, was kommen musste. Das Insulin begann zu wirken.« Sie machte eine kurze Pause, sammelte sich. »Spiegler ging im wahrsten Sinne des Wortes der Sprit aus. Er wurde schläfrig, und Bögl bot ihm an, ihn in seine Unterkunft zu bringen. Doch stattdessen fuhr er schnurgerade nach Deutschland zurück. Mit dem sterbenden Harry Spiegler auf der Rückbank. Ich könnte mir vorstellen, dass er beim Grenzübertritt nach Bayern schon nicht mehr geatmet hat.«

Agathe trank einen Schluck Leitungswasser, bevor sie weiter ausführte, was ihrer Meinung nach passiert war: »In

Schwandorf hatte Bögl zuvor die Baustelle präpariert. Als Verantwortlicher wusste er sehr genau, an welchen Stellen die Arbeiten bereits abgeschlossen waren. Eine solche hatte er als Spieglers Grab vorgesehen. Er erreichte Schwandorf in der Nacht, fuhr so nah es ging an die betreffende Stelle, stieg aus, schnappte sich einen Spaten und hob die Grube aus. Das konnte er im Vorfeld nicht machen, weil eine rechteckige Grube innerhalb der Baustelle natürlich die Aufmerksamkeit der Bauarbeiter erregt hätte. Der schwierigste Teil war nun, die Leiche dieses Ungetüms aus dem Auto zu bugsieren und ins Grab zu legen. Dabei wurde er von Paul, dem Neffen seiner Ex, beobachtet, ohne es zu bemerken. Schließlich bedeckte Bögl den toten Teufel wieder mit Erde und verdichtete sie, soweit ihm das möglich war. Ein paar Tage später wurde die Straße gepflastert, und Bögl war der festen Überzeugung, dass die Leiche von Harry Spiegler zumindest für die nächsten Jahrzehnte unauffindbar sein würde.«

»Ich bin froh, dass es vorbei ist«, sagte Henriette nach einer langen Minute, während der alle geschwiegen hatten. »Harry mag kein besonders guter Mensch gewesen sein, aber Arno … ist der leibhaftige Teufel.«

In diesem Moment traf der zweite Rettungswagen ein, und die Sanitäter brachten die Schwangere ins Krankenhaus.

»Es ist wirklich schade, Frau Viersen, dass Sie Ihren Dienst bei der Polizei quittiert haben«, meinte Deckert und sah sie bewundernd an. »Damit haben wir eine sehr gute Kollegin verloren.«

»Nett, dass Sie das sagen, Herr Kommissar.« Agathe lächelte ihn an.

»Aber wir sind uns bestimmt nicht zum letzten Mal über den Weg gelaufen.«

»Wer weiß, was die Zukunft bringt«, erwiderte Agathe mysteriös.

»Auf jeden Fall wünsche ich Ihnen beiden erst einmal eine erholsame Nacht.« Deckert wandte sich zum Gehen. »Morgen schicke ich jemanden für das Protokoll bei Ihnen vorbei.«

Agathe und Leitner sahen dem Kripobeamten hinterher. Als dessen Einsatzwagen von der Baustelle rollte, schlug Leitner vor, ebenfalls nach Hause zu fahren.

»Respekt!«, sagte er, als sie im BMW saßen. »Du hast blitzschnell kombiniert.«

»Es war alles bereits da. Ich musste es nur erkennen.«

»Und wie du das alles dem Kommissar erklärt hast«, schwärmte Leitner weiter, »das war wirklich meisterhaft.«

Agathe grinste. »Ich hoffe, du hast gut aufgepasst?«

»Wieso?«, fragte Leitner verdutzt.

»Weil *ich* die ganze Chose Deckert verklickert habe. Das heißt, *du* bist bei unserer Chefin dran. Erinnerst du dich? Morgen um neun Uhr will sie einen umfassenden Bericht haben.«

Leitner wollte schon protestieren, doch Agathe ließ ihn gar nicht erst zu Wort kommen. »Du willst doch nicht, dass sie uns wieder maßregelt, oder?«

Schmollend fuhr Leitner in Richtung Schwandorfer Innenstadt, und Agathe war dankbar, dass er im Dunkeln nicht sehen konnte, wie sie in sich hineingrinste.

32

Drei Tage nach Arno Bögls Festnahme schlenderten Agathe und Leitner über die nun wieder in ganzer Länge befahrbare Friedrich-Ebert-Straße in Richtung Marktplatz.

In der Nachmittagsdämmerung kam die stimmungsvolle Adventsbeleuchtung, die quer über die Fahrbahn gespannt war, besonders gut zur Geltung.

Auf Höhe des ältesten Optikers in der Straße trat gerade der Inhaber durch die Ladentür. »Gerhard, servus!«, rief er Leitner zu.

»Habe die Ehre, Peter!«, antwortete dieser. »Jetzt seid ihr Geschäftsleute in Schwandorf bestimmt froh, dass die Baustelle ein für alle Mal abgeschlossen ist, oder?«

»Allerdings. Was sagst denn du dazu, dass sie den Bögl verhaftet haben, weil er den Spiegler umgebracht haben soll? Steht in der Zeitung.«

Auch Leitner hatte den Artikel gelesen, in dem die Mitwirkung zweier Versicherungsdetektive natürlich nicht erwähnt wurde. »Ich habe davon gehört«, sagte er, nachdem er einen kurzen Blick mit Agathe getauscht hatte. »Eine unglaubliche Geschichte.«

»Das kannst du laut sagen. Wo gehts ihr denn jetzt hin, ihr zwei?«

»Wir schauen mal vor zur Eröffnung vom Weihnachtsmarkt.«

»Aber nicht zu viel Glühwein trinken!«, rief der Optiker den beiden noch hinterher, bevor er wieder in seinem Laden verschwand.

Agathe und Leitner trafen gerade noch rechtzeitig auf dem Marktplatz ein, um den Einzug der Kindergruppe mitzuerleben, die wie in jedem Jahr das Schwandorfer Christkind begleitete. Die junge Frau im weißen Gewand machte ihre Sache sehr gut. Ohne Nervosität und mit fester Stimme begrüßte sie die Besucher, und das Bläserensemble der Großen Kreisstadt untermalte die Eröffnungsfeier mit weihnachtlicher Musik.

»Hast du mit einem von denen auch schon mal zusammengespielt?«, fragte Agathe und nickte in Richtung der Musiker.

Leitner schüttelte den Kopf. »Andersrum, Agathe. Mit nur einem habe ich noch *nicht* gespielt.« Er grinste sie breit an.

Sie ließ den Blick über die Buden und die Besucher davor schweifen. »Schau mal, Gerhard«, sagte sie, da stand auch schon Helga neben ihnen.

»Grüß dich, Agathe!« Sie umarmte die Detektivin so fest, dass diese sich regelrecht aus ihrem Griff befreien musste.

»Helga! Wie geht es denn unserem kleinen Tierexperten?«

»Paul? Mei, der schnattert genauso viel wie zuvor, wenn nicht sogar noch mehr.«

Agathe lachte. »Dann ist er wieder zu Hause?«

Helga nickte. »Die Amelie hat ihn vorhin vom Krankenhaus abgeholt. Es geht ihm gut.«

»Das freut mich wirklich sehr, Helga. Und wenn es wieder Frühling wird, fahren wir beide mal zusammen mit Paul in den Zoo. Dann kann er sich die Tiere aus seinem Buch in echt anschauen.«

»Du wirst lachen, daran habe ich auch schon gedacht«, sagte Helga.

Agathe zögerte, bevor sie die nächste Frage stellte. »Und was ist mit Regina?«

Helga steckte sich eine EVE 120 in den Mund und zündete sie an. »Die ist die letzten zwei Tage schon beim Stammtisch erschienen. Das muss man ihr hoch anrechnen, war bestimmt nicht einfach für sie. Aber natürlich merkt man ihr an, dass sie das alles ziemlich mitnimmt. Der Bögl war immerhin ihr Fast-Schwiegersohn.«

»Wobei es kein Wunder wäre, wenn …«

»Nein, natürlich nicht. Aber ich glaube, rausgehört zu haben, dass sie sich trotz allem sehr auf ihr Enkelkind freut. So wie ihr Mann.«

»Das wäre dem Baby zu wünschen«, murmelte Agathe. »Wo doch die anderen Umstände am Anfang dieses kleinen Lebens nicht wirklich optimal sind. – Und wie geht der Rest des Kaffeekränzchens mit Regina um?«, fragte Agathe nach einer Pause.

»Na ja, du kennst sie doch mittlerweile. Solange Regina da ist, tun die beiden höflich, zurückhaltend und sogar mitfühlend.«

»Aber sobald sie das Café verlässt …«

»… zerreißen sie sich die Mäuler, unsere lieben Giftspritzen.«

Beide Frauen mussten herzlich lachen.

»Ach, übrigens, das habe ich noch von der Regina erfahren: So, wie es ausschaut, hat wirklich der Arno mit seinem Spaten das Wasserrohr beschädigt. Damit ist er ganz allein dafür verantwortlich, dass die Straße noch mal aufgerissen werden musste.«

»Das wird unsere Chefin in Regensburg bestimmt gerne hören«, schmunzelte Agathe.

»Ich kauf mir jetzt auf jeden Fall eine Feuerzangenbowle mit einem Extraschuss Rum, so schaut's aus«, sagte Helga und verabschiedete sich.

»Eigentlich eine gute Idee«, sagte Agathe und lief ihrer neuen Freundin hinterher.

Kurz darauf balancierte sie zwei Bowlen zu ihrem Tisch zurück. Rumgetränkte Zuckerstückchen, die auf einer Zange auf den Tassen lagen, tropften geschmolzen unter einer kleinen blauen Flamme als Karamell in die Bowle.

»Das schaut aber gut aus«, sagte plötzlich eine vertraute Stimme.

Sie gehörte Fritz Detter, dem Chefredakteur des »Wirkendorfer Anzeigers«, der eine Tasse Glühwein in der Hand hielt.

Zu dritt stießen sie an, während soeben der Oberbürgermeister seine Begrüßungsrede hielt.

»… und so wünsche ich allen Schwandorferinnen und

Schwandorfern eine gesegnete Adventszeit und ein friedliches Fest«, tönte es aus den Lautsprechern. »Und bis dahin genießen Sie unseren stimmungsvollen Weihnachtsmarkt.«

Der Applaus hielt sich in Grenzen, weil die meisten Besucher eine Knackersemmel oder eine Tasse in der Hand hielten.

Als die Blasmusik wieder einsetzte, wandte sich Detter an die beiden Detektive. »Da habt ihr ja mal wieder voll ins Schwarze getroffen. Wenn das so weitergeht, werdet ihr noch richtige Meisterdetektive.«

»Wir machen nur unseren Job, Fritz«, sagte Agathe bescheiden.

»Ach, kommt schon. In Wahrheit seid ihr hartnäckige Spürhunde. Das war mir schon klar, als ihr zum ersten Mal in meinem Büro standet. Wisst ihr noch? Nachdem ihr die verweste Leiche im Gülletank auf der Kirwa gefunden hattet.«

»Erinnere mich bloß nicht daran«, winkte Leitner ab.

»Na, wie auch immer«, sagte der Chefredakteur, »jedenfalls bin ich von eurem kriminalistischen Spürsinn ein weiteres Mal beeindruckt. Und deshalb würde mich interessieren, was ihr zu dem vor Kurzem verschwundenen Schornsteinfeger sagt.«

Leitner machte abermals eine abwehrende Geste. »Du hast Agathe doch gehört. Wir sind Versicherungsdetektive. Wir ermitteln nur, wenn unsere Versicherungsgesellschaft betroffen ist.« Er nahm einen Schluck von seiner Feuerzangenbowle. Als er die Tasse abstellte, sah er, dass Fritz Detters und Agathes Blicke sich immer noch nicht voneinander gelöst hatten. »Stimmt doch, Agathe, oder?«, fragte Leitner verunsichert.

»Jaja, natürlich.« Sie sah ihn kurz an. »Nur wenn es die Jacortia betrifft.« Wieder zu Detter gewandt sagte sie verschwörerisch: »Aber trotzdem kann ich mir die Geschichte mal anhören. Du hast ja gar nichts mehr zu trinken, Fritz. Wollen wir deine Tasse nicht nachfüllen?«

»Eine gute Idee«, sagte Detter, wurde von Agathe untergehakt und zum Glühweinstand geschleppt.

»Jetzt erzähl mal, was genau mit diesem Schornsteinfeger

passiert ist«, hörte Leitner Agathe noch sagen, während er den beiden verdattert nachsah.

Dann ließ er seinen Blick nochmals über den Weihnachtsmarkt schweifen, lauschte der Blasmusik und sog den Duft von Bratwürsten und gebrannten Mandeln ein. Alsdann betrachtete er seine eigene Tasse, kippte den letzten Rest der Feuerzangenbowle hinunter und machte sich schließlich auch auf den Weg, um sich zusammen mit seiner Kollegin und seinem Freund Nachschub zu besorgen.

Außerdem war auch er neugierig auf die Geschichte des verschwundenen Schornsteinfegers …

Danksagung

Wie stets bei der Entstehung eines neuen Kriminalromans danke ich an dieser Stelle neben meiner Familie für ihre Unterstützung den vielen Menschen, die mir sachlichen, fachlichen und inhaltlichen Rat zuteilwerden ließen. Daher sage ich von der Oberpfälzer Seite her ein herzliches »Vergelt's Gott« den Bau- und Fuhrunternehmern Alexander und Christiane Karl sowie Josef Beer, des Weiteren Timm Buckley von der »Schwarzachtal Pass« und Kerstin Wagner von den »Trausnitzer Burgteufeln«.

In unser schönes Nachbarland Tirol geht mein Dank an Gerhard Spitaler von den »Zellberg Buam«, an Silvio Unterwurzacher von »Die Höllischen« sowie an die Bürgermeisterin von Mayrhofen, Monika Wechselberger.

Am Schluss denke ich mit großer Wehmut an zwei verstorbene Freunde, die ebenfalls viel Einfluss auf den vorliegenden Roman hatten. Arthur Schötz und Michael Schickram – beiden gebührt Dank für die wunderbaren heiteren Zeiten, die ich mit ihnen erleben durfte.

FABIAN BORKNER
A HOCHZEIT UND A LEICH
Oberpfalz Krimi
emons: